LA CONJURATION

Dominique Baudis est né en 1947 à Paris. Après des études primaires et secondaires à Toulouse, il est diplômé de l'Institut des études politiques de Paris et devient journaliste. De 1974 à 1976, il est correspondant de la télévision française au Proche-Orient, où il couvre la guerre du Liban, puis présentateur à Paris du journal télévisé de TF1 et Soir 3. Grand reporter, il interviewe Fidel Castro, Yasser Arafat, Anouar El Sadate, Menahem Beguin. Il a exercé, par ailleurs, les fonctions de président du Conseil régional de Midi-Pyrénées, de député au Parlement européen et de président de la délégation française du groupe Démocrates chrétiens du Parti populaire européen. Maire de Toulouse pendant dix-huit ans, Dominique Baudis est aujourd'hui président du Conseil supérieur de l'audiovisuel.
Il est l'auteur de plusieurs ouvrages : *La Passion des chrétiens du Liban* (1978), *La Mort en keffieh* (1980), *L'Union* (1994), *Raimond « le Cathare »* (1996) *Raimond d'Orient* (1999).

Paru dans Le Livre de Poche :

RAIMOND D'ORIENT

RAIMOND LE CATHARE

DOMINIQUE BAUDIS

La Conjuration

ROMAN

GRASSET

Aux Toulousains,
Aux Libanais.

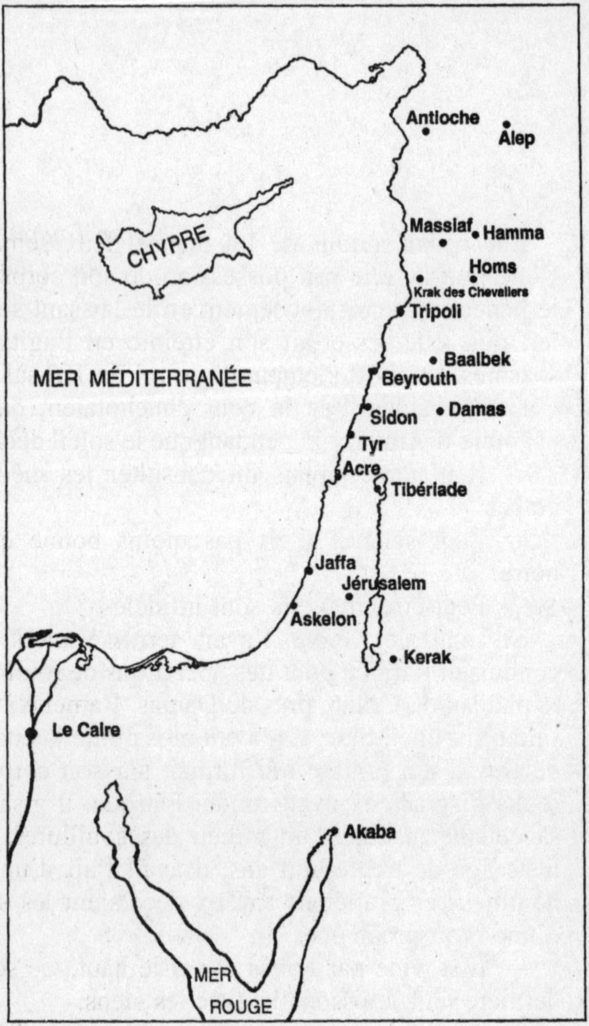
Antioche
Alep
CHYPRE
Massiaf
Hamma
Homs
Krak des Chevaliers
Tripoli
Baalbek
MER MÉDITERRANÉE
Beyrouth
Sidon
Damas
Tyr
Acre
Tibériade
Jaffa
Jérusalem
Askelon
Kerak
Le Caire
Akaba
MER
ROUGE

Elle rôdait autour de lui depuis deux semaines. Cette nuit-là, elle prit possession de son corps. Elle le pénétrait, tantôt doucement en le laissant somnoler, puis elle resserrait son étreinte en l'agitant de spasmes. La mort s'emparait du roi de Jérusalem.

Les physiciens de la cour chuchotaient dans la chambre d'Amaury Ier pendant que le soleil déclinait.

— Il n'aurait jamais dû consulter les médecins arabes.

— Leur science n'est pas moins bonne que la nôtre.

— Peut-être, mais ils sont infidèles.

Un mal de ventre l'avait terrassé alors qu'il conduisait l'armée pour des opérations de routine sur le plateau du Golan, près de Damas. Ramené à Jérusalem sur une litière, il n'avait plus quitté la citadelle de David. La graisse qui formait sur son corps des replis disgracieux avait fondu. Flasque, il gisait sur sa couche maculée, au milieu des souillures. Tout juste âgé de trente-huit ans, il avait l'air d'un vieil homme. Les praticiens royaux décelaient les signes d'une mort prochaine.

— Il se vide par le bas et par le haut. Ce sera sa dernière nuit. Laissons-le avec les siens.

Ils se signèrent et se retirèrent en marchant à reculons.

Le crépuscule avait éteint les ors de Jérusalem.

On entendit sonner le carillon léger de la chapelle voisine, puis le bronze de la basilique. Dans sa chambre, il n'y avait plus que les êtres auxquels Amaury était uni par la chair et le sang : ses enfants et ses deux femmes successives. Sa seconde épouse, la reine Marie, se blottissait dans un recoin, sur un tabouret, loin du lit, déjà reléguée, secouée de sanglots qu'elle étouffait pour se faire oublier. Elle n'aurait bientôt plus le droit d'être dans cette demeure. Elle se voûtait comme une proscrite, chassée par le retour de la première épouse, la redoutable Agnès.

Agnès, elle, avait déjà repris ses droits : elle tenait entre ses doigts le poignet décharné d'Amaury. Elle sentait les pulsations lentes qui scandaient l'approche de la fin et annonçaient sa revanche. Une flamme s'allumait dans le regard d'Agnès qui contemplait cette agonie avec jubilation. Depuis qu'il l'avait répudiée, elle espérait cette mort. C'était la fin de douze années de honte et de rage contre Amaury et ceux de la Haute Cour qui l'avaient mise au ban, affublée du titre de « Putain du royaume ».

A Tyr, à Tripoli, à Antioche, à Askelon, à Naplouse, à Tibériade, à Ramallah, partout, dans les salles des châteaux, dans les tours de guet, sous les plafonds bas des tavernes, on avait chanté sur son corps les pires obscénités. Ses seins et son sexe avaient inspiré les surnoms les plus vils. Et voilà que, par un fabuleux retournement du destin, ce ventre, ce sexe, ces seins qui lui avaient valu une disgrâce infamante lui ouvraient aujourd'hui les portes du pouvoir. C'étaient les fruits de son corps, Baudouin et Sibylle, qui allaient faire d'Agnès la reine mère. Elle revenait dans la famille royale grâce à ses enfants, agenouillés au chevet de leur père.

Dans la pénombre, la petite reine Marie laissa échapper une plainte. Tout à son bonheur, Agnès avait oublié sa présence. Marie baissa aussitôt les yeux. Agnès la congédia d'un geste, comme une servante :

— Sortez, Marie-la-Grecque ! lui lança-t-elle pour humilier la jeune Byzantine, fille de l'empereur de Constantinople, qu'Amaury avait prise pour femme en montant sur le trône.

D'une voix suave, elle ajouta quelques cruautés :

— Votre présence le fait souffrir. Laissez-nous tranquilles. Pour lui, vous n'étiez qu'un ornement. Pour nos enfants et pour moi, vous n'êtes rien, à peine un mauvais souvenir...

La reine Marie était sortie pour ne pas en entendre davantage. Agnès laissa s'enfuir cette pauvre proie. Elle avait trouvé mieux pour assouvir sa vengeance : d'un geste de la main, elle envoya Baudouin et Sibylle vers le fond de la chambre. Les enfants allèrent s'asseoir sur un coffre de bois, près de la cheminée, devant la fenêtre ouverte sur la nuit. La jeune fille posa la tête sur l'épaule de son frère et s'endormit. Baudouin regardait les étoiles.

Agnès s'agenouilla, s'approcha de l'oreille d'Amaury et chuchota :

— Ce soir, mon plaisir est à la mesure de ce que tu m'as infligé. Je suis impatiente de te voir mort. Tu m'entends ?

Amaury l'entendait. Il voulait penser à son âme mais ne pouvait échapper au murmure de cette voix familière. A travers ses paupières suintantes, il distinguait les traits de celle qui avait été son seul grand amour.

Cette femme qui se donnait à tous, sans pudeur, il l'avait ardemment voulue. On l'avait pourtant prévenu qu'un noble de son rang, frère du roi, susceptible d'être appelé un jour à régner, ne pouvait épouser Agnès qui avait eu plusieurs maris et dont les amants ne se comptaient plus. Il répondait qu'il l'aimait malgré son inconduite. En vérité, il la convoitait pour ce qu'elle était : une femelle lubrique. Il idolâtrait cette incarnation du plaisir. Il l'avait épousée et elle lui avait donné deux enfants, sans cesser de se galvauder.

Ce qui faisait scandale allait devenir affaire d'Etat : à la mort de son frère Baudouin III emporté lui aussi par un mal de ventre, les seigneurs de Terre sainte avaient offert la couronne à Amaury, le plus proche parent du souverain défunt, mais ils avaient posé une condition : il devait répudier Agnès. La Haute Cour avait tenu une séance mémorable. Le pauvre Amaury gardait la tête basse pendant que son épouse se faisait vilipender. Le plus insultant avait été le jeune comte Raimond de Tripoli : « Sa place est dans un lit, pas sur le trône ! » La mort dans l'âme, Amaury avait quitté celle qui enflammait ses nuits mais déshonorait son nom.

Après avoir craché son venin dans l'oreille du mourant, Agnès, apaisée, attendit la fin. Pour ne plus la voir, Amaury tourna la tête vers son fils Baudouin, la seule fierté de sa vie. Son précepteur, l'évêque Guillaume de Tyr, le plus grand savant du royaume, faisait souvent l'éloge de son élève : « A quatorze ans, il raisonne comme un adulte. »

D'une voix méconnaissable, Amaury appela son fils. Baudouin se leva doucement pour ne pas réveiller sa sœur Sibylle qu'il allongea sur le coffre, une couverture pliée sous la tête. Il s'agenouilla auprès de son père.

L'approche de la mort avait laissé au roi le temps

d'organiser sa succession. Dès les premiers assauts du mal, il avait convoqué la Haute Cour afin de désigner son héritier. Conformément à la tradition, il avait proposé son fils. Personne n'avait contesté cette évidence, mais les grands du royaume avaient exigé un régent. Guillaume de Tyr, le précepteur de Baudouin, avait parlé en leur nom : « Nul ne peut apprécier mieux que moi les dons que le ciel a accordés à mon jeune disciple. Votre fils sera un grand roi, mais, avec Saladin, le péril sarrasin est trop grand pour laisser l'Etat aux mains d'un si jeune homme. Je dois achever son éducation. Il doit prendre pleine possession de ses moyens. D'ailleurs, la règle du royaume est formelle : jusqu'à ce qu'il ait accompli sa quinzième année, il doit avoir un régent. »

A toutes ces raisons s'en ajoutait une autre : les membres de la Haute Cour craignaient de voir la « Putain du royaume » s'emparer du pouvoir à travers son fils. Ils étaient effarés par le retour de cette femme qu'ils avaient chassée. Pour tenir tête à Agnès il fallait un caractère fort, un homme austère qu'elle ne pourrait suborner. Les grands du royaume voulaient un des leurs, le fils d'une famille établie de longue date en Terre sainte. Ils s'étaient mis d'accord pour confier la régence au comte Raimond de Tripoli, celui qu'entre tous Agnès détestait le plus.

Quand la première lueur du jour dessina la ligne de crête du mont des Oliviers, Amaury expira. Il reçut l'extrême-onction en contemplant le visage de son fils marbré de taches brunes sur le front et la joue droite. En ce 11 juillet 1174, le roi rendit l'âme en priant le ciel d'accomplir un miracle et de guérir Baudouin.

Dans une tour de la citadelle de David, des roucoulements saluaient la clarté de l'aube. Les messagers enflaient le jabot, prenaient des postures, se frôlaient. Maître Fouquet avait versé dans les mangeoires des lentilles, du riz, du froment, de la mie de pain, du poisson séché et du sel. Il jeta quelques poignées de cendre noire dans les bassines d'étain où les pigeons se baignaient. L'eau prit une couleur d'encre.

— Aujourd'hui, messeigneurs, vous volerez en tenue de deuil.

Comme chaque matin, il parlait à voix basse à ses « colliers blancs » en nouant un fil d'or autour du papier de soie qu'il liait à leur patte.

— Vous ne porterez plus les ordres du roi Amaury. Il est mort. Allez le faire savoir partout...

Fouquet ouvrit les volets de bois. Leur claquement donna le signal : ils s'élancèrent l'un après l'autre d'un coup d'aile vigoureux. Appuyés sur un souffle de brise, ils s'élevèrent au-dessus de la Ville sainte, dessinèrent un cercle au-dessus des remparts de Jérusalem, puis se dispersèrent. Chacun s'orienta vers sa destination : Antioche, Sidon, Beyrouth, Naplouse, Nazareth, Acre... L'un d'eux partit vers Tripoli.

Au même moment, bref et morne, le glas sonna à la chapelle royale, puis au Saint-Sépulcre, à Sainte-Anne, à l'Hôpital, au Temple... Du haut de son colombier, maître Fouquet entendait le message des cloches qui, de chapelle en couvent, allait se propager à travers le royaume. Il haussa ses frêles épaules : « Mes coursiers sont partis les premiers. »

Une pâle lueur commençait à envahir la chambre. Raimond de Tripoli et Eschive dormaient encore quand le garde frappa deux coups contre la porte, comme chaque matin juste avant le lever du soleil. Raimond se tourna sur le côté, passa les bras autour de la taille de sa femme, se serra contre elle et la pénétra. L'accouplement fut bref : au réveil, il ne la prenait qu'afin de l'ensemencer. Le plaisir, la lenteur, les caresses, il les réservait pour le soir ou la sieste. Marié depuis quinze mois, il était impatient qu'un fils prenne corps dans le ventre de son épouse. Il avait déjà trente-quatre ans.

L'aimée sortit des draps. Nue, assise sur le bord du lit, elle se pencha, ramassa un linge qui traînait sur le tapis de soie, s'en enveloppa, traversa la pièce en évitant le regard de son mari et sortit, le laissant seul. Il se leva à son tour et découvrit un papillon écarlate dessiné sur le coton blanc, juste là où Eschive venait de s'asseoir : une petite tache de sang. Il baissa la tête et vit des traces rouges sur sa cuisse et sa verge. Une fois de plus, l'apparition des règles de sa femme tuait l'espoir que leurs étreintes avaient fait renaître. Il fallait se résigner à regarder la vérité en face : il était stérile.

A l'autre bout de la chambre, un trépied de bronze portait une cuvette d'argent pleine d'une eau claire, parfumée d'essence de rose. Raimond trempa une éponge qu'il se passa sur le visage puis sur le corps. Sec, de taille moyenne, d'une musculature ferme, il se tenait droit. Sa frugalité l'exemptait de toute graisse superflue. Une ossature saillante, un nez en bec, une carnation d'ambre, des cheveux noirs et drus, un œil couleur de nuit, une barbe à fleur de peau, les joues creuses : Raimond avait les traits, le teint et le poil d'un Oriental.

Par le sang, c'était un Franc du pays de langue d'Oc, mais depuis le temps qu'ils vivaient en Terre sainte, ses ascendants avaient acquis, au fil des générations, les caractéristiques des hommes de l'Orient. Mince, anguleux, sombre, Raimond ressemblait à un Bédouin.

Il acheva son ablution en se lavant le sexe et les cuisses souillés par les menstrues, il abandonna l'éponge dans la bassine et vit l'eau se teinter du sang d'Eschive. Incapable de prolonger sa lignée, il se sentait fautif. Il ne pouvait même pas tenter de se disculper en doutant de la fertilité de sa femme ; elle avait eu deux fils de son précédent mariage avec le prince de Tibériade qui l'avait laissée veuve, trois ans plus tôt. Raimond devait admettre l'évidence et vivre avec cette blessure.

Son incapacité à procréer sonnait le glas de la dynastie « occitanorientale » fondée ici, au Liban, au début de ce XIIe siècle par son aïeul, Raimond de Saint-Gilles. Ce comte de Toulouse était parti à la tête de la première croisade, suivi d'une grande armée recrutée dans les provinces du sud de la France, entre Rhône et Garonne. Avec Godefroy de Bouillon, il avait conquis Jérusalem et délivré le Saint-Sépulcre. Ensuite, ayant juré de finir ses jours en Terre sainte, Saint-Gilles avait jeté son dévolu sur le mont Liban et Tripoli dont il fit le siège jusqu'à sa mort, les armes à la main, à l'âge de soixante-cinq ans. De père en fils, Bertrand, Pons, Raimond II lui avaient succédé. Raimond III était le cinquième comte de Tripoli, et sans doute le dernier, faute de descendance.

Une brise venue de la mer souleva les rideaux de lin. Raimond les écarta et s'appuya sur le bord de la fenêtre ouverte sur la Méditerranée. A cette heure encore fraîche, l'horizon dessinait une ligne précise entre le bleu sombre de l'eau et celui, plus léger, du ciel.

Cinq galères byzantines venues de Constantinople, chargées dc marchandises, approchaient du port de Tripoli, cette bouche béante par laquelle se nourrissaient la ville et le comté. L'une après l'autre, elles passèrent la pointe de la jetée et entrèrent dans le bassin, voiles affalées. Les équipages se mirent à manœuvrer à l'aviron vers les quais où des groupes de portefaix attendaient. Ils allaient décharger les céréales, les barils de vin grec, les étoffes de Byzance, puis recharger les galères avec du bois de cèdre, des caisses de fruits des vergers de la montagne, de la canne à sucre, des boiseries de Damas, des voiles de Mossoul. Les navires repartiraient vers la Corne d'Or, ou le Bosphore, ou Chypre, ou Smyrne...

Depuis la fenêtre de sa chambre, au dernier étage du donjon du château édifié par son aïeul Saint-Gilles au sommet d'une colline qu'il avait nommée Mont Pèlerin, Raimond pouvait contempler sa capitale. Toute blanche, Tripoli s'étalait en contrebas dans la plaine littorale, bordée d'un côté par la mer, ceinte de l'autre par son rempart de pierre blonde. Au-dessus de chacune des trois portes de la cité, un étendard sang et or battait au vent : la croix des comtes de Toulouse apportée ici par l'ancêtre. Ses descendants, les Orientaux du comté de Tripoli comme les Occidentaux du comté de Toulouse, avaient conservé l'emblème qui flottait depuis trois quarts de siècle aux deux extrémités de la Méditerranée.

Autour du rempart, d'immenses vergers savamment irrigués couvraient les abords. Orangers, citronniers, bananiers formaient une couronne de verdure, ornement et privilège d'une ville qui n'avait pas subi de siège depuis soixante-cinq ans. En juin 1109, Bertrand, le fils de Saint-Gilles, avait pris Tripoli dans un assaut mené sur terre et sur mer. Depuis lors, les frontières du comté avaient subi harcèlements et incursions, mais ni les Turcs ni les Arabes n'étaient revenus jusqu'ici.

Au-dessus de la plaine côtière, les escarpements portaient des oliviers trapus et déhanchés au milieu desquels vagabondaient des chèvres. Tout en haut, au sommet du Mont Pèlerin, au pied de la muraille du château « Sanjil », en bordure des douves, une croix de pierre haute comme un homme se dressait à la bifurcation du chemin, presque sous la fenêtre où Raimond venait de s'accouder. C'était là qu'il avait vu tomber son père. Il avait douze ans.

C'était un jour d'hiver, sous un ciel ardoise. Le comte Raimond II venait de sortir du château pour descendre à Tripoli. Trois chevaliers l'accompagnaient. Ils avançaient au pas, le long du fossé. Le comte, tête basse, le poing sur la hanche, sombre comme ce jour brumeux, semblait perdu dans une rêverie morose. Peut-être songeait-il à ses infortunes conjugales ; son épouse Hodierne lui était infidèle et son inconduite le torturait.

Une dizaine de mendiants et d'estropiés en haillons étaient assis sur le talus, là où le chemin descendait vers la ville en serpentant à travers les oliviers et les vergers. A l'approche des quatre cavaliers, les miséreux s'étaient levés, la paume ouverte tendue vers le comte. Comme de coutume, Raimond avait pris des piécettes dans la poche de cuir pendue à sa selle. De l'autre main, il tenait les rênes de sa monture arrêtée au milieu de l'attroupement. Il se pencha sur l'encolure pour distribuer l'aumône. A cet instant, deux hommes bondirent sur lui. Le premier lui sauta à la gorge et la trancha d'une oreille à l'autre, d'un seul coup de lame, pendant que le second lui enfonçait son couteau jusqu'au cœur avec le geste imparable des tueurs de la secte des Assassins. Le comte de Tripoli était déjà mort quand il chuta dans l'herbe éclaboussée de sang, au pied de son cheval, sous les yeux effarés de son fils penché au créneau du chemin de ronde, hurlant, épouvanté. C'était la première des blessures que la vie allait infliger à Raimond.

Ce souvenir et le vent frisquet le firent frissonner. Il referma le rideau et se frotta le torse à pleines mains. Il prit dans un coffre de bois des vêtements qu'il déposa sur le lit. Il commença par enfiler un linge de fil léger. Cette journée de juillet s'annonçait chaude et il ne revêtit qu'un manteau de soie blanche galonné d'une broderie de fils d'or et boutonné de nacre. Il chaussa des bottes de cuir souple et descendit par l'escalier à vis rejoindre son épouse.

Attablée devant un plat de fruits, Eschive devina

les pensées de Raimond en le voyant arriver, la bouche amère.

— Tu appréhendes l'audience de ce matin ? lui demanda-t-elle pendant qu'il prenait place de l'autre côté de la table, sur une chaise de bois noir incrusté.

Une quinzaine de mois de vie conjugale lui avaient appris à connaître le caractère de son mari. D'une nature soucieuse, il était toujours hanté par un tourment. On ne pouvait l'en distraire qu'en lui suggérant un autre motif de préoccupation. Le Conseil de justice qui allait se réunir ce matin le tracassait suffisamment pour chasser sa tristesse qu'il expulsa d'un soupir.

— J'aimerais connaître le sentiment de Marguerite, répondit Raimond. Elle ne t'a rien dit de sa préférence ?

— Rien. Elle s'en remet à ta décision.

Ils parlaient d'une jeune orpheline que Raimond avait prise sous sa tutelle. C'était son devoir : elle était princesse de Batroun, un petit fief portuaire, vassal du comte de Tripoli.

Deux hommes se disputaient la main de Marguerite de Batroun et son tuteur devait arbitrer devant le Conseil de justice. Raimond allait décider de la vie de cette jeune fille de seize ans en lui choisissant un mari.

Avec une cuiller de vermeil, il entama le sorbet qu'on venait de lui servir dans une coupe de cristal. Chaque matin, des muletiers venaient vendre au château des sacs de neige ramassée sur les sommets du mont Liban. Même en cette saison chaude, ils savaient où la dénicher, dans l'ombre des replis rocheux sous la cime du mont Sanine ou bien au pied des cèdres, dans la fourche des racines, là où le soleil ne parvient jamais.

— Je déteste disposer ainsi de Marguerite. Je n'aime pas ça. J'ai des scrupules.

A vrai dire, il avait non seulement des scrupules mais aussi des remords. Quand il avait vingt ans, après le meurtre de son père, puis la mort de sa mère, Raimond voulait gouverner la vie de chacun. Surtout celle de sa sœur Mélisande. Elle avait seize ans, comme Marguerite aujourd'hui, quand son frère découvrit que sa cadette échangeait une correspondance avec un inconnu. Il avait interrogé les servantes, les gardes, les gens du port. Les lettres s'échangeaient avec un certain Joffré Rudel, un troubadour des pays de la Garonne.

Mélisande et son poète, séparés par la mer, ne s'étaient jamais vus. Cela rassurait Raimond sans apaiser son courroux. Profitant d'une absence de Mélisande descendue à Tripoli remettre une missive à un chef d'équipage en partance pour un port du Languedoc, il était allé fouiller dans la chambre de sa sœur, avait trouvé un coffret caché sous le lit, forcé la serrure et découvert les poèmes brefs et ardents de Joffré Rudel. Les mots étaient tracés au stylet d'ivoire, d'une belle écriture :

Amor de terra lonhdana...

Les vers chantaient dans une langue que Raimond comprenait parfaitement. C'était celle de ses pères et on la parlait encore entre seigneurs d'origine occitane établis dans le comté de Tripoli.

Amour de terre lointaine
Pour vous j'ai le cœur dolent
Et n'y puis trouver remède
Si je n'entends votre appel.

Les récits des pèlerins occitans avaient fait naître cet amour. Quand ils venaient en Terre sainte, après avoir prié au Saint-Sépulcre, au mont des Oliviers, à Bethléem, beaucoup poussaient le voyage jusqu'à Tripoli, curieux de voir ce pays tenu par un seigneur descendant du glorieux Saint-Gilles et cousin de leur propre comte de Toulouse, un Raimond lui aussi.

Ces pèlerins gravissaient la pente et venaient présenter leurs hommages au château Sanjil où le jeune Raimond les recevait. Parfois, bouche bée, ils apercevaient sa sœur Mélisande, son visage gracieux couronné de boucles noires et son corps prématurément épanoui. Au retour, ils racontaient leur voyage et faisaient l'éloge de cette inoubliable Occitane d'Orient, parée de pierres rares, vêtue de soie l'été et de velours l'hiver.

La princesse lointaine était devenue si fameuse que le célèbre Joffré Rudel, seigneur de Blaye, lui avait consacré sa plume. Il ne vivait et ne composait plus que pour l'inaccessible inspiratrice.

Dieu n'a point voulu qu'on vît
Jamais plus belle chrétienne,
Ni juive, ni Sarrasine...
Mais je ne sais quand la verrai
Car nos pays sont trop lointains.

Raimond avait voulu briser le bonheur de Mélisande parce qu'il l'aimait d'un amour interdit. Sans se l'avouer, il brûlait de jalousie.

Frère et sœur s'étaient affrontés. Elle voyait de la noblesse, presque de la sainteté, dans cette passion immaculée. Il trouvait dérisoire et indigne ce commerce épistolaire avec un inconnu. La querelle les sépara. Mélisande s'enferma dans sa chambre, refusant de voir Raimond qui plaçait partout des espions pour intercepter les lettres.

C'est à ce moment que le jeune comte reçut un message de Constantinople : l'empereur de Byzance voulait marier son fils aîné à une Franque d'Orient et il avait choisi la noble princesse Mélisande de Tripoli. Raimond s'enthousiasma pour ce projet mirobolant. Sa sœur deviendrait un jour impératrice ! On ne parlerait plus du troubadour.

Raimond fit décorer dix nefs. Le voyage serait une parade le long des côtes d'Asie Mineure. Il imaginait déjà la flotte tripolitaine entrant dans la Corne d'Or, le navire impérial venant à leur rencontre, l'empereur et le prince héritier en toge pourpre, les noces somptueuses, les joutes sur le Bosphore, les festins, les courses dans l'hippodrome, les poignées de pièces d'or lancées à la foule...

Raimond rêvait à tout cela quand on lui annonça l'arrivée dans le port de Tripoli d'une embarcation arborant un blason représentant deux tours reliées par une courtine crénelée : le blason du seigneur de Blaye, Joffré Rudel !

Le troubadour, alerté par un message de Mélisande, voulait empêcher le mariage. Il avait pris la mer, accompagné de ses plus fidèles disciples. Au milieu des tempêtes, exposés à la menace des pirates, ils se donnaient du courage en chantant :

Dieu qui fit tout ce qui se meut
Et créa cet amour lointain
Me permette, mon cœur le veut,
D'un jour voir cet amour lointain
Et s'il lui plaît je logerai
D'elle tout près, moi le lointain.
Car nulle joie tant ne me plaît

Que de jouir d'amour lointain.

A l'approche de Chypre, Joffré Rudel tomba malade. Ses compagnons crurent à un mal de mer. Le chef d'équipage, l'œil sûr, les détrompa : leur ami ne s'en relèverait pas. Il ne lui restait que deux ou trois jours à vivre, le temps de finir le voyage. C'était donc un mourant qui arrivait. Mélisande, qui l'attendait, voulut courir au port, mais Raimond avait déjà fait verrouiller sa porte. Elle qui s'enfermait depuis des semaines se retrouva tout à coup prisonnière et c'est de sa fenêtre qu'elle vit l'étoffe noire hissée au sommet du mât. Elle devina aussitôt que le deuil annoncé était celui de Joffré Rudel. Elle avait toujours su qu'ils ne se verraient jamais. Elle le pleura jour et nuit.

Raimond, indifférent au chagrin de sa sœur, s'affairait aux préparatifs du voyage nuptial quand il reçut une nouvelle missive de Constantinople. Cette fois, c'était une lettre de rupture. L'empereur prenait prétexte de mauvais augure pour justifier son dédit. La vérité était autre : l'aventure épistolaire de Mélisande était connue et commentée. Les équipages qui acheminaient les correspondances du troubadour et les réponses de la princesse colportaient l'histoire dans tous les ports où ils faisaient escale, en y ajoutant quelques épisodes charnels de leur invention. Le peuple de Constantinople et le clergé orthodoxe grondaient. « Une Franque, fût-elle d'Orient, reste une Franque », disaient les Grecs. L'empereur avait donc renoncé au mariage. Raimond était outragé. Il pesta contre sa sœur et maudit le Byzantin. Ivre de colère, il fit arracher les décorations nuptiales et arma sa flotte pour la guerre : feux grégeois et balistes remplacèrent guirlandes et rubans. Deux cents hommes, chevaliers tripolitains, archers libanais et mercenaires de diverses origines, embarquèrent avec Raimond. Ils dévastèrent quelques petits ports byzantins sur les côtes d'Asie Mineure et de Chypre, pillant et coulant les bateaux, vidant et incendiant les entrepôts, massacrant les troupeaux...

Deux semaines plus tard, estimant que l'affront était lavé, Raimond rentra à Tripoli. Il y débarqua au son du glas : Mélisande s'était laissée mourir de chagrin pour rejoindre son amour lointain.

Après celui de son père, puis de sa mère, ce troisième deuil le laissait seul, à nouveau blessé. Et cette blessure-là était d'autant plus douloureuse qu'il se sentait coupable. Le remords ébranla sa raison. Il avait fait mourir cette sœur qu'il aimait tant, mais qu'il aimait si mal.

La renommée du comte de Tripoli était ruinée. Les gens de cœur le tenaient pour une brute et les gens d'esprit pour un rustre insensible à l'amour courtois. A Tripoli et au château, on ne disait mot devant lui, mais on haïssait celui qui avait martyrisé sa cadette. Quant aux Grecs, ils le considéraient désormais comme un pillard. « Un Franc sera toujours un barbare, fût-il né sous nos cieux », commenta l'empereur quand on l'informa des exactions de Raimond contre les ports byzantins.

Cette réprobation ne fit qu'aggraver son isolement et son délire. Loin de s'amender, Raimond s'élança dans une fuite en avant. La tentation du suicide le rendait intrépide.

Il ne lâchait plus l'épée, se jetait partout où des chevaliers chrétiens se battaient contre les armées sarrasines. Dans la Syrie environnante, dans les parages d'Alep ou de Damas, il y avait toujours, ici ou là, une bataille ou le siège d'une place forte. Le comte de Tripoli y courait aussitôt avec sa chevalerie et ses archers. Jusqu'à ce jour fatal de 1164, dix ans plus tôt. C'était aux environs de la forteresse de Haran, entre Antioche et Alep.

Cinq mille Sarrasins de Nur ed-Din, le maître de la Syrie, se déployaient dans la plaine. Raimond de Tripoli commandait une centaine de cavaliers et cinq cents archers libanais. « Ils sont trop nombreux. Ordonnez la retraite », lui avaient demandé les vétérans de Terre sainte. Les cheveux gris, le visage barré de cicatrices, aguerris par d'innombrables combats contre les Turcs ou les Arabes, ses aînés avaient supplié Raimond de ne pas s'engager. Avait-il voulu égaler ses ancêtres ou cherchait-il la mort ? Méprisant les conseils, il était parti au triple galop vers les rangs sarrasins qui s'ouvrirent, le laissant poursuivre sa course jusqu'au milieu de cette mer humaine qui se referma sur lui. Serré de toutes parts, il ne pouvait plus utiliser son arme. Des dizaines de bras immobilisèrent son cheval, l'agrippèrent par les membres, le tirèrent à terre, lui lièrent solidement chevilles, genoux et poignets, et le jetèrent comme un fardeau sur un char. Ils le conduisirent jusqu'à Alep où on le promena dans une cage de fer à travers les rues sous les injures et les crachats. Depuis les fenêtres, les femmes vidaient sur lui des seaux d'excréments. Les enfants lançaient des poignées de paille enflammée. Les hommes tentaient de l'atteindre avec leur pique ou leur bâton. Sans les soldats turcs et les coups de fouet qu'ils distribuaient autour d'eux, la foule se serait emparée du prisonnier et l'aurait mis en pièces. Après ces heures terribles, la solitude et le silence du cachot furent un soulagement avant de devenir une torture.

Il avait vingt-quatre ans. Combien de temps allait-il demeurer captif ? Tous ses ancêtres en Terre sainte avaient connu une fin tragique : son aïeul Raimond de Saint-Gilles brûlé vif, son arrière-grand-père Bertrand empoisonné, son grand-père Pons décapité, son père Raimond II égorgé... N'allait-il pas finir à son tour emmuré vivant ? Et sans descendance. Il traînait ses fers sur les dalles de la prison et frappait les murs de ses poings. Dans la cellule mitoyenne, son voisin d'infortune poussait des hurlements de bête sauvage. Renaud de Châtillon enrageait ainsi depuis six ans déjà. Plus ses geôliers le battaient, plus il vociférait. « Je vous arracherai les tripes et je les jetterai aux chiens ! »

Trente-sept mille besants ! Quand Raimond apprit par un gardien le montant de la rançon exigée par Nur ed-Din, il sentit tomber sur ses épaules le poids d'une interminable captivité. Combien d'années faudrait-il pour pouvoir prélever une telle somme sur les ressources du comté ?

Puisque son corps était enfermé pour longtemps, il résolut de profiter de la seule liberté qui lui restait : celle de l'esprit. Pour commencer, il demanda qu'on lui enseigne l'islam. Il prétendait envisager de se convertir. Nur ed-Din lui envoya aussitôt les ulémas les plus savants qui lui apprirent à lire et à écrire la langue du Prophète.

Raimond lut le Coran, mais jamais sa foi ne vacilla. Au contraire, il n'éprouvait aucun attrait pour cette religion venue de si loin, de ces villes de Médine ou de La Mecque au sud des déserts du Sud, sur les bords de la mer Rouge. Pour Raimond, l'islam était une croyance d'origine étrangère, tandis que Jésus avait vécu ici, en Terre sainte. On pouvait voir le lieu de sa naissance à Bethléem, celui de son supplice au Saint-Sépulcre. A Tibériade comme à Nazareth, sur le mont des Oliviers ou sur les bords du Jourdain, partout on pouvait mettre ses pas dans ceux du Seigneur et prier là où il avait prêché, souffert, accompli des miracles. Non, Raimond n'avait pas été converti par Mahomet. En revanche, il avait appris la langue arabe en lisant le Coran et cette connaissance allait être la clef de tous les savoirs. Il lut des récits, des poèmes, des histoires d'amour, des fables. Il se plongea dans le « Traité de gouvernement » de Nizzam el-Mulk. Le mathématicien Al-Khawarizmi lui fit découvrir les chiffres arabes. Raimond s'émerveilla devant leur simplicité, comparée à la lourdeur de la numérotation latine. La clef de l'énigme était dans le « Sifr », littéralement le vide, c'est-à-dire le zéro du système décimal.

Raimond s'intéressa aux mystères de son corps au fonctionnement duquel il n'avait guère réfléchi jusque-là. Les canons d'Avicenne et leurs huit cents remèdes faisaient autorité depuis deux cents ans déjà.

Il eut la révélation de Platon et d'Aristote. Les philosophes grecs, qui n'avaient jamais été traduits en latin, l'étaient depuis longtemps en arabe. Les traductions étaient assorties de commentaires. La pensée hellénique avait fait naître une école dont l'Andalou Averroès était le plus illustre théoricien, qui cherchait à concilier le Coran et Aristote.

Au fil de ses lectures, Raimond découvrait, stupéfait, qu'une grande partie de son vocabulaire était empruntée, sans qu'il le sût, à celui des Arabes. La langue des Francs de Tripoli ou de Jérusalem avait absorbée des vocables orientaux qui s'étaient fondus dans leur langue d'origine latine. En arrivant en Orient, près d'un siècle plus tôt, les croisés avaient découvert des fruits, des matières, des objets, des parfums, des remèdes qui n'existaient pas en Europe. Tout naturellement, ils les avaient désignés par le nom que leur donnaient les Arabes : l'orange, l'artichaut, l'épinard, le riz, le café, la bergamote, la pistache, la prune. Mais aussi la mousseline, le satin, le taffetas, la moire. Et le cumin, l'estragon, l'échalote, le safran, la muscade. Et puis l'ambre, le talc, la gaze, la soude, le camphre, la benzine...

Pour le distraire, un gardien lui glissa en riant « Les Mille et Une Nuits ». Condamné à ne boire que de l'eau, il s'enivrait des poèmes bachiques d'Omar Khayyâm.

Bois du vin, puisque tu ignores d'où tu es venu
Vis joyeux, puisque tu ignores où tu iras.

Mais qui étions-nous avant d'arriver ici ? se demandait Raimond en avançant, ébloui, dans la connaissance d'un monde où il était né, où il avait toujours vécu, mais qu'il avait ignoré jusqu'alors. Avant sa captivité, il avait lu en tout et pour tout le « Roman de Renart », la « Chanson de Roland » et les poèmes de Joffré Rudel.

Huit ans ! Il avait fallu huit ans pour payer cette rançon. Chaque année, le sénéchal et le chambrier du comté de Tripoli prélevaient un quart des impôts. Les besants d'or étaient empilés dans des coffres scellés en présence du chancelier. Des escortes mixtes munies de sauf-conduits portaient le tribut à Alep pour le déposer aux pieds de Nur ed-Din. Mais Raimond serait toujours au fond de son cachot, sans l'ordre des Hospitaliers. Leur grand maître avait consenti une avance de dix mille besants payés comptant, en échange de la libération immédiate du comte. Nur ed-Din avait accepté.

C'est ainsi qu'un beau matin de 1172 Raimond avait retrouvé la liberté. Ce n'était plus le même homme. A trente-deux ans il était forgé par l'épreuve, assagi par la captivité et instruit par l'étude. Au seuil de sa nouvelle vie, ne supportant plus la solitude, il s'était marié avec Eschive, veuve du seigneur de Tibériade, déjà mère de deux fils et plus belle que jamais au seuil de la trentaine.

Entouré de sa garde d'honneur, le comte de Tripoli traversa d'un pas rapide la cour du château sous un soleil déjà ardent. Quand il entra dans la salle capitulaire, le public se leva. La cour des barons, celle des bourgeois et le haut clergé de l'Eglise romaine et des Eglises d'Orient formaient le Conseil de justice.

Raimond prit place dans un fauteuil surélevé par une estrade. Il ramena sur ses jambes les pans de son manteau de soie. Devant lui, une toute jeune fille de seize ans le fixait de ses yeux pervenche. De longs cheveux blonds et bouclés étaient retenus sur la nuque par un ruban qui dégageait l'ovale du visage. La princesse de Batroun sentit ses mains devenir moites et son cœur battre plus vite ; sa vie allait se jouer dans cette salle, au milieu de ces gens dont elle devinait les regards posés sur ses épaules. Elle ne quittait pas des yeux le comte de Tripoli, évitant surtout de se tourner à droite ou à gauche vers l'un ou l'autre des deux hommes qui se disputaient sa main.

Le comte invita l'assemblée à s'asseoir. Les clercs s'installèrent dans les stalles de bois, les seigneurs prirent place sur des chaises et les bourgeois sur des bancs. Au premier rang, la petite princesse se tenait droite sur son tabouret, disposant autour d'elle les plis de sa robe. Les deux prétendants étaient debout, face à face. Gérard de Ridefort, vêtu de cuir noir, le teint de craie, défiait du regard son rival. Il se tourna vers Raimond.

— Cette audience est scandaleuse ! J'avais votre parole. Nous avons fixé le montant de la dot et vous m'avez promis la princesse.

C'était vrai : huit jours plus tôt, Raimond avait accédé à la demande de ce seigneur français qui venait de débarquer à Tripoli. Il lui avait accordé la main de la petite orpheline dont il avait la tutelle, en échange d'une belle somme qui allait lui permettre de rembourser l'ordre des Hospitaliers. Le comte leur devait toujours plus de la moitié des besants avancés pour sa libération.

— Rien n'est irréversible tant que l'union devant Dieu n'a pas été prononcée, rétorqua Raimond.

— Mais votre parole ? s'écria Gérard de Ridefort.

— A ce moment-là, je n'avais qu'une demande en mariage. Aujourd'hui, j'en ai deux.

Il se reprochait d'avoir donné son consentement sans avoir pris le temps de la réflexion. Il s'était laissé aller à cette impulsivité dont il se croyait guéri. En effet, le lendemain, un riche marchand de Tripoli était venu proposer à Raimond une offre vertigineuse. Ce quadragénaire nommé Plivain se faisait appeler Plivanus pour donner à son nom une sonorité antique. Sa famille venait de Gênes. En trois générations, à force de travail et grâce à leur habileté, ces gens étaient devenus les plus gros négociants de canne à sucre du comté de Tripoli. Leur fortune était considérable. Plivanus rêvait de la princesse de Batroun mais il n'avait jamais osé demander sa main. Elle était noble et il n'était que riche. Quand il apprit par la rumeur qu'un chevalier arrivant de France allait l'épouser, il balaya toute hésitation, sauta sur son cheval et galopa jusqu'au château Sanjil pour être entendu sur-le-champ : « Messire Raimond, je vous offre le poids de la princesse en or... »

— Je vous avais promis cette cassette, rappela Gérard de Ridefort. La voici.

Il déposa le coffret sur la plus haute marche de l'estrade, fit un pas en arrière et désigna la jeune fille.

— Maintenant, à vous de tenir votre engagement.

— C'est ce que je vais faire, répondit Raimond. A la mort de ses parents, j'ai promis de veiller sur elle. J'accorderai donc sa main à celui qui apportera la meilleure preuve de son désir de l'épouser. Je vois que vous offrez cette cassette, c'est bien.

— C'est ce qui était convenu entre nous !

Comme s'il n'avait pas entendu, Raimond se tourna vers le négociant de canne à sucre.

— Et toi, Plivanus, quelle preuve apportes-tu ?

Plivanus évitait de croiser le regard de Gérard de Ridefort, craignant de le voir se jeter sur lui. Il ignorait son concurrent et ne regardait que la princesse. Ses serviteurs installèrent une balance haute comme la jeune fille que le Génois invita à monter sur un des deux plateaux. Dans l'autre, ses domestiques déposèrent des bourses de pièces d'or. Un murmure monta des rangs du Conseil de justice. Ceux qui étaient au fond de la salle se levèrent pour mieux voir. Un Génois de la famille Embriaci comptait à haute voix, tentant d'évaluer la fortune déposée aux pieds de la princesse. Gérard de Ridefort blêmissait de rage en voyant les marchands hilares. Le visage cireux, poings serrés, il s'approcha de Raimond et monta sur la première marche de l'estrade.

— Vous me le paierez !

— Des menaces ? Je vous chasse de ma demeure. Sortez ! Et ne vous attardez pas dans mon comté.

— Certainement pas ! Je vais à Jérusalem, et, là-bas, je serai votre ennemi. A jamais !

Les deux hommes avaient exprimé leur haine à mi-voix. Nul n'avait prêté l'oreille à leur échange. Le public s'amusait à compter les bourses lancées dans la balance. Au douzième sac d'or, le disque de cuivre sur lequel se tenait la princesse décolla du sol. Une ovation salua la munificence de Plivanus.

Gérard de Ridefort traversa la salle à grandes enjambées sous les quolibets, et sortit en jurant de consacrer le reste de sa vie à se venger.

Un pigeon décrivait un cercle au-dessus de la forteresse Sanjil. Il arrivait de Jérusalem. La mer, Tripoli, la montagne défilaient sous ses yeux. Il dirigea son vol vers le colombier du château et se posa sur le perchoir. Au même moment, juste au-dessous dans la cour, un homme en noir montait sur son cheval. C'était Gérard de Ridefort qui partait vers Jérusalem, suivi de son écuyer, les mains crispées sur la cassette de la dot.

Dans la salle d'audience, les Génois se pressaient autour du comte, le remerciaient, l'assuraient que l'honneur fait à l'un des leurs rejaillissait sur toute leur communauté.

Plivanus riait et pleurait en même temps. Raimond regarda Marguerite. Il la vit radieuse et la crut heureuse. Elle n'était que soulagée. Elle n'éprouvait aucune attirance envers le marchand de canne à sucre, mais elle avait eu si peur de l'autre, blafard, l'œil et le cheveu gris, vêtu de cuir.

Non seulement ce mariage rapportait une somme considérable à Raimond, mais en plus il était content de son choix. Il n'aimait pas ces gens venus d'outre-mer, leur arrogance, leur ignorance de l'Orient, tandis que Plivanus était natif de Tripoli, comme Marguerite, comme lui-même.

— Messire Raimond ! Messire ! Un message de Jérusalem !

Le sénéchal se frayait avec peine un passage au milieu de l'assistance qui commentait en riant la colère du Franc, la folie dépensière de Plivanus, la beauté de la princesse.

— Messire, le roi est mort ! annonça l'homme en tendant au comte le petit rouleau de papier apporté par le pigeon.

Raimond se signa. Le silence se fit. La salle se vida. Le comte traversa la cour inondée de lumière, gravit un escalier de pierre et entra dans la chapelle. C'était un petit sanctuaire de forme octogonale où les ancêtres de Raimond reposaient côte à côte.

Quatre dalles funéraires s'encastraient dans le sol, face au petit autel de pierre. Sur chacune étaient gravés le nom du défunt et l'année du décès. Raimond de Saint-Gilles, 1105. Bertrand, 1112 ; Pons, 1137 ; Raimond II, 1152. Rien de plus. Quand son tour viendrait, sa place serait au bout de l'alignement des tombes.

Il se mit à genoux. Ce jour-là, il n'implora pas le ciel de lui donner un fils, comme il le faisait chaque matin depuis son mariage. Il pria pour l'âme d'Amaury et pour le royaume.

Deux heures plus tard, en plein soleil, Raimond sortit du donjon équipé de la cotte de mailles qu'il endossait toujours depuis que son père avait été poignardé sous ses yeux. Il emmenait avec lui une escorte de trente cavaliers qui l'attendaient dans la cour d'honneur. La maison du comte était réunie pour saluer son départ. Titulaires des grands offices et simples serviteurs étaient venus lui souhaiter bon voyage. Il leva le bras, leur adressa un salut collectif et enfourcha un destrier blanc que son palefrenier tenait par le mors. Droit sur sa selle, Raimond donna le signal du départ. Il devait être dans la Ville sainte pour les obsèques d'Amaury, le couronnement de Baudouin et le choix du régent.

Tout désignait Raimond pour exercer cette charge : il avait reçu de ses ancêtres le comté de Tripoli, Etat frère du royaume de Jérusalem. Par sa mère, il avait du sang royal ; le roi défunt était son cousin germain. Par son épouse, il était seigneur de Tibériade et membre de la Haute Cour. Aucune décision ne pouvait être prise sans Raimond et encore moins contre lui. De plus, le nouvel homme qui s'était révélé depuis sa sortie du cachot d'Alep avait la confiance et l'estime de ses pairs.

Les gardes tirèrent les verrous et rejetèrent les battants contre les murs. Les sabots des chevaux résonnèrent sur la passerelle de bois qui enjambait les douves. Au premier tournant du chemin se dressait la croix de pierre grise. Raimond arrêta sa monture, descendit et s'agenouilla là où son père était tombé sous les poignards des Assassins, vingt-deux ans plus tôt.

Ensuite, ils traversèrent au pas les oliveraies sur la pente de la colline. Arrivés en terrain plat, ils se mirent au trot. Debout sur les créneaux des remparts de Tripoli, les sentinelles agitaient les bras et saluaient le comte. La petite troupe partit au galop sur la route qui longe la mer. A droite, les vagues roulaient sur le rivage. A gauche, le mont Liban élevait ses contreforts. Le comte chevauchait en tête, le territoire lui appartenait, aucune embuscade n'était à craindre. Ils firent étape à Batroun, à Byblos puis à Tabarja avant de franchir les gorges du « fleuve du Chien » et d'entrer dans le royaume de Jérusalem.

Pendant trois jours, de l'aube au crépuscule, le comte et son escorte ne mirent pied à terre que pour de brèves haltes : le Puy du Connétable, Enfé, Bouar, Jounieh... A chaque étape, ils troquaient leurs montures couvertes d'écume contre des coursiers frais. Les palefreniers les harnachaient pendant que les chevaliers se restauraient dans la cour du caravansérail, dévorant des tranches de mouton que les femmes du pays grillaient et que leurs enfants vendaient en plein air. Les hommes s'essuyaient la bouche, remontaient en selle et reprenaient la route derrière Raimond qui se mettait au galop. Sorti du cachot depuis moins de deux ans, il goûtait les joies de la course après avoir vécu si longtemps les fers aux pieds.

Les deux fils d'Eschive, Hugues et Guillaume de Tibériade, âgés de seize et dix-huit ans, chevauchaient aux côtés de leur beau-père. Hugues portait l'étendard de Tripoli, Guillaume celui de Tibériade.

Ils ralentirent l'allure pour entrer dans les rues de Tyr. Le comte devait passer la nuit sous le toit de son ami l'évêque Guillaume. C'était la fin du jour, mais les allées et venues des marchands suivis de leurs mules ou de leurs chameaux encombraient encore les ruelles. Les mâts des navires amarrés aux quais du port pointaient au-dessus des toits en terrasses.

Une enceinte de pierre protégeait la demeure épiscopale. Les gardes ouvrirent les grilles sur un extraordinaire jardin jonché de piliers, de chapiteaux sculptés, de statues de marbre sans tête, de têtes sans corps, de bustes sans bras. Les paysans de la région tiraient profit de la passion de leur évêque. Ils lui vendaient leurs trouvailles, découvertes au milieu d'un labour ou dans la fange d'un fossé.

Guillaume de Tyr se leva pour accueillir Raimond qui approchait en enjambant les corps de pierre mutilés. On ne pouvait imaginer deux hommes plus dissemblables. Autant Raimond était noir de poil et brun de peau, autant l'évêque de Tyr était pâle et blond. On le surnommait « Barbe d'or ». Le roi Amaury l'avait chargé d'écrire l'histoire du royaume et lui avait confié ce qui lui était le plus cher : son jeune fils Baudouin.

Guillaume prit Raimond par le bras. Il était voûté, la voix lasse.

— Je vais assister à l'enterrement de mon ami et au couronnement de mon élève. Je pleure l'un et je tremble pour l'autre.

— Nous devons partir dès l'aurore pour être à Jérusalem dans trois jours.

— Ce sera le soixante-quinzième anniversaire de la libération du Saint-Sépulcre, rappela Guillaume. C'était le 15 juillet 1099.

Raimond pensa à son aïeul, Saint-Gilles, se battant à la porte de Sion et à la citadelle de David.

— Soixante-quinze ans, déjà... murmura-t-il.

— Non, Raimond. Soixante-quinze ans à peine ! Tout juste trois quarts de siècle. A l'échelle de l'histoire, c'est le temps d'une hésitation : notre royaume va-t-il survivre ou disparaître ? Regarde.

D'un geste, Guillaume de Tyr désigna les vestiges dans l'herbe. Un bras de marbre blanc jaillissait du sol, tendu vers le ciel.

— Toute puissance se croit immortelle. Tour à tour, chaque peuple a pensé qu'il serait à jamais le maître de cette terre. Phéniciens, Egyptiens, Romains, Perses, Grecs, Arabes, Turcs... Et ils ont été balayés l'un après l'autre par une tempête sur l'océan des siècles. Aujourd'hui, notre royaume franc se croit éternel, mais Dieu seul sait s'il célébrera son centenaire.

L'obscurité tomba dans une tiédeur humide. Les serviteurs disposèrent des lanternes devant les fenêtres. Des nuées d'insectes vinrent tournoyer autour des chandelles. Les deux hommes restaient à l'écart dans la pénombre. Ils parlaient à voix basse. Jamais Raimond n'avait vu son ami aussi sombre. Le deuil, sans doute. L'évêque demeura longtemps silencieux. Le chagrin nouait sa gorge.

— Ce que je dois vous révéler est très douloureux.

Raimond ne disait rien, attendant que Guillaume de Tyr ait rassemblé tout son courage.

— Le jeune Baudouin est *mesel*, avoua-t-il d'une voix rauque.

Mesel ! C'était ainsi qu'on nommait les lépreux par crainte de prononcer le mot terrifiant. Guillaume avait décelé le mal grâce à ses connaissances en médecine et en physiologie et parce qu'il côtoyait son élève du matin au soir. Il avait découvert la vérité un jour d'avril dernier. Baudouin avait fini ses travaux scolaires et s'amusait dans la cour du manoir royal avec quelques camarades de son âge. Assis sur un banc de pierre à l'ombre d'un cyprès, Guillaume écrivait le vingt-deuxième livre de son « Histoire du Royaume de Jérusalem ». Parfois, il levait les yeux pour surveiller son disciple : le prince était sur une chaise, dans une attitude majestueuse. Les uns après les autres les enfants venaient vers lui, s'inclinaient respectueusement puis le pinçaient ou le piquaient avec une pointe acérée. Baudouin demeurait impassible. « Nous jouons au roi », avait-il dit à Guillaume qui s'approchait, tenaillé par l'inquiétude.

— Un roi doit être au-dessus de la souffrance, avait expliqué Baudouin, en enfonçant une aiguille dans son bras.

— Je suis sûr que tu as mal, avait objecté le précepteur, mais tu veux montrer qu'un futur roi doit être courageux.

— Non, maître Guillaume, je ne ressens vraiment aucune douleur. C'est le privilège d'un roi, n'est-ce pas ?

C'était le symptôme de la lèpre.

Les croûtes et les minuscules lésions que l'on voyait apparaître sur sa nuque ou sur son front n'étaient donc pas une mauvaise gale ainsi que chacun le croyait à la cour. Guillaume de Tyr avait révélé au roi le malheur dont son fils était frappé. Amaury n'avait pu retenir ses larmes. Ensuite, les éruptions s'étaient aggravées. Ceux qui voyaient l'enfant de près savaient à quoi s'en tenir mais n'en parlaient qu'à voix basse.

Le cortège franchit les portes de la citadelle. Les tambours battaient une lente marche mortuaire. La dépouille royale reposait sur un brancard de cèdre recouvert d'un drap blanc. La lourde épée posée entre les jambes creusait le linceul. Les doigts décharnés s'entre-croisaient autour de la poignée d'or. Six chevaliers de l'ordre du Temple portaient la litière sur leurs épaules. Le fils du souverain défunt conduisait le deuil. Raide, les yeux rougis, Baudouin marchait entre sa sœur Sibylle et sa mère Agnès.

Le peuple de Jérusalem était massé dans les rues, sur les terrasses des maisons, sur le chemin de ronde, afin d'apercevoir le cortège qui avançait avec difficulté. Des gardes royaux ouvraient le passage en repoussant la foule. A l'angle de la rue des Teinturiers et de la rue du Temple, un homme d'une trentaine d'années s'était juché sur une borne de pierre. Sa tête et ses épaules émergeaient de la cohue. La barbe soigneusement taillée, les cheveux clairs tombant en boucles, l'expression majestueuse, Héraclius s'était composé un visage de vitrail. Il avait dépensé ses dernières pièces de monnaie pour acheter une tunique de lin brodée et une fiole d'huile parfumée. Il s'était posté dès l'aube sur l'itinéraire du cortège. Il voulait voir cette fameuse reine mère et il espérait qu'elle le remarquerait.

C'était un clerc récemment arrivé d'Occident. Il

venait des monts d'Auvergne. Dans sa paroisse campagnarde, sans titre ni fortune, il n'avait aucun avenir alors qu'il nourrissait d'immenses ambitions. La Terre sainte pouvait permettre à un homme tel que lui de tenter sa chance en recommençant sa vie.

Il avait donc embarqué à Narbonne. Pendant la traversée de la Méditerranée, en lisant une histoire de Jérusalem il s'était choisi le nom d'Héraclius, emprunté à un très ancien empereur byzantin. Il aimait cette consonance, grandiose comme le personnage qu'il voulait devenir.

Il avait débarqué à Jaffa quelques jours avant la mort du roi Amaury. Sur le port, dans les ruelles, les établissements de bains, les auberges, il n'entendait parler que du retour d'Agnès. La « Putain du royaume » allait faire et défaire les destins au gré de ses coucheries. Héraclius s'était informé sur cette Agnès et avait aussitôt pensé que le sort était avec lui. Il connaissait son ascendant sur les femmes et ne s'était jamais privé d'en abuser avec ses pénitentes, en Auvergne. Mais ce n'était que pour le plaisir. Cette fois, son pouvoir de séduction pourrait peut-être lui ouvrir les portes de la puissance et de la richesse. Il fallait essayer. Il voulait voir Agnès. Il voulait surtout qu'elle le remarque.

Derrière les six Templiers portant le corps du roi, la reine mère avançait à pas lents, cachée sous une pyramide de mousseline noire. On n'apercevait rien d'elle, mais elle voyait tout à travers ses voiles de deuil. Héraclius était en face, à l'angle des deux rues, perché sur sa borne. Il la regardait avec intensité, cherchant à capter son attention. Elle frissonna en voyant ces yeux verts qui ne la quittaient pas. Elle s'arrêta un instant pour laisser au convoi funèbre le temps de s'engager dans la rue du Temple. On murmurait des prières, on chantait des psaumes, on sanglotait. Les têtes s'inclinaient devant le roi défunt. Seul Héraclius demeurait droit, les yeux fixés sur la reine mère. A peine perceptible sous l'amoncellement de mousseline, un hochement de tête d'Agnès lui fit comprendre qu'elle le regardait aussi.

Le heurt du battant sur la cloche de la basilique fit vibrer l'air. Dans la nef, sur les bas-côtés, dans les tribunes hautes, dans les chapelles latérales, sous les dômes, autour du saint tombeau, des milliers de personnes se pressaient dans une chaleur suffocante. Devant le portail, le patriarche, entouré des chanoines du Saint-Sépulcre, accueillit le cortège qui pénétra dans le sanctuaire au milieu des cantiques, des fumées d'encens et des bousculades.

Les rois de Jérusalem reposaient côte à côte dans des tombes creusées à même le roc du Golgotha : Godefroy de Bouillon, Baudouin, Baudouin II, Foulques d'Anjou, Baudouin III. La fosse qui allait recevoir le corps d'Amaury portait les marques des coups de pics des compagnons qui avaient taillé la dernière demeure du roi dans la pierre du Calvaire, et gravé la dalle de marbre blanc.

Les grands du royaume faisaient cercle autour de l'excavation pour assister à la descente du corps. Agnès, masquée par son voile, pouvait dévisager les hommes qui l'entouraient.

« Ce Raimond de Tripoli est noiraud comme un Sarrasin, se disait-elle. On raconte qu'il s'est secrètement converti dans sa prison d'Alep. Voilà ce qu'il faudra propager partout ! C'est un renégat. Et ce Guillaume de Tyr est oiseau de mauvais augure ! Depuis qu'il a découvert le mal de mon fils, je le hais ! »

Agnès scrutait le visage du patriarche de Nesle. Son menton tremblait, ses yeux étaient cernés de gris. « Il faudra bientôt veiller à sa succession. »

Onfroy de Toron, Réginald de Sidon, Balian de Naplouse, Gautier de Césarée, Baldwin de Ramallah, le grand maître de l'ordre des Templiers, le prieur des Hospitaliers... Tous ces dignitaires l'avaient bannie, treize ans auparavant. Elle ne le leur pardonnerait jamais. Ils le savaient. Ils redoutaient sa vengeance et cherchaient à lui lier les mains grâce à la régence de Raimond.

Agnès ne comptait autour d'elle que des ennemis, sauf le chambellan, Aymeri de Lusignan, et le sénéchal, Milon de Plancy. Ils n'étaient pas de ceux qui l'avaient humiliée. Lusignan était un Poitevin arrivé en Terre sainte depuis moins de deux ans. Amaury l'avait distingué en lui confiant la charge de la chambre et de la maison royales. Quelques heures après la mort du roi, Agnès avait fait de Lusignan son amant. Allongée sur le sol, elle avait pris plaisir à se venger ainsi de son mari dans la pièce où reposait son corps.

Milon de Plancy, lui, venait de Troyes. Homme d'argent, il avait intéressé le roi aux profits de son commerce de soie et d'épices avec sa Champagne natale. Amaury l'avait remercié en le nommant sénéchal.

Après l'inhumation de son père, Baudouin, agenouillé au pied de l'autel, reçut les insignes de la royauté. Le patriarche, le grand maître de l'ordre du Temple et le prieur des Hospitaliers détenaient chacun l'une des trois clefs du coffre à triple serrure qui recelait la couronne de Jérusalem. Ils la posèrent sur la tête de l'enfant, glissèrent à son doigt l'anneau portant le sceau, et lui remirent le sceptre et la pomme d'or qui symbolisait la Ville sainte. Ils avaient conservé leurs gants par crainte de toucher la peau du roi qui présentait des marques suspectes.

Comme le voulait la coutume, la cérémonie du sacre fut suivie d'un banquet solennel offert par les bourgeois et servi dans la salle du chapitre des Templiers. Par cet usage, l'ordre manifestait sa puissance en faisant venir le roi sous son toit afin de rappeler que la couronne ne pouvait se passer de ses moines-soldats.

La commanderie était établie dans l'ancienne mosquée Al-Aqsa construite trois siècles plus tôt. Après la conquête de Jérusalem, les Francs avaient fondé une confrérie religieuse et militaire pour assurer la sécurité des pèlerins sur les routes d'Orient. Cet ordre s'était installé dans la mosquée sur l'esplanade du Temple dont il prit le nom. Les Templiers, devenus les sentinelles du royaume, tenaient garnison dans les châteaux les plus exposés et fournissaient à l'ost ses meilleurs guerriers. Des seigneurs leur confiaient la protection de leur fief en échange de terres et de places fortes. L'ordre était riche de dîmes et des legs qui lui venaient de toute la chrétienté. Aux aumônes modestes mais innombrables des pèlerins, s'ajoutaient de riches héritages et les biens de ceux qui endossaient la cape blanche croisée de rouge. Le Temple possédait des domaines et des fortunes en Orient et en Occident. Il n'était soumis ni au roi, ni au patriarche et ne devait de comptes qu'au pape qui s'abstenait d'en demander.

Au centre de la table d'honneur, Baudouin était assis sur une chaise à haut dossier. A sa droite, le grand maître Arnaud de Torroge le remercia.

— Votre présence nous honore, sire, dit-il en levant sa coupe. Les Templiers sont fiers que vous veniez prendre ici le premier repas de votre règne. Vous respectez la tradition.

— Il s'y plie ! grinça le prieur des Hospitaliers, Roger de Moulins.

Les deux confréries rivalisaient de richesse et de puissance. Indispensables au royaume dont elles étaient tantôt le rempart, tantôt le fer de lance, elles se jalousaient.

Les seigneurs et les prélats avaient pris place dans la vaste salle. Les conversations résonnaient sous la charpente portée par les alignements de piliers immenses.

Un silence relatif s'établit quand les grands bourgeois de la ville, vêtus de tuniques de soie et chargés de bijoux, entrèrent avec solennité et vinrent s'incliner devant Baudouin. D'un geste, ils firent avancer leurs cuisiniers, suivis de leurs aides chargés d'énormes plats d'argent qu'ils déposèrent devant le roi et au milieu des tables. Les arômes excitaient les appétits. Les mains se tendaient vers les paons farcis de blé et de raisins secs, les porcelets à la broche, les poissons de la Méditerranée.

— Ce repas des marchands est une vieille coutume qui a changé de sens, s'amusait Guillaume de Tyr assis à côté du comte de Tripoli. Dans les premières années du royaume, les bourgeois remerciaient ainsi les seigneurs qui protégeaient leur vie et leur commerce. Aujourd'hui, ils étalent leur richesse et nous rappellent qu'ils font notre prospérité.

Le ton des conversations montait à mesure que se vidaient les cruches de vin de Galilée. On ne parlait pas d'affaires d'Etat, mais de chasse et de femmes.

Renaud de Sidon racontait comment il avait traqué un lion dans une gorge au pied du mont Hermon. Balian de Naplouse, qui avait perdu l'usage du bras gauche dans une bataille et ne pouvait plus chasser à l'arc, vantait les exploits de ses faucons.

Pendant le repas, plusieurs seigneurs vinrent dire à l'oreille du comte de Tripoli qu'il devait briguer la régence.

A mi-voix, on commentait la mine du chambellan. Aymeri de Lusignan n'en était qu'à son second été à Jérusalem. Accoutumé à la fraîcheur du Poitou, il souffrait dans la chaleur de cet après-midi de juillet. « Regardez ! Le bel Aymeri est défait... C'est Agnès qui ne le laisse pas en repos. Il doit besogner jour et nuit... » lança un chevalier.

Seuls les hommes assistaient au banquet. Après la cérémonie du sacre, la reine mère était rentrée au manoir royal et s'était enfermée dans sa chambre, seule avec sa fille.

D'un geste ample, le visage penché, Sibylle passait et repassait une brosse de soie dans la chevelure blonde qui lui balayait les reins. Dans la main gauche, elle tenait un miroir d'argent poli. Elle ne se lassait jamais de contempler son image. Agnès détaillait le corps gracieux qui se devinait à travers le coton fin de la chemise. « Elle est encore fade, mais elle est déjà ravissante. » La mère enviait le bel abandon de la jeune vierge offerte à la lumière de l'été. Agnès, elle, utilisait des artifices vestimentaires pour rehausser ses seins et affiner sa taille. Un savant maquillage lui donnait un regard troublant. Mais, en cet instant, il n'exprimait que de l'inquiétude : la joie intense ressentie au chevet d'Amaury était déjà chassée par l'angoisse devant la fragilité de son nouveau destin.

« Combien d'années Baudouin vivra-t-il ? Que deviendrai-je ensuite ? Un lépreux ne peut avoir d'enfant. Il faut que Sibylle ait un fils au plus vite », se répétait-elle depuis la mort du roi.

— Ma fille, je n'ai pas voulu t'en parler avant l'inhumation de ton père, mais l'heure est venue de te le dire : il faut te marier. Tu dois nous donner un héritier.

— Dites quel est mon devoir, ma mère, et j'obéirai.

Malgré le chagrin du deuil, Sibylle était heureuse d'entendre sa mère lui parler de mariage. Depuis longtemps, dans la tristesse du couvent des religieuses de Nazareth, elle caressait une seule idée : se donner à un homme et le servir. Sa mère venait au-devant de son désir. Son élan n'était pas dicté, comme chez Agnès, par un appel des sens. Elle voulait s'offrir pour un amour exclusif. « Mais qui ? » se demandait-elle. Elle n'était pas amoureuse, mais elle aspirait tant à le devenir que n'importe quel prétendant de bonne allure pouvait devenir dépositaire de cette passion.

En cette journée de cérémonie, elle avait vu plus d'hommes qu'en quatre ans de couvent. Pendant les obsèques et le sacre, elle avait croisé de beaux regards. Sibylle n'était pas sotte au point d'ignorer que, fille du roi que l'on enterrait et sœur de celui que l'on couronnait, son rang lui valait d'être courtisée. Toutefois, elle avait surpris chez certains seigneurs une lueur de sincérité. Elle sourit en songeant aux mines de Baldwin de Ramallah tentant d'attirer son attention.

— Mais qui ? Ordonnez, mère. Choisissez un des seigneurs du royaume et je vous obéirai, promit-elle, déguisant son indécision en docilité.

— Aucun de ceux qui tournaient autour de toi ce matin ! Aucun de ceux d'ici ! Tu m'entends ? Tu n'épouseras pas un de ceux qui m'ont humiliée.

Les coquetteries de Sibylle et les attitudes des courtisans n'avaient pas échappé au regard d'Agnès à l'affût sous ses voiles.

— Ils ont craché sur moi, mais ils t'épouseraient volontiers pour entrer dans la famille royale. Jamais !

Sibylle sentait les larmes monter mais Agnès lui rendit le sourire :

— Je t'ai trouvé un mari. Un bel homme, m'a-t-on dit. Un seigneur valeureux qui s'appelle Guillaume de Montferrat. On le surnomme Guillaume « Longue-Epée », ajouta-t-elle avec un imperceptible sourire.

C'était une idée de son amant, le chambellan. La nuit dernière, entre deux assauts, pendant qu'Aymeri de Lusignan reprenait des forces, elle lui avait confié son désir de marier Sibylle. Pour ne pas parler de la maladie de Baudouin, elle avait invoqué l'impatience de la jeune fille. « Connaîtrais-tu un homme de confiance qui serait un mari pour elle et un allié pour moi ? Cherche ! » avait-elle soufflé à l'oreille de son compagnon de plaisir. Aymeri n'avait pas laissé échapper l'occasion de choisir parmi ses amis le futur époux de la princesse. Il avait aussitôt proposé Guillaume de Montferrat, dit « Longue-Epée » : « Il est très vigoureux. Il plaira à Sibylle. Et il vous sera tout dévoué », avait promis Lusignan.

« Pourquoi ce surnom ? L'a-t-il gagné sur le champ de bataille ou au lit ? » avait chuchoté Agnès en se plaquant contre Aymeri.

— Guillaume... murmurait Sibylle, les yeux dans le vague.

Agnès se taisait pour ne pas troubler la rêverie de sa fille. Dans le silence de la chambre, elle écoutait le tumulte de la ville. L'une des fenêtres ouvrait sur la rue qui menait à la basilique. A travers le moucharabieh de bois sculpté, Agnès observait distraitement la foule.

L'émotion de la cérémonie était déjà oubliée. Quelques heures après les obsèques et le sacre, Jérusalem avait retrouvé son activité des jours ordinaires. Devant les murs de la citadelle de David, ceux qui allaient au Saint-Sépulcre croisaient ceux qui en sortaient. Pour ces pèlerins, c'était l'aboutissement d'un voyage épuisant et coûteux, préparé de longue date : ils avaient mis de côté l'argent nécessaire, un beau jour ils avaient pris la route, cheminé jusqu'à un port, marchandé le prix du voyage avec les marins génois, grecs ou vénitiens. Ils avaient vécu deux ou trois mois en mer, traversant des tempêtes et redoutant les pirates barbaresques. Les plus pauvres dormaient dans les cales, couchés sous les sabots des chevaux suspendus par le ventre à des sangles de cuir. Les plus fortunés louaient de petites chambres à la poupe du navire, les autres s'empilaient sur des couchettes en étagères.

Arrivés en Terre sainte, ils avaient débarqué à Jaffa ou à Acre, dans la lumière, les odeurs et le vacarme des ports de l'Orient. Posant pied à terre ils étaient aussitôt assaillis de propositions. Des guides grecs, arméniens ou libanais offraient leurs services pour aller à Jérusalem, des caravaniers louaient des ânes ou des chameaux contre un prix à débattre. Les rabatteurs les invitaient à prendre un peu de repos dans un caravansérail ou à se laver dans les bains publics pour se débarrasser du sel incrusté dans leur peau durant la longue traversée. Des marchands exhibaient des voiles de Mossoul, faisaient brûler de l'encens d'Arabie, présentaient des tapis de soie, des porcelaines de Chine...

Après avoir cheminé trois jours à travers les collines de Judée, les pèlerins arrivaient à Jérusalem, hirsutes, épuisés et la bourse plate. Ils oubliaient leur fatigue en découvrant la Ville sainte, ses remparts de pierre claire et ses coupoles d'or. Ils la voyaient telle que l'avaient vue les croisés de 1099, mais il n'y avait plus d'archers aux remparts, les portes étaient ouvertes et les marchands remplaçaient les guerriers sarrasins. Celui qui accomplissait son vœu d'aller au Saint-Sépulcre ne risquait plus que son argent. En échange d'une pièce, les voyageurs laissaient les montures dans des enclos près des portes et entraient en cortège dans les ruelles étroites. Les groupes défilaient dans la « Via Dolorosa » en priant et en chantant. Les boutiquiers sortaient de leur échoppe et proposaient des cierges parfumés ou des crucifix sculptés dans du bois d'olivier. On vendait des fioles d'eau du lac de Tibériade, des petits reliquaires d'ivoire dont l'ampoule de verre recelait, d'après le marchand, l'ongle d'un saint ou une esquille d'os de martyr. Des barbiers les interpellaient en agitant leurs ciseaux.

— N'allez pas vous présenter sales et puants devant Dieu ! Il ne tiendrait pas compte de votre prière. Entrez ! Nous allons vous tailler la barbe et vous parfumer les cheveux.

Dans la basilique du Saint-Sépulcre, les clercs demandaient des aumônes pour leur ordre. Derrière chaque pilier, une main se tendait. Les chapelains de la crypte exigeaient une pièce avant d'accorder le droit de graver dans la pierre du mur de l'escalier une petite croix parmi des milliers d'autres en témoignage de l'accomplissement du Voyage. Les pèlerins ressortaient du sanctuaire en se frayant un passage dans la foule. Des rabatteurs les tiraient par la manche vers les étals de fritures et de grillades. Dans des boutiques étroites on leur servait des bols de soupe, des légumes et des viandes cuisinés à la hâte. Ce que l'on mangeait dans cette rue était si mauvais que les Hiérosolymitains l'avaient surnommée « Malcuisinat ».

Dissimulée par l'entrelacs de bois ouvragé, Agnès aimait sentir battre le pouls de Jérusalem. La cité s'enrichissait chaque jour de l'or laissé par les pèlerins venus de tout l'Occident. Soudain, son attention fut attirée par un homme de haute stature. Certaine de l'avoir déjà vu, elle le reconnut au moment où il se percha sur une borne comme il l'avait fait le matin même, sur le passage du cortège. Elle s'amusait en l'observant : « Ce beau mâle aux yeux verts a besoin de s'élever. Il est grand mais il se juche toujours sur un socle. C'est un ambitieux. » Dominant la foule, il étendit les bras et fit résonner sa voix de bronze :

— Pèlerins du Christ, écoutez-moi ! Mon nom est Héraclius. Je ne suis qu'un modeste clerc au service de Dieu. N'ayez crainte ; je ne vous demanderai pas d'aumône. Je suis sûr d'ailleurs qu'il ne reste plus grand-chose dans votre bourse... Ce que je vais vous demander ne vous coûtera rien. C'est rare, à Jérusalem...

Les rires du petit groupe qui s'était formé attiraient d'autres curieux. Héraclius pointa le doigt sur son auditoire.

— Chacun de vous possède en abondance la richesse la plus précieuse. Ici, dans la Ville sainte, vous pourrez la faire fructifier. Dieu a mis dans votre âme un champ fertile et dans votre cœur un trésor. Ici, au pied du Golgotha, vous pouvez moissonner ce champ. En ces lieux imprégnés du sang de Jésus, vous trouverez la clef du trésor. Où est ce champ ? Où est ce trésor ? Dans la prière ! Priez ! Priez, mes frères ! Priez pour ne pas regretter plus tard d'avoir omis de le faire dans la Ville sainte où l'on ne vous a demandé que votre argent...

La foule l'écoutait avec ferveur. Dans l'ombre de la fenêtre, la reine mère appréciait l'éloquence du jeune clerc. « Cette lueur dans ses yeux, ce matin, quand il me regardait, c'était donc l'ardeur d'un mystique », se disait-elle avec une pointe de dépit.

Sur sa borne, Héraclius captivait les fidèles :

— Vous venez de loin et vous allez rentrer chez vous. Vous êtes impatients de retrouver votre foyer, votre femme, vos enfants, vos frères, vos amis. Vous leur montrerez la palme ou le crucifix de bois d'olivier que vous avez achetés. Vous aurez accompli votre pèlerinage, obtenu le pardon de vos péchés et purifié votre âme. Mais grâce à qui ? Avez-vous songé à ceux qui risquent leur vie chaque jour pour que vous puissiez venir ici en sécurité ? Avez-vous prié pour ceux qui ont tout laissé afin de garder la Terre sainte et de la protéger contre les assauts des infidèles ? Ne soyez pas ingrats envers ceux qui veillent sur la terre du Christ. Priez pour eux. Prions pour le roi Amaury porté en terre ce matin...

— Amen ! murmura la foule.

— Prions pour le jeune roi Baudouin.

— Amen !

— Prions pour l'admirable reine mère qui a la charge de veiller sur son jeune fils et sur le royaume. Que Dieu protège la reine mère Agnès, cette sainte femme !

— Amen !

Les pèlerins ignoraient la réputation d'Agnès et priaient de tout leur cœur. Dans la rue, quelques habitants de la ville riaient en croyant à une insolence qu'un audacieux venait crier sous les fenêtres royales.

Agnès, elle, ne se trompait pas sur les intentions d'Héraclius : « Non seulement il est beau, mais il est aussi très habile... »

Il leva les yeux vers la fenêtre masquée par le moucharabieh. Elle manifesta sa présence en glissant l'extrémité de ses doigts à travers les croisillons de bois. Les bras ouverts, le visage levé vers le ciel, Héraclius vit pointer dix ongles peints. « Les griffes de la sorcière », songea-t-il. Il sourit pour qu'elle sache qu'il avait vu le signe.

— Allez en paix, mes frères ! Je vous rappelle mon nom : Héraclius. Priez aussi pour moi, dit-il en faisant signe à la foule de se disperser.

Il descendit de sa borne, ébloui de bonheur. Jamais il n'aurait cru que son destin se dessinerait aussi vite et aussi aisément. Trois mois plus tôt, il n'était qu'un pauvre clerc d'une misérable paroisse auvergnate. Trois semaines plus tôt, il n'était qu'un obscur pèlerin débarquant à Jaffa sous un nom d'emprunt. Aujourd'hui, il était devant le palais royal et la reine mère lui signifiait une connivence. Il regagna d'un pas allègre son gîte du quartier arménien où il partageait une chambre avec quatre autres pèlerins. Héraclius savait qu'il n'y croupirait pas longtemps. « Une femme aussi puissante et aussi détestée ne néglige aucun allié. Surtout si le plaisir peut agrémenter l'alliance. »

Agnès était tout aussi surprise : « Quel personnage ! Les apparences de la vertu, une éloquence de prophète et, glissé dans son pieux discours, un message adressé à moi seule. »

— Guillaume Longue-Epée... murmura Sibylle dont Agnès, dans son trouble, avait oublié la présence.

« Héraclius », se répétait la reine mère pour ne pas oublier le nom de cet homme de talent, prêt à la servir. Elle allait demander qu'on le recherche. Le chambellan saurait le retrouver.

La nuit tomba sur Jérusalem. Les écuyers de Raimond de Tripoli achevaient d'aménager la pièce qu'il avait louée au premier étage d'un caravansérail, en face de la citadelle de David. Les fenêtres donnaient sur le manoir royal où résidaient le roi Baudouin, sa mère et sa sœur.

Le comte avait fait séparer sa chambre en deux par des tentures pendues à des cordes : d'un côté sa literie, de l'autre des coussins sur des tapis. Raimond, assis le dos contre le mur, lisait un ouvrage d'Averroès à la lueur d'une grosse chandelle. On frappa à la porte.

— Messire Raimond, l'évêque Guillaume de Tyr demande à vous voir.

— Fais-le entrer.

Raimond posa le texte, se leva et accueillit son ami.

— Tu vis comme un bédouin ! lui reprocha l'évêque. Tu devrais t'installer dignement. Sinon, on dira que tu es accroupi sur le sol comme un musulman. La reine mère fait déjà courir des rumeurs. Elle raconte que, dans ta prison d'Alep, tu t'es converti à l'islam.

— Agnès est une langue de putain ! J'ai lu le Coran à haute voix pour apprendre l'arabe. Et j'étais assis par terre. Huit ans ! Huit ans assis par terre !

Essayez, monseigneur Guillaume. Ensuite vous aurez du mal à vous asseoir sur une chaise.

L'évêque prit place en riant. Raimond lui versa un gobelet d'eau. Malgré l'heure tardive la chaleur ne se dissipait pas, elle émanait des murs chauffés par le soleil d'été.

— Le roi m'a nommé chancelier, annonça Guillaume de Tyr. Je voulais t'en informer moi-même.

— Grâce au ciel ! s'exclama le comte qui redoutait la désignation d'un protégé d'Agnès.

— Et toi, Raimond, tu devras prendre la régence. Les seigneurs le souhaitent.

— Il faut aussi que le roi le désire et qu'il me le demande.

— C'est ce que je vais lui conseiller. Je suis aussi venu prendre courage auprès de toi. J'ai fait mon examen de conscience. Je n'ai plus le droit de cacher la vérité à Baudouin. Tout le monde murmure sur son mal. Dans l'intérêt du royaume, le roi doit savoir. Que Dieu lui donne la force d'affronter pareille épreuve.

Le reflet de la lune luisait sur les coupoles d'or. Dans Jérusalem endormie, des fidèles priaient, un cierge à la main, autour de la tombe du roi. Sur les remparts, des sentinelles se croisaient en échangeant quelques mots. Dans le quartier arménien, les voisins d'Héraclius ronflaient si fort qu'il ne pouvait dormir. Les yeux ouverts et le sourire aux lèvres, le jeune clerc auvergnat rêvait à sa gloire prochaine.

A la fenêtre de son caravansérail, Raimond cherchait un souffle d'air. Le comte observait le manoir royal en face de lui. Devant la porte, les gardes somnolaient, appuyés sur leur lance. A l'étage, trois chambres étaient encore éclairées, voilées par les rideaux de lin blanc que la brise gonflait.

Dans la première chambre, Sibylle, assise devant une écritoire la plume à la main, composait un poème et soupirait en pensant à Guillaume « Longue-Epée ». Elle s'imaginait dans ses bras.

Dans la seconde chambre, Agnès n'avait laissé brûler qu'une seule chandelle avant d'autoriser Aymeri de Lusignan à la rejoindre. Elle le reçut allongée sur son lit, dévêtue, les jambes ouvertes, les seins et les cuisses à peine couverts par un voile de mousseline. Pendant qu'il se déshabillait, debout, elle le regardait fixement. C'était sa seconde nuit avec le chambellan. Avant de s'abandonner, elle lui donna mission de s'informer au plus vite sur un prêcheur nommé Héraclius : « Un homme qui nous sera utile. »

Dans la troisième pièce, la chambre royale, Guillaume de Tyr, la tête basse, les épaules effondrées, expliquait à un enfant de quatorze ans que la mort l'habitait déjà. Les yeux secs, Baudouin écoutait en laissant fuir son regard dans la nuit.

Le lendemain Baudouin demeura enfermé dans sa chambre. Pendant des heures, Agnès le supplia, prostrée dans le couloir, la tête appuyée contre la porte close. Le soir, il consentit à entrouvrir pour permettre à sa mère de lui glisser une poignée de dattes et une cruche de lait. Il remit le verrou.

Lépreux ! Rien de pire ne pouvait arriver à un être humain. Dès que les signes apparaissaient sur les mains ou sur le visage du malade, des voisins, des amis ou même des parents, craignant la contagion, le dénonçaient au tribunal. Traîné devant les juges, le suspect pleurait, hurlait, jurait que ce n'était qu'une brûlure ou une irritation passagère. Pour trancher la question, on faisait venir deux lépreux qui examinaient les rougeurs et les lésions d'un œil infaillible. Une cagoule de laine noire imprégnée d'humeurs infectes masquait leur visage hideux et leur grimace jubilatoire quand ils hochaient la tête pour confirmer les soupçons et entraîner le malheureux dans leur exil. Parfois, ils se vengeaient de leur sort en déclarant *mesel* un patient souffrant d'une simple maladie de peau dont les manifestations ressemblaient à celles de la lèpre. Qui pouvait savoir que c'était un abominable mensonge ? Pas même la victime qui finirait à la « maladrerie », la bâtisse où ils étaient enfermés, au fond d'une impasse, contre le rempart. Toutes les fenêtres étaient obturées par des pierres et du mortier. Dans ce mur aveugle, il n'y avait qu'une ouverture sur la ruelle : une petite porte de fer verrouillée par une forte serrure qui ne se commandait que de l'extérieur. C'est par là que les nouveaux étaient jetés dans le mouroir. Ils ne franchissaient plus jamais ce seuil.

Le bâtiment ne formait qu'une seule et vaste salle éclairée par des torches qui dessinaient des ombres difformes sur le sol de terre battue. Au plafond, entre les poutres, un rai de lumière révélait une trappe par laquelle, chaque matin, deux religieuses descendaient au bout d'une corde et d'un crochet des outres d'eau et la pitance quotidienne. Ils étaient une centaine : des femmes, des hommes, quelques adolescents, peu de vieillards. Ils mouraient jeunes mais de nouveaux venus les remplaçaient. Ceux qui arrivaient étaient encore entiers. Ils excitaient la convoitise. Des mains sans doigts les caressaient, des bras sans mains les étreignaient. Des bouches sans lèvres les baisaient. Mais ils ne pouvaient pas se reproduire : avant de les enfermer, on stérilisait les mâles en leurs écrasant les testicules dans une pince.

Pour échapper à leur prison, les lépreux avaient creusé une sape qui passait sous les fondations du rempart et débouchait hors de la ville, au pied du mur d'enceinte, dans le fossé, au milieu des détritus. Le soir, des spectres noirs surgissaient de l'orifice obscur dans la clarté de la lune. Ils levaient leur face dévorée vers la voûte céleste et s'abîmaient dans la contemplation des étoiles pendant que d'autres agitaient leurs moignons et poussaient des grognements pour chasser les rats qui grouillaient autour d'eux. Ces escapades nocturnes étaient tolérées pourvu qu'ils aient regagné leur antre avant la première clarté.

Parfois, un mesel à bout de souffrance ne suivait pas les autres dans le boyau et partait au grand jour sur les chemins. C'était une façon d'en finir. Les grelots du collier de fer fixé le jour de sa condamnation donnaient l'alerte. Si le fuyard s'approchait d'un village ou d'un point d'eau, les paysans le chassaient à coups de pierres et se lançaient à sa poursuite. Pour ne pas être lapidé, il devait se tenir à l'écart des contrées habitées, errer à la lisière du désert, se cacher des hommes et du soleil en se blottissant sous un buisson d'épineux ou dans une grotte. Il mourait bientôt de soif et d'inanition. Les vautours, méfiants, n'approchaient pas cette charogne. Seules les hyènes venaient en dévorer les entrailles.

Ce peuple de morts vivants avait ses coutumes, ses lois, ses châtiments et même son souverain. Le roi des mesels fut secoué d'un rire convulsif le jour où il apprit que le roi de Jérusalem était lépreux.

Après trois jours de solitude, Baudouin sortit de sa retraite et convoqua la Haute Cour du royaume. Les évêques et les seigneurs se réunissaient dans la salle du rez-de-chaussée de la citadelle, un ouvrage de défense aux étroites archères qui ne laissaient passer la lumière qu'avec parcimonie. A une extrémité, accroché au mur de pierre, pendait un crucifix de bois. A l'autre bout, le trône était posé sur une estrade couverte d'un tapis de soie. De part et d'autre s'alignaient des stalles et des bancs. En attendant l'arrivée de Baudouin, les nobles et les clercs restaient debout et chuchotaient par petits groupes. Le chancelier Guillaume de Tyr entraîna le comte de Tripoli à l'écart :

— Je viens de voir le roi. Je lui ai dit qu'il devait te nommer régent dès ce matin. Il accepte, mais il veut que tu le demandes toi-même devant tes pairs.

— Je devrais réclamer ce qui m'est dû ? Si le roi ne veut pas avancer mon nom, un seigneur pourrait le faire. Ou bien vous-même. Ne m'avez-vous pas...

Le chancelier interrompit le comte :

— Je l'ai suggéré au roi, car je prévoyais ta réaction. Il est inflexible. Et c'est la tradition, Raimond, lui dit Guillaume en lui posant la main sur l'épaule. Il va falloir surmonter ton orgueil. A Tripoli tu es chez toi. Ici, tu dois te plier aux règles du royaume de Jérusalem si tu veux le gouverner.

— Je m'y plierai.

— La difficulté est ailleurs, poursuivit Guillaume de Tyr. L'évêque de Césarée est absent, il est malade, et Milon de Plancy va invoquer cet argument pour demander au roi d'ajourner la désignation du régent.

— Et le roi va écouter ce vaniteux ?

— J'espère que non, mais il y aura Agnès...

— Quoi ? Ici, à la Haute Cour ?

Le bruit des pas d'une escorte, des ordres brefs et une sonnerie de clarines annoncèrent l'arrivée du souverain.

— Sa Majesté ! cria le chef des gardes.

Baudouin entra d'une démarche rapide, monta sur l'estrade et s'assit. Il paraissait frêle sur le siège de cuivre et d'argent que son père Amaury emplissait de toute sa corpulence. Il invita les membres de la Haute Cour à s'asseoir, d'un geste de ses mains gantées de soie noire qui dissimulait les rougeurs et les desquamations. Sous sa couronne, posée sur un bonnet de velours bleu, des mèches de cheveux plaquées par des pommades sur ses joues, son front et ses tempes, masquaient soigneusement les petites croûtes brunes dont Baudouin connaissait désormais l'origine.

Derrière lui, toujours voilée de deuil, silencieuse comme une ombre, assise sur un petit tabouret près du trône, prête à souffler un conseil, Agnès veillait.

— Messeigneurs, commença le roi, ainsi que le veut la règle du royaume nous devons procéder à la désignation du régent. Ce n'est que pour quelques mois. J'aurai bientôt quinze ans. Mais il faut respecter nos lois et choisir l'un d'entre nous avant d'examiner toute autre affaire.

— C'est impossible, sire ! s'écria le sénéchal Milon de Plancy, assis sur la travée du premier rang.

Il se leva, les mains sur la bedaine.

— L'évêque de Césarée n'est pas là. Reportons cette affaire à la prochaine réunion. Et puis, qu'importe ! Vous êtes presque majeur, sire.

— L'évêque de Césarée est gravement malade, intervint Guillaume de Tyr. Il m'a donné mandat pour agir en son nom.

— Qu'importe ! répéta Milon de Plancy. Il y a plus urgent...

Il vint se placer face au roi, tournant le dos à ses pairs, affectant d'ignorer la Haute Cour.

— Un péril nous menace, sire. Mes espions bédouins viennent de m'informer que Saladin a rassemblé une armée aux Pyramides. Il va nous attaquer. Mais n'ayez crainte, sire, je vais vous dire ce que nous devons faire...

Le sénéchal frappa dans ses mains pour appeler ses écuyers qui déployèrent un rouleau et le fixèrent sur un chevalet : c'était une carte du royaume et des contrées voisines. Muni d'une baguette d'ivoire, Milon de Placy pointa la côte philistine :

— Il faut envoyer toutes nos forces à Askelon pour barrer la route de Saladin. Nos armées doivent marcher vers le sud. Je suis prêt à donner les ordres. Votre père me faisait confiance, sire. Soyez fidèle à sa mémoire.

Balian de Naplouse hochait la tête, consterné. Gautier de Césarée se prenait le visage entre les mains. Onfroy de Toron tapait du pied avec impatience. Un murmure montait des travées, on ricanait en entendant les raisonnements de ce sénéchal gras et mou qui n'avait jamais pris part au moindre combat. Il n'avait assisté le roi Amaury que dans la ripaille et les transactions.

Raimond de Tripoli se dressa et leva le bras pour demander la parole. Il attendit que Milon de Plancy se fût laissé retomber sur son siège.

— Sire, ce que nous venons d'entendre est une absurdité. Saladin ne va pas nous attaquer, au contraire...

— Et l'armée qu'il rassemble ? glapit le sénéchal, ulcéré d'être contredit sur ce ton.

— Elle va nous contourner, répondit Raimond sans lui accorder un regard. Saladin va passer par le désert d'Outre-Jourdain. Il veillera à nous éviter, à ne subir ni pertes ni retard. Il veut la Syrie, et la mort du roi Nur ed-Din lui ouvre les portes de Damas. Il va y courir. Nous devons donc porter nos forces au nord pour l'empêcher de tout prendre. Saladin est un homme patient. Aujourd'hui maître de l'Egypte, il veut ajouter à son empire la Syrie, puis la Perse. Le jour où il régnera du Nil à l'Euphrate, il nous attaquera. Pas avant.

Raimond se tut, baissa un instant les yeux vers le sol, puis releva la tête et croisa le regard du jeune roi.

— Sire, je suis, de nous tous, votre plus proche parent. Votre père était mon cousin. Je lui ai confié Tripoli quand j'étais captif à Alep. Dans mon testament, il était l'héritier de mon comté. En raison de nos liens familiaux, et pour servir le royaume à vos côtés, je revendique l'honneur d'en être le régent.

— En attendant vous refusez de vous battre, ricana Milon de Plancy. Je reconnais bien là cette mollesse des natifs d'Orient. Les Poulains sont craintifs.

Poulain ! C'était l'insulte qu'employaient les nouveaux venus pour parler de ceux qui vivaient en Terre sainte depuis des générations. On surnommait ainsi les descendants des premiers croisés en raison des arrivées massives de femmes de la région des Pouilles, au sud de l'Italie. Poussées par la misère, elles étaient venues en Orient au début du siècle pour épouser les premiers colons francs esseulés. Ils avaient fondé des familles de paysans, d'artisans ou de marchands. Traiter un seigneur de « Poulain », de fils d'une fille des Pouilles, c'était évidemment l'insulter.

— Vous, vous êtes sot et arrogant ! s'écria Guillaume de Tyr.

— Si vous n'aimez pas les gens d'ici, rentrez en Champagne ! s'exclama Onfroy de Toron. On ne vous regrettera pas.

Le manchot Balian de Naplouse traversa la salle et vint empoigner le col de Milon de Plancy qu'il secoua de toute la force de son seul bras valide.

— Vous allez payer très cher ces outrages à nos familles !

— Arrêtez ! trancha le roi avec une fermeté de ton qui surprit.

Baudouin éprouvait un visible plaisir à exercer le pouvoir. Il se tourna vers le sénéchal :

— Vous parlez fort mal à des seigneurs qui méritent le respect. Vous prenez de grands risques en insultant ainsi tant d'hommes à la fois.

Certains, d'un geste du pouce autour de la gorge, faisaient signe à Milon de Plancy qu'il allait mourir. Il prit peur et baissa la tête.

— Porter nos forces au sud ou au nord ? interrogea le roi. Je trancherai cette question avec le régent que nous allons désigner. Il est vrai qu'il y a des absents. En principe, je devrais convoquer une nouvelle réunion, mais je ne vois pas d'autre postulant que le comte Raimond de Tripoli. Comme il l'a dit, il était le cousin de mon père. Il est donc mon plus proche parent, et je crois que mon père aurait approuvé ce choix.

Agnès eut un bref soupir de dépit. Par sa maladresse et ses outrances, Milon de Plancy avait échoué. Il n'avait pas su empêcher la désignation de Raimond. « Quel lourdaud, pensa-t-elle. Il était fait pour s'entendre avec mon mari. Un tel allié est plus dangereux qu'un ennemi... »

— Puisque nul ne s'y oppose, il en est ainsi décidé, conclut Baudouin. J'invite le régent à venir prendre place près de moi et à nous présenter l'action qu'il préconise.

Raimond se leva, la main droite sur le cœur qui battait plus vite et s'inclina pour rendre hommage au roi et à ses pairs. Il s'avança jusqu'au chevalet qui portait la carte du royaume et posa le doigt sur la Syrie.

— D'abord Damas, ensuite Alep : voilà ce que veut Saladin. Et il peut réussir. Depuis la mort du roi Nur ed-Din, la Syrie est vulnérable. Son fils As-Saleh n'a que quinze ans, autant dire qu'il n'existe pas devant Saladin, affirma Raimond sans prendre garde au jeune Baudouin, blessé par cette remarque. Les fidèles de la dynastie Zenguide tremblent, blottis autour de leur petit roi. Ils sont prêts à tout pour sauver leur pouvoir et leur tête. J'entretiens une correspondance avec eux. Je vous en parlerai, sire, en confidence. Dans l'immédiat, nous devons lever deux armées. Avec celle de Tripoli, j'empêcherai Saladin de prendre Alep. Dans la région de Damas nous enverrons l'ost royal sous les ordres du connétable Onfroy de Toron.

Baudouin agita sa main gantée en signe de dénégation et interrompit le régent.

— Non ! Je prendrai moi-même la tête de mon armée.

La Haute Cour accueillit la décision par un long silence : un enfant ne pouvait pas conduire une armée face à un guerrier tel que Saladin.

— Sire, intervint Onfroy de Toron, laissez ferrailler le vieux gladiateur que je suis. Vous avez la vie devant vous pour vous battre. Attendez que je sois mort.

— Comment pouvez-vous savoir qui, de nous deux, sera rappelé le premier ?

— Je le sais parce que j'ai quarante ans de plus que vous, sire.

— Mais Dieu peut m'appeler demain ou après-demain, insista le roi avec douceur. Mon père n'était-il pas en pleine santé il y a deux mois ? Ecoutez-moi bien ! Je marche vers la mort. J'en ai la certitude. Et c'est d'ailleurs notre seule certitude commune. Nous allons inexorablement vers notre dernière heure.

Le patriarche, le prieur et le grand maître admiraient cette soumission aux desseins de la Providence. Aymeri de Lusignan attribuait au deuil cette tristesse du jeune roi. Agnès serrait les dents pour ne pas hurler. Guillaume de Tyr et Raimond de Tripoli échangèrent un regard douloureux.

Le roi ordonna au connétable Onfroy de Toron de prendre les mesures nécessaires. Il fallait plusieurs semaines pour réunir les contingents de l'ost royal.

Vint ensuite l'examen des décisions ordinaires.

— Sire, commença le patriarche de Nesle, nous avons une nomination à vous soumettre. Dieu vient de rappeler à lui un des archidiacres du Saint-

Sépulcre. Plus d'une dizaine de clercs peuvent prétendre à cette fonction. L'examen de ces candidatures encombrerait nos délibérations. Je vous propose de me laisser le soin de choisir le plus méritant.

Agnès se tourna vers son amant. Sous le voile, son regard lui enjoignait d'intervenir à cet instant.

— Sire, dit Aymeri de Lusignan, je connais un clerc admirable dont les vertus emporteront votre conviction.

Agnès se pencha pour murmurer une brève confidence à l'oreille de son fils. Les yeux arrondis par la stupeur, le patriarche de Nesle bafouillait :

— Mais... Mais, sire, un chambellan ne doit pas intervenir dans nos sanctuaires.

— Chacun peut faire une proposition en dehors des compétences de sa charge, trancha Baudouin. Sinon, à quoi bon ces réunions ?

Il se tourna vers Aymeri de Lusignan.

— Quel est donc cet homme admirable et vertueux ?

— Il s'appelle Héraclius, répondit le chambellan. Des témoins dignes de foi l'ont entendu prêcher et entraîner dans sa ferveur une foule de pèlerins. Avec une loyauté admirable, il les appelait à prier pour le roi défunt, pour vous et pour la famille royale.

— Mais je n'ai jamais vu cet homme ! s'indignait le patriarche. Voulez-vous que j'énonce les mérites éminents des dix candidats qui postulent ? En quoi votre Héraclius vaudrait-il mieux qu'eux ?

— Héraclius ? l'interrompit le roi. J'ai déjà entendu ce nom.

— C'est moi, sire, qui vous en ai parlé pendant nos leçons d'histoire, intervint Guillaume de Tyr. C'était un grand empereur byzantin qui régnait il y a cinq siècles. C'est le sauveur de la sainte Croix. Il est allé l'arracher des mains des Perses qui s'en étaient emparés. Mais il n'est plus de ce monde. Celui dont nous parle le chambellan aura sans doute usurpé ce nom.

— En tout cas, je le répète, c'est un inconnu, insistait le patriarche.

— Bien sûr ! lança Aymeri de Lusignan. Il vient de débarquer. Faut-il désormais chasser ceux qui viennent s'établir ici pour protéger les Lieux saints ? Moi-même ne suis-je pas un nouveau venu depuis deux ans à peine ? Le regretté roi Amaury m'a pourtant confié la charge de chambellan quelques mois après mon arrivée car il savait que le royaume a besoin de sang nouveau. Ne rejetez pas ceux qui nous rejoignent. Dieu nous dit que l'ouvrier de la onzième heure doit être accueilli fraternellement.

Le roi Baudouin se tourna vers le patriarche :

— Ecoutons la parole de Dieu et nommons cet Héraclius archidiacre du Saint-Sépulcre.

Un murmure accueillit la décision et le patriarche s'inclina. Sauf Agnès et Lusignan, nul ne connaissait ce mystérieux personnage, mais tous devinaient que, derrière l'insistance du chambellan, se cachait une machination de la reine mère qui se pencha vers son fils en chuchotant.

— J'ai encore des questions à vous soumettre, reprit le jeune souverain. La guerre est inévitable, m'avez-vous dit. Nous avons donc besoin des plus vaillants combattants. Je pense à un malheureux captif dans la prison d'Alep. Depuis des années il croupit dans ces souterrains où le comte de Tripoli a si longtemps souffert.

Raimond hocha la tête, le regard vague, soudain renvoyé à ce qu'il avait vécu durant huit ans : les coups, les humiliations, les fers, les nuits et les jours qui se succédaient derrière les barreaux et les cris de ses compagnons d'infortune qui résonnaient sous la voûte des souterrains. Chaque matin il remerciait Dieu d'avoir retrouvé la liberté, grâce à l'or prêté par les Hospitaliers.

— Vous, messire Raimond, vous avez le bonheur d'être libre, poursuivait le roi. Mais comment oublier Renaud de Châtillon ?

Raimond porta la main à ses oreilles où résonnaient encore les vociférations de son voisin de cellule : « Je vous arracherai les boyaux ! Je vous étranglerai avec vos tripes et je les jetterai aux chiens ! » Pendant les premières semaines de sa captivité, il parlait à cet homme qu'il ne voyait pas, mais quand il comprit qu'il allait rester là des années, il décida de ne plus répondre à Renaud de Châtillon de peur d'être entraîné dans sa folie furieuse. Plongé dans l'étude et la lecture, il réussissait à se soustraire à l'épreuve que lui infligeait son voisin par ses délires. Du cachot mitoyen, il l'appelait : « Toi qui sais parler aux infidèles, dis-leur qu'ils sont des porcs ! Tu as appris leur langue, traître, renégat ! Moi, je la leur couperai ! »

— Nous devons payer la rançon, concéda le régent, mais je crois que le pauvre Renaud de Châtillon a perdu la raison depuis longtemps.

— Il en est ainsi décidé, conclut le roi.

Agnès souffla encore quelques mots à l'oreille de son fils.

— Une autre affaire me préoccupe, reprit-il. Ma sœur Sibylle a déjà dix-huit ans, l'âge de se marier.

— C'est juste, approuva le chancelier. Le royaume ne manque pas de jeunes seigneurs dignes d'entrer dans la famille royale. Nous serons bien embarrassés pour choisir.

— Ma sœur a déjà fait son choix. Elle a donné son cœur à Guillaume de Montferrat.

Un nouveau silence accueillit cette révélation. Le patriarche le rompit :

— Guillaume de Montferrat, dites-vous ? Je n'en ai jamais entendu parler. C'est comme cet Héraclius, tout à l'heure. Nous nous prononçons sur des inconnus.

— Sire, intervint Raimond de Tripoli, cette fois il ne s'agit plus d'un office secondaire à la basilique. Le mariage de votre sœur concerne tout notre peuple. Les familles qui sont les piliers du royaume depuis sa fondation ne comprendront pas qu'aucun de leurs fils n'ait été autorisé à postuler.

Raimond regardait son ami Baldwin de Ramallah. Amoureux de Sibylle, le malheureux, bouche bée, ouvrait de grands yeux bleus devant le naufrage de son rêve.

— Vous parlez comme doit le faire un régent, répondit Baudouin. Mais dans cette question, je songe à ma pauvre sœur. Elle m'a avoué sa passion ce matin. Elle est éprouvée par la mort de notre père et je ne veux pas lui infliger une nouvelle douleur. Je n'ai pas l'âge de connaître ces sentiments, mais je sais qu'ils peuvent consumer une jeune fille malheureuse. Votre sœur, messire Raimond, n'a-t-elle pas succombé à une passion contrariée ? Moi, je ne veux pas être cruel. Ma sœur m'a dit qu'elle se laisserait dépérir si je l'empêchais d'épouser Guillaume de Montferrat.

— Mais qui est-ce ? insista le patriarche.

— Il n'est pas d'ici. Sa terre est au pied des Alpes dans la plaine du Pô. Son domaine est modeste, mais ses ascendances dignes d'un prince. Il est parent de l'empereur d'Allemagne par sa mère et du roi de France par son père. Ces liens seront utiles. L'Occident nous oublie. Nous devons renouer avec les grands souverains.

Guillaume de Tyr admirait les dons de son disciple et sa façon de saisir le pouvoir alors qu'il se savait condamné.

— Il y a là un argument de poids, admit-il, mais je ne comprends pas cette passion entre deux jeunes gens qui ne se sont jamais vus ?

— Je me suis posé la même question et j'ai interrogé ma sœur. Ils se sont connus en échangeant des poèmes qui ont fait naître une harmonie. « J'aime de loin », m'a dit Sibylle.

Amour de loin... Raimond se demandait si cette histoire n'était pas inventée pour le blesser. La sérénité de Baudouin l'humiliait. A quatorze ans le roi agissait comme un adulte, alors qu'à l'âge de vingt ans, dans les mêmes circonstances, Raimond s'était conduit comme un enfant.

Aymeri de Lusignan avait gardé le silence depuis le début de cette discussion. Il admirait la façon dont Agnès avait mis leur dessein à exécution et la manière dont Sibylle, qui paraissait si sotte, s'était jouée de son frère avec cette invention des poèmes et de « l'amour de loin ». Le chambellan jugea que le moment était venu d'obtenir davantage.

— Sire, vous prenez une bonne décision. Votre sœur fait un choix digne d'une princesse. Je connais très bien Guillaume de Montferrat : il a failli venir ici avec moi, il y a deux ans. C'est un homme admirable.

— Que ne l'avez-vous dit plus tôt ! s'étonna le roi.

— Parce que je ne suis pas natif de Terre sainte. On hésite à parler : ceux qui sont nés ici nous considèrent comme des intrus.

— Vous êtes tout de même chambellan ! coupa sèchement Raimond de Tripoli.

— Grâce à la confiance de la famille royale ! Sachez donc que Guillaume de Montferrat est un homme d'honneur, reprit Aymeri de Lusignan. Sachez aussi qu'il n'acceptera jamais de vivre aux dépens de son épouse ou grâce aux faveurs du roi. Il voudra une terre pour s'établir. Il ne viendra que si un domaine lui est confié. N'y a-t-il pas un fief traditionnellement dévolu au beau-frère du roi ? interrogea-t-il avec une fausse naïveté.

— C'est exact, confirma Guillaume de Tyr. Les comtés d'Askelon et de Jaffa sont donnés au seigneur qui épouse la sœur du roi.

— C'est-à-dire qu'un homme qui n'a jamais posé le pied en Terre sainte va devenir l'un des plus grands seigneurs du pays ! s'exclama Raimond.

— C'est la loi ! conclut Baudouin. Que le chancelier prépare les lettres pour le futur époux de Sibylle en lui promettant les comtés d'Askelon et de Jaffa.

Le roi leva la séance. Raimond quitta la salle à grandes enjambées pour ne pas laisser paraître une colère qui aurait réjoui Agnès. Guillaume de Tyr le rejoignit dans la cour.

— Elle a tout obtenu ! Tout ! s'indigna Raimond. Renaud de Châtillon ? Il mettra le royaume à feu et à sang. Héraclius ? Sorti de la manche d'Aymeri de Lusignan ! Montferrat ? Seul Lusignan le connaît ! Cette putain d'Agnès ! Grâce à son amant et à son fils, elle a imposé ses décisions. Laissez-moi vous dire, monseigneur, que vous avez été naïf devant le roi ou trop indulgent devant votre élève. Il se méfie de moi, c'est naturel, mais il a confiance en vous et vous le laissez faire.

— Raimond ! Tu exagères. Tu es tout de même régent.

— Malgré elle, et parce que le roi n'avait pas le choix.

— Tu vois bien qu'elle ne gouverne pas tout. Ecoute : je ne suis pas naïf. Je suis réaliste. Cet enfant-roi sera sans cesse déchiré entre le Bien et sa mère. Nous devons savoir composer.

— Il aura bientôt quinze ans ! Jusqu'à quand aura-t-il besoin de sa mère ?

— Jusqu'à la fin, Raimond. Il sera chaque jour plus dépendant d'elle, car il ne va pas grandir, il va mourir très lentement. Elle sera bientôt la seule à le soigner, à calmer ses souffrances, à masser les chairs pourries de ses membres en décomposition, la seule à supporter son odeur de cadavre et à lui sourire comme si de rien n'était.

Quelques jours plus tard, dans une rue de Saint-Jean-d'Acre, un homme enveloppé d'une cape noire marchait en rasant les murs sous une pluie battante. Milon de Plancy sortait d'une maison de prostitution où il venait parfois apaiser sa méchante humeur en brutalisant des filles. Dans la nuit, plusieurs hommes le guettaient, dissimulés dans une venelle. En entendant le pas du sénéchal, ils sortirent du recoin où ils se tenaient en embuscade.

Milon de Plancy n'eut que le temps de voir la lueur des épées. Ils le laissèrent, percé de plusieurs coups de lame, dans une flaque d'eau de pluie que son sang rougissait.

En apprenant la mort de Milon de Plancy, Guillaume de Tyr prit la plume sans émotion :

« Il était imprudent, orgueilleux, arrogant, prodigue de paroles inutiles et rempli d'une présomption excessive. Il disposait de toutes choses, dispensait des faveurs selon son plaisir et soulevait ainsi des haines opiniâtres. Le peuple se partage en plusieurs avis à l'occasion de cet assassinat. »

Nul ne pleura Milon de Plancy mais chacun avait son idée sur le meurtre. Pour les uns, c'était la vengeance des seigneurs qu'il avait insultés en les traitant de « Poulains ». D'autres y voyaient la main d'Agnès se débarrassant d'un allié maladroit. La reine mère, elle, sut convaincre le roi Baudouin que les meurtriers avaient agi pour le compte de Raimond de Tripoli : « Méfie-toi de lui, mon fils. Ce renégat est prêt à tout. »

Au bord du Nil, un petit homme enturbanné s'approcha de l'eau en tenant son cheval par la bride. Il le laissa boire longuement. Sur l'autre rive, le soleil descendait derrière les pyramides du plateau de Guizeh. L'homme goûtait le silence que troubla un froissement dans les roseaux. Il aperçut une silhouette au milieu des tiges de papyrus. Craignant l'acharnement des Assassins qui avaient juré sa perte, il referma sa main droite sur le manche de son poignard, sachant que les tueurs de la secte shiite ne laissaient aucune chance à leurs victimes.

Ecartant les hautes herbes, il découvrit un enfant craintif d'une douzaine d'années, vêtu d'un pagne de coton blanc noué autour des reins. Dans l'eau jusqu'aux genoux, il tenait un filet de pêche.

— N'aie pas peur, je ne te veux pas de mal, dit l'homme en rengainant son arme.

— Tu n'es pas d'ici, s'inquiéta l'enfant.

— Tu as raison. Je suis né au pays des Kurdes.

Nullement rassuré par cet aveu, le petit pêcheur se tenait à distance, les pieds dans le fleuve.

— Tu n'as rien à craindre, insista l'homme qui s'approcha sans lâcher la bride de son cheval. Tu ferais mieux de te méfier des crocodiles qui pourraient t'arracher une jambe.

L'enfant rit.

— On voit bien que tu n'es pas d'ici. Regarde...

Un peu plus loin, en aval, deux sauriens se disputaient la charogne d'un âne déposée par le flot ou jetée là par un paysan. Après avoir échangé quelques puissants coups de queue, ils se résignèrent à partager la carcasse. L'un croqua les pattes raides qui se brisèrent avec un craquement, l'autre plongea sa gueule jusqu'aux yeux dans le ventre gonflé et dévora les entrailles.

— Tant qu'ils n'auront pas fini de le manger, ils me laisseront tranquille. Mais toi, reprocha le petit Egyptien, tu as fait fuir le poisson que je guettais. Laisse-moi, je n'ai plus de temps à perdre, je dois pêcher pour nourrir ma famille.

— Tu as raison. Approche, dit l'homme en tirant des plis de sa ceinture de soie un dinar d'or. Prends. Avec ça tu pourras nourrir les tiens pendant plusieurs mois.

Les yeux aussi ronds que la pièce, lourde au creux de sa main, l'enfant bafouillait.

— Mais qui... qui es-tu ?

L'homme sortit de cet anonymat qui l'avait amusé.

— Je m'appelle Salah ed-Din.

Saladin ? Une lueur d'étonnement passa dans le regard du petit paysan qui éclata de rire.

— Je salue le sultan, dit-il, en singeant une posture de soumission.

Comment aurait-il pu croire que cet homme replet qui tenait lui-même le mors de son cheval, seul au bord du fleuve, était le souverain tout-puissant de Haute et Basse-Egypte ? Il renonça à comprendre ce qui lui arrivait et à savoir qui était cet inconnu si généreux. Il lâcha son filet et partit en courant avant que l'homme puisse changer d'avis et reprendre le dinar d'or.

Saladin le regarda détaler puis il détacha de la selle de son cheval un petit tapis qu'il déroula sur le sol à quelques pas de la rive. Il se lava les pieds, les mains et le visage. Tournant le dos au couchant, aux Pyramides et au Nil, il s'agenouilla en direction de La Mecque pour prier, prosterné devant le maître de son inimaginable destin. « Je suis ton esclave ! » clama-t-il face à l'Orient.

Il regagna son campement en maintenant sa monture au pas afin de prolonger quelque peu cet instant de solitude. Saladin était arrivé en Egypte dix ans plus tôt. Il y régnait aujourd'hui au terme d'une ascension dont seule la volonté divine, il en était intimement convaincu, pouvait être le ressort. Cette fabuleuse décennie avait fait d'un modeste aide de camp le souverain d'un des plus riches empires. Rien, pourtant, ne le promettait à un tel destin quand il avait vu le jour, trente-six ans plus tôt.

Sans terre ni fortune, son père Ayoub et son oncle Shirkouh avaient quitté leur Kurdistan natal pour s'établir à Damas et y gagner leur vie dans le métier des armes. Comme eux, Saladin s'était enrôlé dans l'armée du maître de la Syrie. Le roi Nur ed-Din ne pensait qu'à la guerre sainte contre le royaume franc de Jérusalem. Il s'inquiétait : Amaury venait de partir à la conquête de l'Egypte. Nur ed-Din avait aussitôt levé une armée pour l'envoyer contrer l'invasion chrétienne. Il avait confié le commandement à Shirkouh, l'oncle de Saladin. C'était un guerrier trapu, borgne, buveur d'alcool. Ses soldats adulaient ce chef qui partageait avec eux l'or et les femmes au soir des batailles. Shirkouh avait choisi son neveu Saladin pour aide de camp.

Ils avaient découvert l'Egypte secouée par les convulsions de la dynastie fâtimide à l'agonie. Elle s'incarnait dans un jeune calife d'une douzaine d'années, le petit Al-Adil, maladif et invisible pour le commun des mortels. Il vivait reclus au fond de son palais, vautré sur les coussins de soie de son harem, protégé par ses gardes, choyé par ses eunuques, servi par ses esclaves, trompé par ses conseillers et aveuglé par ses courtisans, pendant que son pays s'enfonçait dans l'anarchie. Il pleurait ses vizirs successifs, assassinés les uns après les autres, pendus, jetés aux crocodiles, décapités ou abandonnés à la foule en fureur qui les dépeçait vivants et jetait les morceaux aux chiens des rues. Celui qui avait mené le complot était nommé vizir à son tour, et à son tour il puisait dans les coffres, couvrait d'or sa famille et ses partisans avant de finir assassiné par son successeur.

Au milieu de ce désordre, les Francs du roi Amaury trouvaient aisément des alliés prêts à vendre leur pays pour se hisser ou se maintenir au pouvoir. Amaury voulait l'Egypte. C'était le grand projet de son règne. Puisque le grenier de l'Orient était ouvert à tous les vents, il avait décidé de s'en emparer. Emporté par son rêve de conquérant, il conduisit cinq fois l'armée franque sur les rives du Nil : une succession de tentatives épuisantes, coûteuses, meurtrières et vaines, pour prendre pied sur la terre des pharaons, trop vaste et trop peuplée pour le millier de chevaliers qu'il emmenait. A chaque incursion, il trouvait en face de lui Shirkouh à la tête de ses combattants syriens et kurdes. Au côté du chef borgne, un jeune aide de camp se distinguait par ses intuitions stratégiques. Dans les moments les plus difficiles, Saladin trouvait la ruse et la manœuvre qui renversaient la situation. La bravoure de l'oncle et l'intelligence du neveu tenaient en échec le roi de Jérusalem.

Six années de guerre dans la vallée et le delta du Nil avaient imposé l'armée syrienne et chassé définitivement les Francs. Shirkouh et son neveu Saladin triomphaient.

Le calife confia le pouvoir au vainqueur. Le jeune Al-Adil fit de Shirkouh son nouveau vizir et lui remit l'insigne de la charge : le turban de soie, blanche, comme la bannière des Fâtimides. Le soir même, les chefs de l'armée syrienne fêtaient leur victoire et le couronnement de Shirkouh. Il chantait à tue-tête, d'une voix éraillée par les harangues et par le vin. Il buvait et dévorait goulûment tout cc qu'on lui présentait, à tel point qu'il s'étouffa. Shirkouh mort, le calife confia tout naturellement le turban et le gouvernement de l'Egypte à son neveu.

Depuis cinq ans, Saladin s'était acharné à sortir le pays de l'ornière après tant d'années de corruption, d'arbitraire et de violence. Il fallait pacifier les villes, assurer la sécurité des routes, reconstruire une administration, veiller à la probité des percepteurs et à l'équité des juges. Avec l'aide de son père, de ses frères et de quelques fidèles, il avait réorganisé l'armée et restauré l'autorité de l'Etat sur toute la vallée et le delta du Nil. Les impôts commençaient à rentrer dans les caisses vidées par l'incurie. Quand ses crises lui laissaient un répit, le calife Al-Adil faisait venir Saladin pour lui dire à quel point il était heureux de voir l'Egypte se redresser. Il s'était pris d'amitié pour ce vizir qui réussissait à arracher son pays à l'abîme. Il était subjugué par cet homme si différent de lui : kurde, sunnite et totalement étranger à la cour fâtimide. Affaibli par ses fièvres, le jeune calife admirait la force avec laquelle Saladin prenait les affaires en main. Il lui laissait tout le pouvoir et se contentait de l'approuver.

En revanche, en Syrie, Nur ed-Din n'acceptait pas de voir un de ses soldats, « un Kurde de surcroît ! », devenir aussi puissant que lui. Au début, le maître de Damas avait ironisé dans une lettre à l'ancien aide de camp : *« Il paraît que tu t'es laissé coiffer du turban blanc par le calife. Rends-le à ce morveux shiite, rassemble tes hommes et rentre à Damas. J'ai besoin de mon armée. »*

Saladin ne voulait pas lui obéir, mais n'osait pas le défier. Il gagna du temps en gardant le silence. Nur ed-Din enrageait : *« Tu ne respectes pas mes ordres. Tu ne me réponds même pas ! Sais-tu que les gens de Damas, d'Alep, de Mossoul ne t'appellent plus que " l'ingrat ", " l'insolent ", " l'ambitieux " et même " le félon " ? Si ton oncle Shirkouh était toujours de ce monde, il te donnerait le bâton. Faut-il que j'aille au Caire le faire moi-même ? »*

Saladin prit conseil auprès de son père Ayoub : « Montre-toi humble et soumis. Rassure-le. » Il s'adressa donc à Nur ed-Din comme un modeste sujet à son souverain. Sa lettre commençait par des qualificatifs grandioses et s'achevait sur des serments de loyauté, mais il ne pliait pas : *« Tu m'as envoyé ici pour chasser les Franjs et remettre de l'ordre. Je l'ai fait en ton nom. Si nous quittions l'Egypte, comme tu le demandes, les troubles recommenceraient aussitôt et Amaury reviendrait conquérir le pays. Au nom de Dieu, il faut veiller sur cette terre. Je n'attends que tes ordres. Je ferai ce que tu diras. »*

Sauf rentrer à Damas. Nur ed-Din imagina un piège :

« Comment oses-tu parler de Dieu, toi qui es

passé au service du maudit califat shiite ? Puisque tu attends mes instructions, les voici : le prochain vendredi tu feras changer les prières dans les mosquées du Caire. Plus une seule parole hérétique ne doit y être prononcée ! Qu'on ne mentionne plus le nom des Fâtimides ! Ramène l'Egypte à la vraie foi. Tels sont mes ordres et si tu n'obéis pas, je lèverai une armée et j'irai trancher ta tête de renégat. »

Comment un Kurde – fût-il vizir – réussirait-il à changer en un jour la religion que les Egyptiens pratiquaient depuis des siècles ? Et comment Saladin pourrait-il déposer le calife qui l'avait nommé sans rallumer la guerre civile ? Comme toujours, il sollicita l'avis de son père.

— Si tu hésites entre deux voies, choisis celle qui plaît à Dieu.

— Alors je vais faire ce que Nur ed-Din m'ordonne. Ce n'est pas pour lui obéir. Il me traite mal. Je ne me sens plus obligé de le respecter. Mais je suivrai ton conseil et je ferai changer les prières pour être agréable à Dieu.

Il avait donné ses ordres au clergé : on ne prononcerait plus le nom des Fâtimides. Mais qu'allait faire la population ?

Le vendredi suivant, Saladin était aux aguets sur le rempart de la citadelle qu'il avait fait construire sur un plateau de roche au-dessus de la ville. Sous les murailles s'étendaient les quartiers du Caire. Anxieux, il prêtait l'oreille, attendant le tumulte de l'émeute. Ses hommes étaient prêts à intervenir pour briser la révolte, mais comment juguler le soulèvement d'une ville aussi peuplée ? N'allait-il pas finir jeté aux chiens comme ses prédécesseurs ? La foule sortit des mosquées sans manifester de fureur. Les gens bavardaient par petits groupes ou s'enfonçaient dans le dédale des souks. Aucune clameur ne montait. La ville ne faisait entendre que sa rumeur quotidienne. Saladin et son père échangèrent un regard incrédule. Ils devaient se rendre à l'évidence : il ne se passait rien. Le peuple égyptien, indifférent, vivait comme un vendredi ordinaire ce jour qui voyait la fin de la dynastie fâtimide shiite après un règne de deux siècles.

— Avec l'aide de Dieu, le plus difficile est accompli, mais le plus pénible reste à faire, murmura Saladin, tête basse.

Ayoub, qui comprenait son fils à demi-mot, posa les mains sur ses épaules et le fixa d'un regard impérieux.

— N'attends pas ! On ne sait jamais... Un retour de flamme est toujours possible. C'est ton devoir.

Son devoir ? Investir et occuper le palais du calife, désarmer sa garde, annoncer à Al-Adil qu'il n'était plus rien, que la religion de ses ancêtres était une hérésie proscrite et le tuer. La prudence l'exigeait mais Saladin en avait la nausée. Il ne se sentait pas capable d'assassiner ce jeune homme malade qui lui faisait confiance comme à un frère.

— Père, Al-Adil est à nouveau dans les fièvres. Depuis deux jours, il bave et il divague. Les médecins ne savent pas s'il survivra à cette nouvelle attaque. S'il doit mourir, laissons faire la volonté de Dieu. Sinon, je ferai ce que tu me dis...

Le jeune calife Al-Adil s'éteignit le lendemain sans savoir que son vizir qu'il aimait tant avait renversé sa dynastie et banni sa religion.

Saladin monta sur le trône et prit le titre de sultan. En Syrie, Nur ed-Din tremblait de rage. Non seulement son piège n'avait pas broyé l'insolent mais il l'avait hissé à la tête de l'Egypte ! « Cette fois, je vais en finir avec cet insoumis, hurlait-il en arpentant les salles de son palais. Je l'ai sorti du néant et je saurai l'y ramener ! » A force d'éructer, il s'écroula, la main crispée sur la gorge, foudroyé par sa propre colère.

« La volonté de Dieu... » lâcha Saladin quand lui parvint au Caire la nouvelle de la mort de Nur ed-Din.

A l'orée d'un champ de cannes à sucre, une trentaine de cavaliers en armes regardaient Saladin revenir vers eux. Depuis une heure ils attendaient qu'il ait fini de prier et de méditer au bord du fleuve. Ils n'aimaient pas qu'il s'éloigne ainsi. En selle, debout sur leurs étriers, pas un instant ils ne l'avaient perdu de vue. Quand le jeune pêcheur s'était approché de lui, ils avaient failli s'élancer au galop, mais leur chef les avait retenus d'un geste. C'était l'élite de la Salayah, la garde personnelle de Saladin. Ils veillaient sur lui d'un œil farouche, la main sur la poignée du sabre. Ils ne l'avaient jamais quitté depuis qu'ils étaient arrivés en Egypte avec lui, dix ans plus tôt. Ils l'escortèrent jusqu'au camp.

Une quinzaine de tentes, montées les unes contre les autres, formaient l'immense pavillon du sultan. Il fallait deux cents pas, à grandes enjambées, pour en faire le tour. L'intérieur était partagé par des tentures amovibles. En les déployant ou en les repliant, les serviteurs du sultan compartimentaient les espaces au gré des besoins.

Dans un petit vestibule, assis sur un gros coussin de cuir façonné, Maimonide passait et repassait ses doigts dans sa barbe grise. Les coudes appuyés sur les genoux, il examinait les dessins du tapis de laine pour éviter de croiser le regard des deux gardes nubiens qui l'observaient par désœuvrement plus que par méfiance.

« Une belle réputation n'est qu'un rude esclavage », songeait-il, concentré sur cette méditation afin de tromper son angoisse. Sa renommée lui valait de soigner le sultan. Ayant atteint la quarantaine, il passait pour être le meilleur médecin d'Egypte. « Saladin a mal quand il monte en selle », avait simplement expliqué, du haut de son cheval, l'officier venu le chercher dans le quartier juif du Caire où Moshe espérait qu'on ne viendrait jamais le mêler aux troubles de ce monde. Devinant qu'il n'y avait pas à discuter, il avait fait préparer son bagage, il était monté sur sa mule, avait adressé un soupir d'adieu à sa maison, à sa famille, pour être conduit sous bonne escorte jusqu'au camp du sultan.

Maimonide fut arraché à sa réflexion par une explosion de hurlements et un vacarme de tambours frappés à pleine main. Saladin arrivait dans le campement, accueilli par les danses de guerre des tribus venues de Haute-Egypte se joindre à son armée. En entendant les cris et le tapage, Maimonide sentit une sueur froide perler sur son front. Ce tumulte réveillait dans sa mémoire l'écho du fracas d'enfer des rues de Cordoue quand il avait dû fuir les Almohades au milieu des flammes qui consumaient la Juderia et sa maison natale. Il avait quinze ans et son exil commençait.

Le sultan se retira sous sa tente. La Salayah dispersa à coups de bâton les danseurs ivres de cris. Le calme revint. Maimonide entendait maintenant des voix d'hommes étouffées par les tentures. Il percevait les bribes d'une véhémente discussion.

La famille des Ayoubides était réunie autour de son chef. Le vieil Ayoub trônait sur le divan. Ses cinq fils avaient pris place autour de lui. Saladin écoutait patiemment son frère aîné.

— Nous ne te comprenons pas... Vraiment pas ! s'exclamait Touran Shah. La mort d'Amaury nous ouvre les portes de Jérusalem, et toi tu veux aller à Damas ? Négliger la Ville sainte, c'est désobéir à Dieu ! Ne l'oublie pas.

Le troisième fils d'Ayoub, Togtekin, était du même avis.

— Mon frère ! Dieu est avec nous : la mort d'Al-Adil... la mort de Nur ed-Din... et maintenant la mort d'Amaury.

Les deux frères cadets, Adel et Bury, assis dans un coin, assistaient à la discussion sans avoir droit d'y prendre part car ils n'avaient pas quinze ans. Un esclave servait du thé en poussant des petits grognements. Ayoub et ses fils pouvaient parler librement devant lui : il était sourd-muet.

— A Damas, reprit Touran Shah après avoir avalé une gorgée brûlante, nous n'aurons que des ennuis. Le petit As-Saleh est entouré d'émirs qui lui apprennent à te détester. On lui dit que tu es le pire ennemi de sa famille. Pourquoi se jeter dans ce guêpier alors que nous pourrions libérer Jérusalem ?

— Je ne suis pas de ton avis, intervint Togtekin. Nous avons beaucoup de partisans à Damas. Des hommes influents sont prêts à se ranger derrière nous. Ils savent bien que le fils de Nur ed-Din est trop jeune pour gouverner et que les courtisans font de lui ce qu'ils veulent. Damas ne sera pas difficile à prendre, mais nous avons le temps. Notre devoir, c'est Jérusalem. Le reste peut attendre.

Touran Shah interpella Ayoub.

— Père, faites entendre raison à votre fils, puisqu'il n'écoute pas ses frères.

— Je veux connaître son avis, répondit-il en se tournant vers le sultan.

— Mes frères ont raison sur beaucoup de points. Touran Shah ne se trompe pas quand il prévoit que la dynastie zenguide veut nous interdire Damas. Et Togtekin dit vrai quand il assure que nous avons là-bas beaucoup d'amis. Justement, si nous n'allons pas à Damas nos partisans seront massacrés, la ville restera entre les mains de ceux qui nous haïssent et nous ne pourrons jamais libérer Jérusalem, car il faut pour cela que tous les sabres de l'Islam obéissent à un seul chef. Ne vous inquiétez pas : je n'oublie pas mon devoir. Dès que tous les croyants seront derrière moi, nous délivrerons Jérusalem !

Saladin se leva avec difficulté. Une douleur aiguë lui arracha une grimace. « Il est temps, se dit-il, que je reçoive ce médecin si je veux pouvoir partir demain. »

— Je te donne raison, trancha son père en étendant les mains pour signifier que la décision était prise.

Sauvegardant l'apparence de son autorité, Ayoub veillait à entretenir l'illusion que son fils, le sultan, n'agissait qu'avec son consentement.

Soudain, les deux eunuques nubiens prirent chacun par un bras Maimonide dont les pieds touchaient à peine le sol. Ils écartèrent une portière de cuir et s'engagèrent dans un étroit couloir de toiles tendues. Ils balayèrent d'un revers de la main un voile de lin puis un brocart de soie.

Le médecin était sur le seuil de la chambre du sultan dont il ne voyait que les fesses. A genoux sur le lit, la tunique relevée sur les reins, la tête enfouie dans les coussins, Saladin grommelait :

— C'est une posture humiliante ! Je préfère ne pas connaître le visage de celui qui va venir fouiller mon intimité.

L'œil exercé de Maimonide avait déjà localisé le mal : un furoncle gorgé de pus prospérait sur le postérieur du sultan.

— Alors ? interrogea la voix de Saladin étouffée par les tissus de ses vêtements rabattus sur la tête.

— C'est peu de chose.

Maimonide sortit de la poche de sa tunique une petite trousse de cuir noir, la déplia sur le lit, déballa une paire de ciseaux, une aiguille d'or, un scalpel, un petit miroir d'argent poli et une lancette pointue qu'il prit entre ses doigts. Il observa attentivement le bourgeon infecté. Les eunuques retenaient leur respiration, on n'entendait que le son grêle des cordes du oud pincées par une jeune esclave bédouine, accroupie près du brûle-parfum de bronze, les yeux baissés sur son instrument.

— Alors ? Soulage-moi et finissons-en ! Puisque c'est peu de chose, je ne sentirai rien. Tu es le meilleur, dit-on...

Le médecin sentit à nouveau perler la sueur. Rien n'est plus dangereux qu'un patient puissant, songeait-il, la lancette à la main.

— Une brève douleur peut être la clef d'un grand soulagement. Regarde cette jeune fille qui te charme avec sa musique... Si tu la déflorais, une fugitive souffrance lui ouvrirait un grand bien-être.

Un rire sonore secoua Saladin. Maimonide en profita pour appliquer une claque cuisante sur la fesse en même temps qu'il perçait la tête du furoncle.

— Tu te moques de moi ! Tu me tapes comme un enfant ! Je vais te faire fouetter si tu ne sais pas faire ton travail...

— Il est fait.

— Mais tu as frappé à droite, alors que j'ai mal à gauche.

— Une douleur masque l'autre. C'est une vieille méthode qu'enseignait déjà Hippocrate.

Il observait l'abcès débridé.

— C'est bien... Ça coule jaune et épais... Ça se vide. Je vais préparer un cataplasme de girofle et de menthe qui tirera toutes les humeurs.

Une heure plus tard, soulagé et pansé, Saladin était installé sur des coussins de soie. Maimonide avait pris place sur un tabouret. Une servante apportait des dattes et du lait.

— Tu es juif ?

— Je t'ai pourtant bien soigné, n'est-ce pas ?

— Ce n'était pas une accusation.

— Un reproche, peut-être...

— Où veux-tu en venir ? soupira le sultan en crachant un noyau de datte. Farouche ennemi des Franjs, il ne s'intéressait guère aux Juifs qui n'avaient ni armée, ni territoire, ni roi.

— A Cordoue, ma ville natale, c'était une fierté d'être juif quand j'étais enfant. Ensuite, c'est devenu un crime et j'ai dû m'exiler. Depuis, quand je pose le pied quelque part, je me demande toujours si j'ai le droit d'être ce que je suis.

Saladin n'éprouvait aucune hostilité à l'encontre des Juifs, simplement une légère aversion à l'égard de ces gens qui se soumettaient partout et à tous. En Orient et en Occident, tantôt aux musulmans, tantôt aux chrétiens. Quand on les humiliait, ils ne se révoltaient pas. Quand on les massacrait, ils ne se défendaient pas. Ils fuyaient pour retrouver ailleurs une vie de soumission, comme ce médecin andalou errant d'un bout à l'autre de la Méditerranée.

— Tu as vécu parmi les Franjs maudits, m'a-t-on raconté.

— C'est vrai. Pendant plusieurs années.

— Et ils t'ont chassé ?

— J'ai préféré m'éloigner d'eux avant d'être chassé.

— D'après toi, que va-t-il se passer à Jérusalem ?

— Tu en sais plus que moi. J'ai appris la mort d'Amaury la semaine dernière. Son fils Baudouin est intelligent et volontaire, mais il est très jeune et on murmure qu'il est lépreux. C'est tout ce que je sais.

— On m'a annoncé ce matin qu'ils viennent de nommer Raimond de Tripoli régent du royaume. Je le croyais toujours en prison à Alep.

Une lueur d'étonnement passa dans le regard de Maimonide.

— Pour une fois, j'aurais fait la même chose qu'eux. C'est le meilleur d'entre les Franjs.

Saladin tira sèchement sur les poils de sa barbe.

— Le meilleur ? Qu'est-ce que tu dis ? C'est un écervelé, un chien fou. Par caprice il a fait la guerre aux Grecs, ensuite il s'est fait capturer comme un âne. Il ne vaut rien.

— Je crois qu'il ne valait pas grand-chose, c'est juste. Mais il paraît que ce n'est plus le même homme. La prison l'a assagi.

— Un Franj ne change pas.

— Mais ce Franj-là est instruit. Il parle ta langue. Ça te sera peut-être utile.

— A quoi ?

— Si tu cherches un accord, une trêve, vous pouvez vous entendre.

— Et si je cherche la guerre ?

— Tu trouveras aussi guerrier que toi.

Agacé par cet éloge de l'ennemi, Saladin changea de sujet.

— Pour les maudits Franjs, on verra plus tard ! Demain nous partons à Damas. Je t'emmène avec moi. J'aurai besoin de soins.

Il fit venir son secrétaire. Baha, frêle et voûté, surgit d'une tenture, déplia un pupitre aux longs pieds devant lequel il prit place, debout, attendant la dictée de son maître. C'était une lettre de menaces destinée aux émirs de la cour de Damas.

« Si notre regretté roi Nur ed-Din avait décelé parmi vous un homme aussi digne de confiance que moi, il lui aurait attribué l'Egypte. S'il n'était pas mort subitement, c'est moi qu'il aurait chargé d'éduquer son fils. Or, je vois que vous essayez de m'écarter. J'arrive ! Et chacun de vous sera sévèrement puni. »

Saladin confia le message à son frère Togtekin avec des instructions très précises.

— Tu dois le faire remettre à la garnison de Damas deux jours avant mon arrivée. Deux jours, ni plus ni moins.

Togtekin n'aimait pas recevoir de son aîné ces ordres stricts qui lui interdisaient toute initiative. Il fit une grimace.

— Et si j'allais beaucoup plus vite que toi et que j'arrivais trois ou quatre jours avant, où serait le mal ?

— Ils auraient le temps de mettre la ville sur le pied de guerre.

— Et si j'arrivais un seul jour avant toi ?

— Ils n'auraient pas le temps de fuir.

Un mois plus tard, Saladin se présentait avec sept cents combattants devant les portes de Damas. Ils avaient traversé le Sinaï, puis galopé dans le désert d'Outre-Jourdain. Comme l'avait prévu Raimond de Tripoli, ils avaient évité les forteresses franques afin de ne pas être accrochés dans une embuscade qui aurait retardé leur course.

A la lecture de son message, les dignitaires zenguides avaient fui vers le nord pour courir se réfugier à Alep en emmenant le petit As-Saleh paré de la couronne de Syrie. Le sultan n'eut pas à assiéger la ville. Ses partisans lui ouvrirent les portes. Dans les rues de Damas, les pétales de roses pleuvaient sur les cavaliers et les chameliers couverts de poussière qui saluaient la foule en riant.

Dédaignant le palais, Saladin mena son cheval jusqu'au seuil de sa maison familiale. Il s'effaça devant son père avant de pénétrer à son tour dans la modeste demeure de son enfance, acclamé par la foule que les hommes de la Salayah contenaient dans l'étroite ruelle. Jusqu'au coucher du soleil, il reçut ses anciens voisins du quartier : le boulanger qui vivait en face, la lingère établie à côté, une vieille femme aveugle qui lui donnait des friandises quand il faisait ses premiers pas. Il accueillit à bras ouverts ses anciens camarades de jeu. Chacun repartit avec une pièce d'or.

— Tu as été très généreux avec ces gens, lui dit Ayoub quand le calme fut revenu dans la maison.

Le père et le fils étaient assis dans la petite cour. Les branches de jasmin s'entrecroisaient au-dessus de leur tête.

— Dieu a été très généreux avec nous, père. Nous avons cueilli Damas comme un fruit mûr.

— Tu dois imposer le respect, mon fils ! Tu aurais dû t'installer dans le palais de Nur ed-Din et convoquer les hommes influents. Pourquoi perdre ton temps à la maison à plaisanter avec les voisins ?

— Parce qu'ils vont maintenant courir les rues de la ville et raconter qu'ils sont venus sous notre toit. La foule va se rassembler et les écouter. Ils diront que le sultan d'Egypte est le même homme que celui qu'ils ont connu et tout le monde le répétera. Crois-moi, père, leurs récits me feront une plus belle réputation que tous les bavardages malveillants des notables que j'aurais pu recevoir.

Saladin posa la main sur l'épaule de son père :

— Ne t'inquiète pas : Damas est à nous. Mais Damas n'est rien sans Alep. Tu m'as dit un jour que, pour posséder l'Egypte, il fallait tenir Alexandrie et Le Caire. Tu avais raison, et nous l'avons fait. Pour la Syrie, c'est la même chose : il faut avoir Damas et Alep.

Laissant Ayoub, Touran Shah et Togtekin gouverner la capitale de la Syrie du Sud, Saladin prit la route du Nord à la fin du mois d'octobre, avec un millier de combattants. Ils longèrent les montagnes du Liban qui marquaient la frontière du comté de Raimond de Tripoli. Ils s'emparèrent sans difficulté de Baalbek, puis de Homs, puis de Hamma. En décembre, le sultan dressa son camp face aux murailles d'Alep. Les portes étaient closes et les créneaux peuplés d'archers.

Une pluie glaciale tombait sans discontinuer. Entre les tentes, les sentinelles pataugeaient en grelottant sous leur cape en laine de chameau.

Dans l'immense pavillon du sultan, debout devant son pupitre, Baha, le secrétaire, écrivait sous la dictée une lettre destinée à As-Saleh :

« A la grande mosquée de Damas j'ai fait prier pour toi et pour ton père, mon regretté souverain Nur ed-Din. J'ai ordonné que l'on frappe la monnaie à ton nom. Mais un adolescent de ton âge ne peut gouverner seul. Il te faut un régent et nul n'est mieux placé que moi pour exercer ce rôle. Je viens te protéger de l'influence néfaste de tes conseillers. Ne les écoute plus et ordonne que l'on m'ouvre les portes... »

Alep était claquemurée derrière ses remparts puissants qui avaient résisté à tant de sièges. Au cœur de la ville s'élevait la citadelle, encore plus haute que les murailles d'enceinte. A l'abri de cette forteresse, As-Saleh était assis sur un fauteuil d'ivoire qui avait été le trône de son grand-père Zengui, puis de son père Nur ed-Din. Les émirs avaient pris place sur les banquettes disposées le long du mur. Les plus âgés dépliaient des couvertures sur leurs jambes pour se protéger du froid.

Debout au milieu de la salle d'audience, Gumushtekin jeta la lettre de Saladin qu'il venait de lire à haute voix. Du bout du pied, il la balaya sur le damier de marbre comme s'il écartait des immondices.

— Notre regretté Nur ed-Din avait bien raison de vouloir écraser ce serpent ! rappela-t-il, les bras au ciel.

Il s'approcha du petit As-Saleh.

— Ne craignez rien, sire. Nous chasserons ce chien de Kurde. Nous lui reprendrons Damas ! Nous lui arracherons l'Egypte !

Le jeune roi était rassuré par la détermination de Gumushtekin qui s'était imposé dès le jour de la mort de son père et lui dictait sa conduite. Toutefois, malgré les certitudes de son tuteur, il était perplexe.

— Comment ferons-nous ?

— Nous allons le cerner. Nous avons des alliés partout.

— Qui sont ces alliés ? s'écria un vieil émir qui n'aimait pas les airs supérieurs de Gumushtekin. Je ne les vois pas. Où sont-ils ? Et en attendant, le Kurde est devant la porte !

Gumushtekin eut un petit sourire. Puisqu'on lui demandait de parler, il allait révéler l'habileté de sa diplomatie. Depuis l'avènement d'As-Saleh, il avait tissé des liens épistolaires avec tous ceux qui, pour une raison ou pour une autre, voulaient mettre fin à l'ascension de Saladin.

— J'ai noué quatre alliances. Elles sont secrètes mais si notre souverain y consent, je peux vous les révéler...

As-Saleh, piqué par la curiosité, lui fit signe de continuer :

— « Où sont-ils ? » me demandez-vous. Il parcourut l'assistance du regard et reprit : ils sont à Tripoli, à Jérusalem, au Caire et à Massiaf...

Un murmure appréciateur accueillit l'énumération.

— Commençons par Massiaf. Mon allié s'appelle Sinan, « le Vieux de la Montagne ». Que voulez-vous de mieux ?

En entendant ce nom qui faisait trembler les musulmans sunnites, les émirs eurent des exclamations d'effroi. Massiaf ! Le nid d'aigle inexpugnable où la secte shiite des Assassins exerçait ses tueurs ! Sinan ! Le Vieux de la Montagne qui tenait à jour la liste de ceux qui devaient mourir. Saladin qui avait aboli le shiisme en Egypte figurait en tête de ses futures victimes. Gumushtekin avait alerté le Vieux de la Montagne : *« Sinan, nous avons attiré près de toi le maudit Kurde qui a banni ta religion. Il vient vers le Nord. Il sera bientôt à la portée de tes justiciers. Que Dieu guide leur bras !* » Le jour même, cinq jeunes sicaires avaient quitté la citadelle des cimes pour cheminer vers Alep. Leur manteau de laine brune les protégeait du froid et dissimulait leur poignard.

— Mon allié à Jérusalem ? C'est le jeune roi Baudouin, poursuivit l'émir qui marchait de long en large sous le regard captivé d'As-Saleh. Pour sceller notre entente, j'ai libéré contre rançon un prisonnier franj qui croupissait depuis longtemps dans les souterrains. J'ai renvoyé Renaud de Châtillon à Jérusalem.

— Mais il est très dangereux ! s'exclama le vétéran. C'est un sanguinaire.

— Justement, pourquoi retenir en cage cet homme féroce alors que nous pouvions le lâcher comme un lion sur ces chiens d'Ayoubides ?

Gumushtekin se fit servir un verre de thé chaud et avala une gorgée avant de reprendre :

— Nous avons aussi des alliés au Caire. Les orphelins de la dynastie fâtimide sont nombreux, riches et puissants. Paralysés par la peur, ils n'ont pas su empêcher le Kurde de devenir maître de leur pays. Il a profité de l'agonie du calife pour prendre sa place et abattre leur religion et ils se sont montrés aussi faibles que des femmes ! Aujourd'hui, ils se réveillent.

« *Nous avons attiré loin de chez vous l'usurpateur que vous maudissez. Il arrive en Syrie du Nord. Profitez de son absence. Fomentez des révoltes contre les occupants* », avait écrit Gumushtekin aux proches du défunt calife Al-Adil et aux dignitaires shiites d'Egypte.

— J'ai enfin une quatrième alliance avec le comte Raimond de Tripoli. Il est en route vers Baalbek avec ses hommes pour couper en deux l'armée ayoubide. Voilà...

Gumushtekin avait réussi à impressionner la cour. Il salua respectueusement As-Saleh et demanda la permission de se retirer pour dicter sa correspondance. Avant de sortir de la salle, il se retourna.

— Quatre alliés, vous dis-je... Nous n'allons même pas lancer une pierre ou tirer une flèche. Laissons faire. Ce chien va vite détaler.

Le soleil s'était couché au milieu de nuages gris et roses. La prière était dite. A cinq cents pas du camp, les murs d'Alep disparaissaient dans la nuit. Une hyène se mit à hurler.

Une odeur d'encens flottait sous la tente du sultan. C'était l'heure du bavardage ou de la méditation. Saladin attendait la réponse d'As-Saleh, sans trop y croire. Il devinait que l'enfant était pris en main et que la cour des Zenguides l'avait dressé contre lui. Il avait tout de même fait le geste d'écrire avant d'attaquer.

— Il faut donc réconcilier Aristote et Dieu. Et ce n'est pas si difficile...

Le médecin Maimonide philosophait à haute voix en examinant les yeux, les dents et le teint de Saladin. Le sultan se portait bien, le furoncle était oublié mais il exigeait une visite quotidienne pour le plaisir de parler avec le savant dont les propos le distrayaient de ses soucis.

— Tu parles du Dieu des Juifs ?

— Et aussi du tien ! A Cordoue, mon maître Averroès m'enseignait l'harmonie de l'islam et de la pensée d'Aristote.

Ce soir, le sultan ne parvenait pas à s'intéresser aux réflexions de Maimonide. Il était tracassé par l'attente de la réponse à sa lettre. Quel délai accorder ? Quel jour attaquer ? se demandait-il, quand il vit soudain un éclat d'effroi dans l'œil exorbité du médecin qui regardait par-dessus son épaule. La bouche de Maimonide s'ouvrit sur un cri muet. Instinctivement, Saladin se laissa tomber, roula plusieurs fois sur lui-même, se retrouva à genoux, la main tremblante sur le manche de son poignard. L'Assassin était devant lui, l'écume à la bouche, se débattant de toutes ses forces. Quatre gardes s'étaient jetés sur le tueur à la dernière seconde et le plaquaient au sol de tout leur poids.

Au même instant, des cris sauvages retentirent à l'extérieur. Les autres sicaires venaient d'être découverts. Le sultan sortit et vit les sentinelles jeter les cadavres ensanglantés aux chiens qui accouraient en meute.

— Les Assassins ! Qu'ils aillent au Diable ! Serpents ! criait un cavalier kurde en écrasant un crâne à coups de talon.

— Dieu était avec moi ce soir. Si le regard de Moshe ne m'avait pas alerté...

Il fallait la protection du ciel pour échapper aux poignards de ces fanatiques résolus à mourir pour atteindre la victime désignée par le grand maître. Le sultan fit doubler la garde. Il savait qu'ils allaient revenir, un jour ou l'autre. Cette nuit-là, il chercha le sommeil en vain.

Le lendemain matin, une quinzaine de cavaliers couverts de poussière et de boue entrèrent dans le camp au galop en faisant jaillir des éclaboussures noires. Touran Shah mit pied à terre devant le pavillon du sultan où il pénétra sans cérémonie, d'un pas rapide, foulant les tapis de ses semelles crottées.

— Où est mon frère ? cria-t-il dans la pénombre de la grande tente.

— Je suis ici. Et heureux de te voir.

Saladin était tassé sur une banquette, épuisé par cette nuit de frayeur et d'insomnie. Il se leva, prit son aîné par les épaules et s'aperçut que l'anxiété décomposait son visage. Sa mâchoire puissante s'affaissait, son regard fixait le sol.

— Mais que se passe-t-il ?

— Trois calamités...

Saladin entraîna Touran Shah vers le divan.

— Assieds-toi. Bois un peu de thé chaud et raconte-moi. Je t'écoute.

Un serviteur apporta un verre fumant sur un plateau d'argent. Touran Shah le vida à petites gorgées.

— D'abord l'Egypte... Les courtisans fâtimides trament des complots. Ils paient des agitateurs pour exciter la foule contre nos garnisons. Il y a des émeutes autour de nos palais. Nos femmes et nos enfants sont en danger au Caire.

Le sultan tirait sur les poils de sa barbe.

— Maudits Fâtimides ! Ensuite ?

— Ensuite, Damas... Au moment où je quittais la ville, toute la plaine des environs était en feu. Les Franjs ravagent les récoltes et emmènent le bétail.

— Maudits Franjs ! Et la troisième calamité ?

— Raimond de Tripoli vient de prendre Baalbek, Homs et Hamma. Nous sommes passés de justesse mais maintenant la route de Damas est coupée.

Encore ébranlé par l'attentat, Saladin eut un vertige en découvrant sa situation : son royaume d'Egypte était menacé d'un coup d'Etat et Damas pouvait tomber aux mains des Francs par sa faute. Sans hésiter, il ordonna de lever le siège et de mettre l'armée en route vers le sud pour attaquer Raimond de Tripoli. Le sultan devait, avant tout, s'ouvrir la route de Damas.

Une clef grinça dans la serrure rouillée d'une porte basse au fond d'une chapelle de la basilique du Saint-Sépulcre. Un homme sortit en se baissant puis se redressa de toute sa taille. La lune brillait au-dessus de Jérusalem, œil rond au milieu du ciel. En respirant à pleins poumons l'air frais et sec de la nuit, il songea sans nostalgie aux brouillards de son Auvergne natale. Héraclius déplia le carré de parchemin qu'un gnome rouquin lui avait glissé dans la main, à la fin des vêpres, en lui soufflant, dressé sur la pointe des pieds : « Elle vous attend ce soir. Et elle vous veut en habit d'archidiacre... »

A la clarté de la lune, il examinait le dessin. C'était un plan d'accès à la citadelle de David par une entrée secrète. Il n'y avait ni mot ni signature mais Héraclius savait que ce plan allait le conduire à la « Putain du Royaume », celle qui avait fait de lui l'archidiacre du Saint-Sépulcre au grand scandale du clergé de la basilique.

Après bien des détours, il gravit un escalier de pierre en surplomb au-dessus des fossés. Les marches étaient étroites et l'ouvrage sans rampe. Il conduisait à une poterne par laquelle on jetait les ordures du palais royal. En contrebas, au fond des douves, les détritus formaient un tas puant. Héraclius baissa la tête pour passer sous le linteau et entra dans une petite pièce obscure. Au fond, dans la pénombre, le gnome qui lui avait donné le rendez-vous lui faisait signe de le suivre. Ils gravirent quelques marches, franchirent une porte, longèrent les murs d'une cour, empruntèrent un escalier, puis un couloir tendu de tapisseries. Soudain, le nain s'effaça devant une porte en bois sculpté. Le battant était entrouvert. Héraclius se glissa dans la chambre où flottait l'odeur de l'ambre qui grésillait sur les braises d'un brûle-parfum. Une faible lumière venait d'une chandelle posée au pied du seul meuble de la pièce : un immense lit dissimulé par des voilages mauves accrochés au plafond. L'archidiacre crut qu'il était seul. D'un mouvement des épaules, il se débarrassa de la pèlerine noire qui tomba à ses pieds. Sous sa cape, comme le messager le lui avait demandé, il portait ses vêtements sacerdotaux taillés dans un velours rouge brodé d'argent. L'or viendrait bientôt, il n'en doutait pas.

— La vêture vous sied.

Héraclius sursauta. La voix venait du lit. C'était la première fois qu'il entendait Agnès mais il ne la voyait toujours pas, dissimulée par la moustiquaire, comme par ses voiles de deuil le jour des obsèques, comme par le moucharabieh quand il prêchait sous ses fenêtres. Héraclius n'avait encore jamais vu le visage de cette femme qui avait pourtant changé sa vie.

— Je sais... Je sais que je vous dois ces ornements.

— C'est vrai, et je vois que tu ne l'oublies pas. C'est bien, car tant de gens sont ingrats, soupira-t-elle avant d'ordonner : Déshabille-toi. Devant moi.

Héraclius fit un pas vers le lit.

— Non ! Reste où tu es. Mets-toi nu.

En Auvergne, dans la sacristie, c'était lui qui

ordonnait à ses pénitentes de se plier à ses désirs. Mais elles n'étaient pas reines. Comprenant qu'il ne gagnerait rien à tergiverser, il s'exécuta avec calme, les yeux baissés sur ses doigts qui détachaient crochets et boutons. Agnès regardait le clerc se dévêtir et se transformer en amant. Il se tenait droit, les épaules larges, les jambes légèrement écartées. Héraclius était nu, les vêtements entassés sur le tapis de soie, les mains sur le bas-ventre. Il entendit la respiration d'Agnès se faire plus courte.

— Laisse tes bras le long de ton corps.

Il se découvrit complètement. La reine mère était satisfaite : son protégé était beau et obéissant.

Des ongles rouges apparurent entre les voiles de mousseline qui s'entrouvrirent. D'un appel de l'index, elle lui ordonna de la rejoindre sur le lit.

Les deux joueurs étaient assis de part et d'autre de l'échiquier d'onyx, sous un dais de soie bleue tendu à l'ombre de la palmeraie de Baalbek. Au-dessus des arbres, les gigantesques colonnes du temple de Jupiter s'élevaient vers un ciel limpide.

Saladin, impatient, faisait tourner un anneau d'or autour de son doigt. Il attendait que son partenaire se décide à jouer.

Raimond de Tripoli se caressait le menton et ses yeux noirs allaient d'une pièce à l'autre. Il avança la main vers un pion, hésita, puis la retira et reprit sa réflexion.

— Tu joues comme un homme qui a tout le temps devant lui, soupira le sultan.

— J'ai appris en prison, à Alep. Je jouais contre moi-même, j'avais tout mon temps.

— Tu as aussi appris à parler l'arabe. C'est rare chez les Franjs.

— Je parle également le turc.

Un sourire arrondit les joues charnues de Saladin qui s'exclama :

— J'ai compris ! Pendant ta captivité à Alep chez Nur ed-Din, tu es devenu très savant et tu manifestes ta gratitude en volant au secours de son fils As-Saleh. Voilà pourquoi tu m'attaques...

Raimond leva vers Saladin un regard amusé.

— Je ne savais pas que ta conversation était si plaisante.

Il prit entre ses longs doigts le Shah noir et le fit reculer sur la colonne. Le sultan hocha la tête en soupirant de nouveau.

— Tu avances afin de m'attirer, puis tu te retires et tu me guettes. Tu joues aux échecs comme tu fais la guerre.

Depuis huit jours, le comte de Tripoli et une vingtaine de chevaliers jouaient au chat et à la souris avec les mille soldats de Saladin. Quand les étendards ayoubides venus d'Alep avaient pointé à l'horizon de Baalbek, les hommes de Raimond avaient quitté la ville pour aller prendre position sur les premières hauteurs du mont Liban. Ils avaient dressé leur camp sur un site d'accès difficile d'où ils dominaient la plaine de la Bekaa ; et ils attendaient. En voyant les Francs s'enfuir Touran Shah avait crié victoire, mais Saladin l'avait rabroué : « Quelle victoire ? Si nous partons, ils reviendront. Et si nous laissons une garnison, notre armée sera fragmentée alors que Damas et l'Egypte sont en danger. » Le sultan avait fait venir Maimonide. « Tu m'as dit qu'avec ce Franj on pouvait négocier une trêve. Organise-moi une entrevue avec lui. »

Les émissaires avaient mis trois jours pour se mettre d'accord sur les questions de protocole et de sécurité. Ils avaient finalement choisi la palmeraie, derrière les temples. La rencontre devait commencer par une partie d'échecs afin que les deux hommes fassent connaissance avant leur conversation qui serait suivie d'un dîner sous la tente.

Le sultan, qui jouait volontairement mal, hâta la fin de la partie. Il était impatient d'engager la discussion. Les deux hommes laissèrent le jeu et partirent faire quelques pas dans une allée de terre bordée de longs palmiers. Des garçons montaient en acrobates en haut des troncs et tranchaient au coutelas les grappes qui tombaient en éparpillant leurs dattes.

— Quelle agilité ! commenta Raimond en voyant un enfant se hisser sans effort jusqu'au faîte.

Le comte de Tripoli se pencha pour choisir un fruit qu'il dégusta lentement en regardant couler l'eau dans les rigoles d'irrigation.

— Même quand tu ne joues pas, tu sembles avoir tout le temps devant toi, soupira le sultan.

— J'ai l'esprit en paix et ça t'irrite parce que toi, tu es tracassé, répondit Raimond qui continuait d'observer les paysans au travail.

— Tracassé ? J'ai mille hommes et tu n'en as pas cinquante !

— Ils me suffisent. Moi, je ne convoite rien. Je me contente de protéger mon comté. Toi, tu devrais être à Alep où les Zenguides te narguent, à Damas où l'armée du royaume te menace, au Caire où les shiites se révoltent contre les tiens... Comment pourrais-tu avoir l'esprit en paix ?

Raimond se retourna brusquement et vit sur le visage de Saladin ce qu'il espérait y trouver : le sultan était prêt à céder.

— Tu veux des garanties pour ton comté ? Je vais te les donner.

— Pour mon comté et pour le royaume, répondit Raimond. Je suis le régent.

Il mentait. Baudouin était majeur depuis quelques semaines. Selon les règles, la régence avait pris fin le jour même où le roi avait accompli sa quinzième année. Mais, puisque Saladin semblait l'ignorer, Raimond en profita pour inclure le royaume dans la trêve dont ils parlèrent en regagnant le campement, à pas lents : un traité de paix conclu pour deux ans par lequel les deux parties s'engageaient à ne pas s'attaquer ni faire entrave au commerce. Les clauses furent consignées sur parchemin. Sous le dais qui avait abrité leur partie d'échecs, le sultan et le comte de Tripoli signèrent le document côte à côte, debout devant l'écritoire. Raimond remarqua que la peau de sa main était plus brune que celle de Saladin.

Après avoir apposé son sceau, le sultan s'éloigna un instant avec son secrétaire et trois gardes de la Salayah pour aller prier. L'ombre des colonnes du temple romain s'allongeait avec le déclin du soleil. Pendant l'appel à la prière, les oiseaux s'égosillaient.

Quand il revint, Saladin avait retrouvé le sourire : il pouvait repartir vers Damas, rassembler ses forces et courir au Caire.

— J'aime prier dans un si bel endroit, dit-il à Raimond. Cette eau et cette verdure portent à la gratitude envers Dieu. Dans ton pays, je crois qu'il n'y a pas de beaux palmiers, comme ici.

— Dans mon pays ? Où ça ?

— A Toulouse ! C'est bien le pays de ton ancêtre Sanjil... Celui qui règne aujourd'hui là-bas n'est-il pas ton cousin ? Raimond le cinquième, m'a-t-on dit...

— Mon pays, c'est ici. Toi, tu es né très loin. Au pays des Kurdes, n'est-ce pas ? Moi, j'ai vu le jour à Tripoli, de l'autre côté de cette montagne. Mes parents sont nés ici. Ma femme aussi. Je ne connais pas d'autre terre. Je n'ai jamais vu Toulouse. Je n'en connais que ce que me racontent des pèlerins de passage. C'est ici que je serai enterré, comme mon père, mon grand-père, mon arrière-grand-père et mon aïeul. Tant que tu n'auras pas compris ça, nous ne pourrons pas nous entendre.

— Nous ne pourrons jamais nous entendre.

— Alors à quoi bon signer un traité ?

— Parce que j'en ai besoin. Autant que toi. Après, nous verrons...

A l'est de Jérusalem s'élève une colline sèche et pelée. Les croisés l'avaient nommée Montjoie, car c'est de ce sommet qu'en juin 1099, pleurant de bonheur, ils découvrirent la Ville sainte vers laquelle ils marchaient depuis trois ans.

Quand il venait dans la capitale du royaume, Raimond passait toujours par ce chemin. Il arrêtait son cheval sur la crête, mettait pied à terre et s'agenouillait comme l'avait fait son ancêtre Saint-Gilles. Ce jour-là, comme chaque fois, Raimond se recueillit, entouré de ses deux beaux-fils et de cinq chevaliers tripolitains qui l'accompagnaient. Ils récitèrent une brève prière puis ils se relevèrent pour observer la cité.

En face, la porte de Jaffa et la tour de David étaient à demi recouvertes par un décor de guirlandes de fleurs et de palmes tressées sur des charpentes de bois peintes de couleurs vives. Des hommes travaillaient à califourchon sur ces échafaudages en arcs de triomphe. Du haut de Montjoie, Raimond entendait l'écho des coups de marteau et les cris des contremaîtres. Jérusalem se préparait à fêter le mariage de la princesse Sibylle et de Guillaume « Longue-Epée ». Raimond eut un sourire amer en constatant qu'aucune délégation ne venait à sa rencontre pour l'accueillir. Le roi et la cour, affairés aux épousailles, le traitaient avec indifférence. « Alors que j'apporte ce dont le royaume a le plus grand besoin : la paix. » Dans la sacoche de cuir accrochée à sa selle, il avait rangé les copies de ses accords épistolaires avec les Zenguides ainsi que l'original de l'acte de trêve avec Saladin. Il allait les déposer entre les mains du chancelier Guillaume de Tyr afin qu'il applique les sceaux et consigne les documents dans les registres. Raimond était fier de ce qu'il avait obtenu sans subir de pertes, ni même tirer l'épée. « On m'acclamerait si j'avais versé le sang », songea-t-il en remontant sur son cheval. L'escorte descendit au pas le long du sentier caillouteux. Négligeant la porte de Jaffa, il longea les douves pour contourner l'enceinte. Sous un ciel chargé de nuages bas, le vent soulevait des tourbillons de sable. En passant le long des fossés de la maladrerie, l'odeur de la lèpre le fit grimacer.

Le comte de Tripoli s'imposait ce détour afin d'entrer à Jérusalem par la porte de Sion, comme son aïeul quand il avait pris la ville. A travers les rues bruyantes et encombrées du quartier arménien, il se dirigea vers la chancellerie.

Guillaume de Tyr, assis devant son écritoire, patientait en corrigeant son manuscrit. Sa peau avait la couleur et l'aspect du parchemin sur lequel il posait les mains, bien à plat. Ses chroniques s'empilaient sur les étagères de bois accrochées aux murs de la salle où il travaillait. Vingt et un livres ! Dix ans de recherche et d'écriture. Au début, quand le roi Amaury lui avait commandé cet ouvrage, il s'était consacré à la tâche avec joie, lisant et rédigeant sans cesse, heureux de laisser ce récit héroïque à la postérité. Mais le temps l'avait rattrapé : après avoir parlé des hommes qu'il n'avait pas connus et des événements qu'il n'avait pas vécus, il devait désormais raconter des faits dont il était témoin et acteur. Ce qu'il voyait l'effrayait. Avec cet enfant-roi que la mort cernait déjà, jamais le sort de la couronne n'avait été aussi incertain ; avec Saladin qui, pour la première fois, unifiait les mahométans sous une seule bannière, jamais le royaume n'avait été aussi menacé. Avec cette maudite femme qui plaçait partout ses amants et ses âmes damnées, jamais Jérusalem n'avait autant offensé Dieu.

Il relut : *« Pervers et criminels, tels sont les hommes du siècle présent dans les contrées de l'Orient. Celui qui voudrait entreprendre de tracer d'une plume exacte le tableau de leurs mœurs, ou plutôt de leurs vices monstrueux, succomberait à l'immensité de son travail, et semblerait avoir inventé une satire, bien plus que composé une histoire véritable. »*

Il préférait ne pas en dire plus. « Ma main qui a retracé la vie et la mort des héros du Christ ne peut s'abaisser à décrire ces dévoyés, se dit-il. Les débauches de la reine mère, la dépravation de son amant Héraclius, indigne de son état ecclésiastique, l'outrecuidance de l'autre amant, Aymeri de Lusignan qui mène la maison royale à sa guise, la sauvagerie de Renaud de Châtillon, l'avidité de Josselin de Courtenay, le frère d'Agnès, qui puise dans les caisses du royaume... »

Des hennissements et des bruits de sabots sur les dalles de la cour avertirent le chancelier de l'arrivée du comte. Guillaume rangea son parchemin dans un coffre de bois cerclé de cuivre, enfouit la clef dans sa poche et sortit dans la galerie dallée de marbre à la rencontre de Raimond qu'il n'avait pas vu depuis plusieurs mois. L'évêque de Tyr, vêtu d'une longue tunique de lin blanc, et le comte de Tripoli, couvert de sa cotte de mailles, échangèrent un baiser de paix. Les mains posées sur les épaules l'un de l'autre, ils se dévisagèrent en silence. Raimond regardait les fils d'argent dans la barbe d'or de Guillaume qui, lui, remarqua un pli d'amertume autour de la bouche de Raimond. Les serviteurs du chancelier et les chevaliers du comte partirent vers le réfectoire en échangeant des plaisanteries. Les deux hommes se retrouvèrent seuls et allèrent s'asseoir sur un banc de pierre, à l'ombre d'un figuier.

— Il y a longtemps... si longtemps.

— Mais vous n'avez pas changé, mentit Raimond.

— Si. Et tout ici a changé.

Guillaume se passa la main sur le visage, se lissa la barbe et reprit :

— Agnès tient tout entre ses mains : le roi qu'elle égare et le royaume qu'elle ruine.

— Il faut l'en empêcher.

— Et comment, je te prie ? interrogea Guillaume avec humeur. Tu m'as laissé seul. Tu restes à Tripoli. Baldwin est à Ramallah, son frère Balian à Naplouse, Gautier à Césarée, Réginald à Sidon ! Vous êtes tous sur vos terres et vous abandonnez le roi aux intrigues de cour.

— Je suis à Tripoli parce que mon comté a besoin de moi.

— Et le royaume, Raimond ? N'as-tu pas demandé la charge de régent ?

— C'était provisoire. Baudouin est aujourd'hui majeur.

— Et tu as donc négligé d'exercer la fonction...

— En aucun cas ! Au contraire, j'ai réussi à nouer

une entente qui nous promet plusieurs années de paix. Je vous apporte un document signé par Saladin.

— Je sais, soupira Guillaume sans ajouter un mot.

— Oui ! J'ai obtenu une trêve mais j'attends toujours les remerciements du roi. Il ne m'a écrit que pour me convier au mariage de sa sœur. Quel mépris pour ce que j'ai accompli !

— Tu avais Saladin devant toi mais tu as laissé ton épée au fourreau et tu n'as tiré que ta plume. Tu avais sans doute tes raisons, Raimond, mais à la cour tout le monde t'accable et dresse le roi contre toi.

— Et vous ?

— Moi ? Je ne sais que penser. On dit même que tu as joué aux échecs avec notre ennemi.

La colère nouait les mâchoires de Raimond. Il se leva et fit quelques pas dans le jardin de la chancellerie pour retrouver son calme. Guillaume de Tyr gardait les yeux baissés. Le comte l'apostropha en prenant garde à ne pas hausser la voix. Derrière la galerie ou à l'abri des volets clos, des oreilles pouvaient écouter.

— Vous ne savez que penser ? Vous auriez aimé un combat singulier avec Saladin, sous les colonnes du temple de Baalbek, n'est-ce pas ? Une belle page pour votre chronique ! Et qu'aurions-nous gagné à sa mort ou à la mienne ? La guerre ! Moi, je vous apporte la trêve et je l'ai empêché de prendre Alep. Que voulez-vous de mieux ?

Raimond se rassit à côté de Guillaume de Tyr et reprit un ton amical :

— Que les fous qui intriguent à Jérusalem professent des absurdités, cela m'est égal. Mais pas vous ! Pas vous, Guillaume !

L'évêque de Tyr regarda Raimond. L'âge palissait ses yeux bleus.

— Je ne sais plus, murmura-t-il. Tout à l'heure, n'es-tu pas entré dans la Ville sainte par la porte de Sion ?

— Comme toujours.

— Crois-tu que ton aïeul Raimond de Saint-Gilles aurait joué aux échecs avec les Arabes ?

— Sottise ! Faut-il vivre l'arme à la main, comme nos ancêtres ? Ce n'est pas en nous battant que nous leur serons fidèles. C'est en conservant la Terre sainte qu'ils nous ont léguée. Et pour la conserver, il faudra bien finir par s'entendre un jour avec ceux qui y vivent depuis plus longtemps que nous et qui sont infiniment plus nombreux que nous.

— Peut-être n'as-tu pas tort, concéda Guillaume de Tyr.

— Voilà une phrase très contournée, ironisa Raimond.

— En tout cas, autour du roi personne ne te donne raison.

— Qu'ils aillent au diable ! Je sais ce que j'apporte au royaume. Que Baudouin agisse comme il l'entend. Il est désormais majeur.

— Il est malade, surtout.

L'affluence des grands jours emplissait la basilique du Saint-Sépulcre. L'aristocratie du royaume, le clergé, les gens de Jérusalem et des environs se pressaient pour assister au mariage princier. On voulait voir, enfin, ce Guillaume « Longue-Epée » qui ne s'était jamais montré depuis son arrivée, un mois plus tôt. Tout le monde savait qu'il avait passé jours et nuits dans la chambre de Sibylle. Agnès, impatiente de voir sa fille enceinte, interdisait qu'on les dérange. Elle faisait porter dans leur chambre des plateaux de nourriture, des pichets de vin ainsi que des baquets d'eau chaude et des linges pour les ablutions.

Le patriarche de Nesle gravit avec peine l'escalier de l'autel. Depuis les obsèques d'Amaury et le couronnement de Baudouin, il n'avait plus présidé de cérémonies, mais aujourd'hui, il était obligé d'officier lui-même malgré le poids de l'âge et de la maladie. Parvenu sur la dernière marche, il se retourna vers la foule des fidèles. Sa vue baissait et il n'apercevait qu'une masse compacte. Il discernait à peine les silhouettes de la famille royale, assise au premier rang. Il ne voyait clairement que les visages des futurs époux agenouillés devant lui. « Longue-Epée », deux fois plus âgé que Sibylle, avait su lui donner du plaisir dès leur première nuit. Depuis, elle ne voulait vivre que dans ses bras. Elle avait décidé de partir pour Jaffa avec son époux dès le lendemain de la cérémonie. Là-bas, loin du vacarme de Jérusalem et de l'agitation de la cour, ils seraient tranquilles dans la demeure du bord de mer qui leur appartenait désormais : par la grâce du mariage, ils devenaient comte et comtesse de Jaffa et d'Askelon.

« Longue-Epée » était heureux, lui aussi. Il trouvait Sibylle à son goût et il tirait fierté des râles qu'il avait su arracher à la pucelle. De plus, il aimait le climat de ce pays, si loin des brumes de la vallée du Pô où il avait vécu. Parfois, il s'allongeait sur le sol de la chambre dc Sibylle dans le rectangle de lumière que projetait le soleil par la fenêtre. Il baignait son corps dans la chaleur jusqu'à se brûler la peau. Il se désaltérait d'une cruche de vin au miel puis il revenait vers la jeune princesse, nue sur le drap tiède. Le bonheur de « Longue-Epée » n'était contrarié que par un flux de ventre qui, depuis trois jours, le contraignait à courir souvent aux latrines. Il en revenait épuisé. Quand il se rallongeait en sueur sur le lit, Sibylle l'épongeait avec tendresse, heureuse de pouvoir manifester son dévouement.

Avec le mince filet de voix qui lui restait, le patriarche commença la bénédiction :

— *In nomine Patris et... et...*

Le murmure s'éteignit. Aussitôt, une autre voix, masculine et puissante, s'éleva sous la voûte.

— *In nomine Patris et Filii et Spiritus Sancti.* Amen !

— Amen ! gronda la foule.

C'était Héraclius. Il prêtait son bel organe vocal au patriarche affaibli qui s'appuya sur le bras robuste de son archidiacre. Finalement, cet inconnu contre lequel il avait pesté devant la Haute Cour lui convenait : disponible, habile et bien introduit auprès de la reine mère.

Agnès avait vibré en entendant Héraclius. Elle aimait sa voix ; voix de bronze quand il officiait, voix de velours quand il murmurait de délicieuses obscénités à son oreille dans la pénombre. Assise à côté de Baudouin, elle caressait du bout des doigts la main de son fils couverte du gant de soie noire que le roi ne quittait plus jamais.

Tête droite et cou dressé au milieu du col amidonné, la bouche gourmande, les yeux fardés, triomphante, elle regardait autour d'elle les hommes par lesquels elle tenait le royaume : son fils, alité parfois des jours entiers ; elle était alors la seule à le soigner et à lui parler. En quelques phrases elle savait conduire Baudouin à une décision qu'il croyait prendre seul. Agnès trompait aisément l'intelligence de l'adolescent.

A côté d'elle, son frère Josselin lui adressa un sourire affectueux. Ces deux-là se comprenaient sans se parler. Ils avaient vécu les mêmes horreurs dans leur enfance : les Turcs avaient envahi leur comté d'Edesse, en Arménie. Les incendies, les massacres, leur père les yeux crevés, le premier mari d'Agnès émasculé devant elle. Et puis le viol par les soldats et le plaisir inavouable qu'elle avait éprouvé. La fuite vers le royaume, l'exil à Jérusalem...

Assise entre son fils et son frère, Agnès regardait ses deux amants, Héraclius et Aymeri de Lusignan, avec une tendresse ironique. Elle leur savait gré de ne pas rivaliser et elle les soupçonnait même de s'entendre pour se succéder dans son lit en veillant à ne jamais la laisser seule : « Ils ont peur que j'en fasse venir un autre », s'amusait-elle.

La foule entonna le *Veni creator*. La reine mère

se retourna pour regarder l'immense assemblée. Elle ne pouvait voir que les visages des premiers rangs. Elle aperçut la figure longue et la chevelure grisâtre de Gérard de Ridefort et lui adressa un regard complice. Elle avait noué avec cet homme une relation froide mais solide. Il lui avait demandé audience quelques mois auparavant et lui avait confié sa haine envers le comte de Tripoli à la suite d'une affaire de mariage refusé. Depuis, Agnès veillait à la carrière de cet allié. Elle l'avait fait admettre dans l'ordre des Templiers en demandant qu'on le charge des relations avec la cour. Gérard de Ridefort s'était mis à la disposition d'Agnès, obsédé par l'idée de se venger un jour de celui qui lui avait refusé la princesse de Batroun.

« Tiens, où est-il, au fait, le renégat ? » se demanda Agnès en cherchant du regard Raimond de Tripoli.

Elle l'aperçut, très à l'écart. Le chambellan Aymeri de Lusignan et l'archidiacre Héraclius avaient veillé à la distribution des sièges. Les deux amants de la reine mère avaient relégué le comte au bout d'une rangée, au mépris de tout protocole. En dépit de l'outrage, Raimond n'était pas fâché de se retrouver parmi les siens, à côté de son ami Baldwin de Ramallah qui ne pouvait retenir ses larmes. Amoureux de Sibylle, le spectacle de ce mariage le torturait. Il reniflait et s'essuyait le nez en laissant des traînées luisantes sur le revers de sa manche. Raimond lui donna un coup de coude.

— Un peu de dignité, Baldwin !

— Je voudrais mourir...

— Elle n'en vaut pas la peine puisqu'elle te rend malheureux.

— Mais c'est un ange, un ange, sanglotait Baldwin. C'est sa mère, la sorcière. Regarde-la ! Elle a les yeux sur nous ! Cette putain nous jette un sort.

Baldwin était sur le point de se lever, au milieu de la cérémonie, pour crier son amour blessé et invectiver Agnès. Raimond le retint d'une main ferme.

— Veux-tu réjouir Agnès ? Veux-tu te faire haïr de Sibylle ? Tiens-toi comme un homme !

— Messeigneurs, vous m'avez fait la grâce de venir assister au mariage de ma sœur Sibylle et de Guillaume Longue-Epée. J'ai donc mis à profit votre présence à Jérusalem pour réunir notre Haute Cour. Vous le savez, depuis notre dernière délibération, j'ai accompli ma quinzième année. Je suis donc majeur et libre de toute obligation de régence. Je remercie le comte de Tripoli qui assumait la charge depuis dix mois. Sa mission a pris fin.

Le roi parlait de Raimond comme d'un absent ou d'un homme indigne que son souverain lui adressât la parole. Il le renvoyait comme on se débarrasse d'un médiocre serviteur.

Raimond s'efforçait de maîtriser sa respiration et de rester impassible. En prison, il avait appris à subir les injures. Et ce n'était pas fini : Renaud de Châtillon se leva. L'homme approchait la cinquantaine. Il était puissant, large d'épaules, campé sur des jambes robustes, les mains épaisses. Sur son cou et son front deux grosses veines gonflaient lorsqu'il entrait en fureur. Le nez avait été cassé et tordu par les coups reçus dans les cachots d'Alep. Son crâne chauve portait les cicatrices des mauvais traitements endurés et des blessures qu'il s'était infligées en se frappant la tête contre les murs de sa prison. Il était habillé de sa cotte de mailles, portait des gants ferrés et des jambières de cuir. Une lourde épée pendait au ceinturon qui lui serrait le ventre.

— Sire, les engagements pris par Raimond de Tripoli pendant sa régence sont désormais caducs. Déchirons cette trêve honteuse.

— Honteuse et sacrilège ! ajouta Héraclius, assis à côté du patriarche de Nesle qui dormait, la tête sur l'épaule de son archidiacre.

Indigné, Guillaume de Tyr protesta :

— Le royaume de Jérusalem n'a qu'une parole, et j'ai apposé les sceaux !

Le chancelier Guillaume regardait Renaud de Châtillon comme un profanateur. Jadis, avant sa captivité, cette brute avait commis un outrage qui l'avait rendu célèbre dans tout l'Orient. Il s'était emparé du patriarche d'Antioche afin de se venger de propos désobligeants du prélat. Renaud de Châtillon l'avait enchaîné sur la place publique, devant la foule, en plein soleil, la tête et le visage enduits de miel, couvert d'un essaim de mouches. Le tortionnaire, l'épée à la main, empêchait quiconque d'approcher pour soulager le patriarche. Les fidèles le regardaient crier grâce au milieu de son nuage d'insectes. Le supplice du chef de l'Eglise d'Antioche avait duré jusqu'à la fin du jour.

Renaud de Châtillon n'était pas homme à se laisser impressionner par les scrupules juridiques de Guillaume de Tyr qu'il toisa du regard en éclatant de rire :

— Les sceaux ? Le sot !

— Allons ! Un peu de respect pour le chancelier, je vous en prie, intervint Baudouin sur un ton indulgent, sans rapport avec l'insolence de Renaud de Châtillon.

Guillaume de Tyr était peiné par l'attitude du roi

plus que par l'insulte. Raimond de Tripoli, demeuré de marbre tant qu'il était question de lui, lança depuis le fond de la salle :

— Peut-on dire que le précepteur du roi est un sot, sans offenser le roi ?

Baudouin fit mine de ne pas avoir entendu. Renaud de Châtillon se tourna vers le comte.

— Nous n'écraserons Saladin ni avec les sceaux de l'évêque, ni avec vos pièces d'échecs. Nous l'écraserons avec ça ! hurla-t-il en tirant son épée. Il la brandit à deux bras, droite au-dessus de lui et l'abattit sur le sol, fendant une dalle de pierre dans un jaillissement d'étincelles.

Guillaume de Tyr cherchait à déchiffrer l'étrange expression sur le visage de Baudouin. Ce sourire disgracieux qui déformait sa bouche aux commissures crevassées, était-ce du mépris pour les outrances de cet enragé ? Ou était-ce au moins de l'ironie ? Non. Baudouin n'était plus celui que Guillaume avait éduqué. L'élève studieux, l'enfant joyeux au seuil d'une vie prometteuse avaient fait place à un être torturé.

Le jeune lépreux avait choisi son destin : il voulait mourir, et mourir au plus vite. Il ne pouvait pas accepter de vivre la lente décomposition de son corps. Il avait trouvé la meilleure façon d'en finir : en se donnant la mort il se damnerait, mais en allant la chercher au combat il échapperait à son malheur et gagnerait la vie éternelle. Mais pour mourir à la guerre, il devait faire vite, tant qu'il était encore capable de monter à cheval et de se battre. Voilà pourquoi Baudouin prêtait une oreille favorable aux exhortations belliqueuses de Renaud de Châtillon et se méfiait de Raimond, de sa connivence avec Saladin, de cette trêve qui retardait le moment où son âme allait pouvoir quitter son corps avant qu'il devienne abominable.

« Et puis, après tout, se disait Baudouin, ce comte Raimond est à la tête d'un autre Etat. Son pays c'est Tripoli. Qu'il aille donc s'occuper de sa terre, et qu'il me laisse gouverner la mienne. »

Raimond quitta l'audience ulcéré, et sortit de Jérusalem sans se retourner. Il ne voulait plus entendre parler des affaires de ce royaume. Il était bien décidé à ne plus se consacrer qu'à son comté et à son épouse.

Au bord de la mer, au-dessus de la plage, à l'ombre des orangers dans les jardins du palais de Jaffa, Aymeri de Lusignan était assis sur un banc, les coudes sur les genoux, le menton posé sur ses deux poings serrés. Il maudissait les caprices du sort : il avait réussi à placer un ami au cœur de la famille royale, la princesse en était amoureuse, elle était enceinte, et tout s'effondrait. Guillaume Longue-Epée était à l'article de la mort.

Une longue plainte interrompue par des sanglots venait de la fenêtre aux trois arcs romans. Dans la chambre conjugale, Sibylle veillait Guillaume. Cloué au lit, trempé de sueur, il était méconnaissable, amaigri, le visage creusé, les yeux cernés de gris. La fièvre le faisait claquer des dents et le mal lui gonflait le ventre. Son regard vague errait sur le plafond. Il n'était déjà plus là. Sibylle, à genoux, le visage entre les mains, la chevelure blonde répandue sur l'épaule de son mari, pleurait en gémissant. Soudain, il eut un spasme violent qui faillit renverser la jeune femme. Il se raidit un instant de la tête aux pieds, puis s'affaissa. Il était mort. Sibylle hurla en voyant les yeux révulsés de son mari.

Agnès, sur la pointe des pieds, se glissa dans la chambre. Elle trouva sa fille affalée en travers du lit, la tête posée sur la poitrine du défunt.

Agnès s'approcha et prit la main de Sibylle.

— Ma pauvre chérie... Ma pauvre petite fille...

— Je voudrais partir avec lui, souffla-t-elle. Je veux le suivre. Je ne veux pas le quitter.

— Ne dis pas de folies. Pense à l'enfant que tu portes. Ne pense qu'à lui. Par bonheur, ton mari s'est acquitté de son devoir avant de...

— L'enfant ? cracha Sibylle.

Elle s'était levée. La mère recula de quelques pas devant la rage de sa fille.

— Au diable l'enfant ! C'est un mari que je voulais, pas un enfant ! Un mari ! Tu entends ? Et puisque j'ai perdu celui-ci, j'en prendrai un autre !

La jeune veuve se tourna vers la fenêtre. Elle s'appuya au parapet, au-dessus des jardins en fleurs. Elle soupira puis murmura, comme pour elle-même :

— Il paraît que Baldwin est très malheureux et que...

— Jamais ! Je te l'ai déjà dit. Et comment peux-tu parler ainsi devant le corps ?

Agnès se pencha vers le lit et toucha du bout des doigts l'orteil de Longue-Epée.

— Il est encore tiède. Il n'est peut-être pas tout à fait mort. Il t'a peut-être entendue. Ça, ma fille, ça porte malheur... Un peu de respect !

Sibylle se remit à sangloter, malheureuse et honteuse, effondrée sur le sol de marbre.

Agnès sortit en refermant doucement la porte et descendit rejoindre Aymeri de Lusignan.

— C'est fini, lui dit-elle. Ton ami avait l'air robuste mais il était fragile et il buvait trop de vin. Avec la chaleur, ça l'a tué.

— Mais Sibylle attend un enfant, n'est-ce pas ? Tout n'est pas perdu.

— Un peu de lucidité, Aymeri ! D'abord il faudrait que ce soit un garçon.

— Je suis sûr que ce sera un garçon. On ne peut pas avoir que de la malchance.

Agnès, superstitieuse, croisa les doigts.

— Admettons, reprit-elle. Et il faudra attendre quinze ans pour qu'il soit majeur. Quinze ans ! Moi qui soigne tous les jours mon fils, je peux te dire qu'il n'a pas quinze ans devant lui.

La voix d'Agnès était sourde, sa gorge nouée. Elle s'interrompit, respira profondément et partit sous les feuillages du jardin. Lusignan la suivait, en retrait, la laissant ravaler ses larmes et maîtriser son émotion. Pendant ce temps, il caressait un rêve extraordinaire. Il avait peut-être trouvé l'idée qui lui permettrait de faire mieux qu'avec Longue-Epée. Tout à l'heure, pendant que son ami rendait l'âme dans les bras de Sibylle, il méditait sur sa vie et repensait aux siens, là-bas, dans le Poitou. Ses parents, ses cousins, sa sœur, son frère... Son frère Guy. Guy ! Il revit son visage si bien dessiné. A l'âge de douze ans, on le disait d'une beauté à faire pâlir le soleil et rougir la lune. Guy et Sibylle... Comment Aymeri n'y avait-il jamais pensé ? Sans doute parce qu'il voyait son frère comme un enfant, tel qu'il était il y a quelques années, alors qu'aujourd'hui c'était un homme. S'il était toujours aussi séduisant, Sibylle ne résisterait pas un instant. Bien plus qu'un ami, ce serait son propre frère cadet qui entrerait dans la famille royale. C'est un Lusignan qui, peut-être, monterait sur le trône à la mort de Baudouin le Mesel. Le chambellan en avait le vertige. En quelques enjambées, il rejoignit Agnès qu'il prit par le bras, avec tendresse.

— Pauvre Sibylle. Elle l'aimait tant. Elle sera inconsolable. Toute une vie de veuvage !

— Penses-tu ! A peine avait-il rendu le dernier

soupir qu'elle me parlait d'épouser Baldwin de Ramallah.

Aymeri de Lusignan se raidit.

— Je la croyais tellement éprise de son mari.

— Tant qu'il était vivant. A l'instant où il est mort, elle en cherchait déjà un autre.

— Baldwin de Ramallah ? N'est-il pas l'un de ceux qui vous ont...

Il n'acheva pas sa phrase pour ne pas prononcer les mots qui auraient pu soulever la colère d'Agnès.

— Si ! Il est « de ceux », comme tu dis. De ceux qui m'ont baptisée « Putain du royaume » et qui ont forcé mon mari à me renvoyer. J'aimerais le tuer de mes propres mains et voilà que ma fille me parle de l'épouser.

— Vous saurez l'en empêcher, affirma le chambellan, rassuré par la rancune d'Agnès.

— Je n'en suis pas si sûre. Sibylle a plus de caractère que je ne le croyais. Elle veut un mari et elle est têtue.

A nouveau inquiet, Aymeri de Lusignan songea que Baldwin avait l'avantage d'être présent et connu de la princesse. Guy, lui, était au Poitou. Le temps de le convaincre, puis celui du voyage...

— En tout cas, dit-il, il faut imposer à Sibylle un délai de décence. Elle doit rester veuve un certain temps avant de se donner à un nouvel époux. C'est la dignité de la couronne qui est en cause. Et puis, de toute façon, elle est enceinte...

— Et ce délai permettra-t-il de trouver celui qui conviendrait ? questionna Agnès.

— Je vais m'en occuper. Je songe à quelqu'un de très beau. Il s'appelle Guy de Lusignan. C'est mon frère...

Le chambellan reprit le bras de sa maîtresse pour

une promenade au milieu des orangers. Il lui parlait à voix basse. Les hirondelles fendaient l'air. Dans la chambre du premier étage, Sibylle gémissait au pied de la couche mortuaire.

Des fumées bleues montaient en colonnes au-dessus de la palmeraie d'El Arish. Un souffle brisa leur ascension. Les dernières étoiles s'éteignirent. A cette heure, d'ordinaire, on n'entendait dans l'oasis que le ruissellement de l'eau et le roucoulement des tourterelles.

Ce matin-là, le jour se leva dans le tumulte : les vingt mille hommes qui avaient passé la nuit à même le sol pliaient leurs couvertures, se rinçaient les mains, le visage et les pieds, accroupis côte à côte, les coudes sur les genoux, le long des canaux d'irrigation. Ensuite ils prièrent, prosternés vers le sud. Puis ils ravivèrent les braises pour réchauffer les restes de soupe et de mouton dont ils avaient dîné la veille. Ils astiquaient leurs armes, préparaient leurs chevaux, attachaient leur cuirasse, parlaient fort...

Au seuil de sa tente, assis sur un tabouret pliant, Saladin écartait les bras pendant que le jeune Kurde qui l'équipait bouclait les lanières de cuir des pièces d'armure autour des coudes et des épaules. Toute la nuit, sans trouver le sommeil, il avait balancé entre l'espoir et l'inquiétude. « Si Dieu est avec nous, nous serons dans deux jours à Jérusalem. Nous sommes si nombreux que la ville se rendra rien qu'en nous voyant, sinon, je monterai un siège infranchissable et, dans cette cité sans source, les Franjs finiront par capituler ou par mourir de soif. »

Parfois, le doute le tenaillait : cette grande offensive n'était-elle pas prématurée ? Il n'avait pas encore réussi à unifier sous ses ordres toutes les forces de l'Islam : à Alep, en Syrie du Nord, et à Mossoul, en Mésopotamie, les Zenguides le traitaient toujours d'usurpateur et n'avaient pas renoncé à le chasser de Damas. N'était-ce pas imprudent de lancer la guerre sainte sans avoir d'abord rassemblé derrière lui tous les musulmans ?

Le sultan s'inquiétait aussi de son armée. Certes, jamais une telle force n'avait attaqué le royaume depuis sa fondation. Cependant le nombre ne compensait pas le manque de discipline et le défaut d'organisation. Au contraire, la multitude de ses combattants aggravait le désordre et nuisait à l'efficacité du commandement. Désormais rompu à l'art militaire, il savait qu'il faudrait encore du temps et des efforts pour faire de cette foule en armes une véritable armée. Mais les circonstances lui refusaient ce temps : la rupture entre Baudouin et Raimond ouvrait une brèche entre le royaume de Jérusalem et le comté de Tripoli. Cette dispute entre les Etats francs soulevait un espoir chez les musulmans. Ils exigeaient du sultan qu'il libère Jérusalem sans plus tarder. Saladin avait tenté de les raisonner : l'unité de l'Islam et l'organisation de son armée restaient à faire. Leur insistance devint menaçante. Un ambitieux aurait pu se mettre à la tête du mouvement et prendre le pouvoir. Un de ses frères aurait pu céder à la tentation.

Saladin avait donc fait taire ses objections, et lancé l'ordre de mobilisation. Des milliers d'hommes, souvent accompagnés de leurs femmes, de leurs enfants, de leurs vieux parents, étaient venus de toutes les provinces d'Egypte. On leur avait dit que le butin serait énorme. Mais ces tribus turbulentes ne s'étaient jamais battues que pour piller leurs voisins.

Quand le soleil se leva au-dessus des dunes, les cavaliers sortirent de la palmeraie. Les étendards, verts comme l'oasis, claquaient au vent du désert. Les sabots martelaient le sol d'un petit trot, les groupes se formaient à grands cris, les tambours scandaient des marches de guerre. Le sultan, vêtu de soie bleue par-dessus sa cotte de mailles, vint se placer en tête. Il tira son sabre et se retourna, debout sur ses étriers. L'armée ayoubide se mit au galop : la terre gronda et le ciel se voila d'un nuage de poussière soulevé par les chevaux et porté par le vent. Une tempête déferlait sur le royaume.

Au même moment, à Jérusalem, dans un vacarme de tonnerre, deux cents chevaliers se ruaient hors de la ville. Ils partaient sans attendre les piétons et l'intendance qui les rejoindraient plus tard. Il n'y avait pas une heure à perdre pour couper la route de Saladin.

La veille, à la tombée de la nuit, des chefs bédouins étaient venus donner l'alerte. En échange de quelques pièces d'or, ils avaient fourni des renseignements terrifiants. Ils parlaient de vingt mille hommes massés dans la palmeraie d'El Arish. Devait-on les croire ? Comment auraient-ils pu compter jusqu'à un tel chiffre ? N'englobaient-ils pas les hommes, les femmes et les montures ? Cherchaient-ils à créer la panique pour mieux monnayer leurs informations ? Mais pouvait-on courir le risque ? Si les bédouins disaient vrai, il fallait se précipiter au-devant de Saladin. Autour du roi, les avis étaient partagés mais Baudouin n'hésita pas un instant : il envoya ses écuyers chercher dans leur lit les seigneurs et les chevaliers de la Ville sainte et des environs. Pendant ce temps, le connétable Onfroy de Toron prenait les dispositions pour rassembler la piétaille et charger les convois. A la lueur des torches, les palefreniers harnachaient les montures. Avant la fin de la nuit, ils sautèrent en selle et partirent vers Askelon, à deux jours de galop. Saladin passerait forcément par là.

Baudouin avait pris la tête de la troupe. Le jeune roi se sentait presque heureux : sous le cylindre du heaume, on ne voyait plus les lésions puruler sur ses joues, ni les plaies de ses lèvres, ni sa paupière pendante sur l'œil, ni la narine fendue jusqu'à l'os... Son visage était ravagé, mais son corps encore valide. Sous sa carapace d'acier, il était semblable aux hommes qui chevauchaient avec lui : Renaud de Châtillon, Baldwin de Ramallah, Balian de Naplouse, Gautier de Césarée, Onfroy de Toron... Ils éperonnaient leurs destriers et forçaient l'allure.

Au milieu, un robuste cavalier ceint d'un large baudrier de cuir soutenait d'un bras solide la relique la plus précieuse de toute la chrétienté : la sainte Croix. Le bois, visible à travers des plaques de cristal, était enchâssé dans une armature d'or incrustée de pierres précieuses qui formait un crucifix de la hauteur d'un homme. Le patriarche avait la garde du reliquaire conservé dans un tabernacle au Saint-Sépulcre. Lui seul pouvait autoriser le roi à prendre la Vraie Croix pour livrer bataille quand un grand danger menaçait. Baudouin était allé lui-même réveiller le patriarche de Nesle au milieu de la nuit. Le vieillard avait accordé son consentement dans un demi-sommeil.

Le lendemain, à la fin de l'après-midi, ils arrivèrent devant Askelon. Dans les rayons du couchant, la ville semblait morte derrière ses portes closes. Aucun bateau n'entrait ni ne sortait du port. La mer elle-même paraissait immobile. Elle luisait sous le soleil. Aux créneaux, quelques sergents d'armes casqués se dissimulaient derrière les merlons. Dans la campagne, à perte de vue, les flammes et les pillards dévastaient les récoltes. Au-dessus de chaque hameau, des fumées noires obscurcissaient le ciel. La plaine et les collines de Philistie étaient parcourues en tout sens par des milliers de cavaliers ivres de saccage.

Baudouin et sa chevalerie réussirent à traverser par surprise. Ils se jetèrent dans Askelon comme dans un refuge. Ils y passèrent la nuit.

Le lendemain matin, le roi et Onfroy de Toron montèrent sur le chemin de ronde pour découvrir la marée humaine qui s'étendait devant la ville.

— Les bédouins ne nous ont pas menti, murmura le connétable stupéfait. Jamais je n'en ai vu autant... Heureusement que nous sommes ici. Dans une ville de l'intérieur, nous serions perdus. Grâce au port, nous pourrons nous échapper sur des navires venus de Jaffa.

Le roi l'interrompit.

— Saladin sera à Jérusalem dans deux jours si nous le laissons faire. Et le royaume sera perdu. Nous allons les attaquer.

— Mais, sire ! Nous sommes deux cents et ils sont peut-être vingt mille ! Cent fois plus !

— Le Christ nous protège, affirma le roi.

Baudouin descendit dans la cour, monta en selle et fit ouvrir la grande porte. Ils sortirent deux par deux, au pas, et se disposèrent au pied des remparts, serrés les uns contre les autres, sur une crête caillouteuse. Les écus des chevaliers et les pièces d'armure des chevaux s'entrechoquaient. Ils formaient un mur de fer hérissé de lances et d'épées. Les étendards chatoyaient et la sainte Croix resplendissait dans la lumière du matin.

A cinq cents pas, légèrement en contrebas, l'armée musulmane se fit silencieuse. Depuis l'aube, les Ayoubides faisaient résonner la plaine de leurs cris et de leurs chants. Au premier rang, des émirs cabraient leur cheval comme à la parade. Ils étaient impatients de se battre. Le vacarme cessa quand les Francs sortirent d'Askelon. Le silence s'étendit pendant le déploiement de la cavalerie chrétienne. Quand les deux cents guerriers de Baudouin furent en place, l'armée du sultan était devenue muette, immobile. Saladin éprouvait un sentiment étrange : l'attitude de ses hommes était absurde et pourtant il la comprenait. Il devinait ce qui les clouait sur place alors que la disproportion des forces aurait dû leur inspirer confiance. C'était justement cet avantage massif qui troublait les esprits. « Si les Franjs osent se présenter si peu nombreux devant tant d'ennemis, c'est qu'ils ont la certitude de la victoire. Et ils ne peuvent être victorieux qu'avec une aide surnaturelle. » C'était arrivé si souvent : à Dorylée, à Antioche, à Tripoli, combien de fois l'avaient-ils emporté à un contre dix ? Le souvenir de ces vieilles malédictions se réveillait.

Tout à coup, un jeune cavalier arabe poussa un cri, enfonça brutalement ses éperons dans les flancs de son cheval et partit au galop. L'homme brûlait de se faire remarquer et acclamer. Debout sur ses étriers, il faisait tournoyer son sabre courbe au-dessus de la tête et les pans de son turban noir flottaient au vent.

Sur la crête, on entendit un rugissement. C'était Renaud de Châtillon. Assourdi par son propre cri qui résonnait sous le heaume, il se jeta à la rencontre du Sarrasin. Bien calé dans sa selle et ses étriers, il noua les rênes au pommeau et empoigna son épée à deux mains, comme un bûcheron. Dans la pente, le cheval prit de la vitesse et se mit au galop juste au moment où Renaud de Châtillon abattait sa lame comme une hache et coupait en deux son adversaire. Sur les remparts d'Askelon une clameur salua le retour du vainqueur alors que la plaine était parcourue par une rumeur. Déjà un autre cavalier, un Turc cette fois, s'était détaché des rangs ayoubides.

— Celui-là est pour moi, annonça Onfroy de Toron, en se signant devant la sainte Croix.

Un instant plus tard, dans un fracas de métal, le Turc était désarçonné, la poitrine transpercée par la lance du connétable.

Baldwin de Ramallah fut le troisième à croiscr le fer. Il avait demandé cet honneur au roi dans l'espoir que Sibylle entendrait parler de sa vaillance. Il remporta la joute.

Baudouin voyait les franges de l'armée ennemie se défaire. Des remous l'agitaient. La première ligne reculait lentement. Cette succession de combats singuliers était providentielle. L'immense armée qui aurait pu les submerger restait à distance, accablée par le sacrifice de ses héros qui tombaient l'un après l'autre. Leurs corps ensanglantés jonchaient l'espace servant de lice à ces tournois qui durèrent jusqu'au coucher du soleil.

Quand vint la nuit, Baudouin et les siens rentrèrent se mettre à l'abri dans les murs d'Askelon. Sans prendre le temps de se débarrasser de leur cotte de mailles, ils allèrent s'agenouiller dans l'église de la ville pour remercier le ciel. Ils avaient tenu des milliers d'ennemis en respect et tué une trentaine des meilleurs cavaliers de Saladin sans perdre un seul homme. Ils prièrent longtemps autour de la sainte Croix.

Sur une colline voisine, à l'orée d'un bosquet de sycomores, Saladin avait réuni sous sa tente ses frères et ses principaux émirs. Ils avaient tous triste mine, sauf le sultan qui s'obligeait à faire bonne figure.

— Vous n'avez rien compris ! leur reprocha-t-il. Nous avons gagné ! Ils se sont réfugiés dans Askelon. Ils ont peur de nous. Laissons-les enfermés derrière les remparts et partons dès demain libérer Jérusalem. La route est ouverte !

— Nos hommes sont découragés. Nous n'avons eu que des pertes et nous n'avons pas tué un seul Franj. Comment ne pas y voir un mauvais présage ?

— Ce n'est pas un mauvais présage, c'était une mauvaise stratégie ! Une folie ! Une vanité ! Livrer des combats singuliers ! D'abord cet écervelé qui veut se faire voir, ensuite un autre pour le venger, puis un rival qui cherche à accomplir un exploit... Au troisième mort, je ne pouvais plus faire avancer l'armée. Des milliers d'hommes paralysés par l'indiscipline de quelques orgueilleux. Heureusement, Dieu a puni ces maladroits !

— Beaucoup de tribus veulent repartir. Ce ne sont pas tes explications qui vont les retenir.

— Pour les retenir, ne leur donnez pas d'explications. Dites-leur que sur le chemin de Jérusalem, il y a beaucoup à piller et qu'ils pourront garder tout le butin. Nous sommes victorieux, vous dis-je ! Allez le répéter partout.

Ils le firent et le camp se mit à retentir de danses et de cris de guerre. Le lendemain ils repartirent vers le nord, emportant au passage ce qu'ils pouvaient et incendiant le reste. Ils se répandaient dans les campagnes de Philistie et de Judée, sans plan de bataille, en se dispersant pour courir vers les villages et les casals qu'ils apercevaient dans les parages. En chemin, ils tombèrent sur les cohortes de piétons suivis de chariots qui allaient rejoindre Baudouin. Les auxiliaires francs furent cernés, capturés et traînés en longues processions derrière des chameaux chargés de colis. Le sultan regardait les fumées s'élever tout autour sous un ciel chargé de nuages gris et noirs. Ses hommes envahissaient le royaume. Si le pillage ne ralentissait pas trop leur avance, ils pourraient être à Jérusalem dans deux ou trois jours. Ils assiégeraient une ville privée de son roi et de ses meilleurs combattants.

Le sultan ignorait qu'au petit matin, dans la pénombre, le roi et sa chevalerie étaient sortis d'Askelon par la porte du bord de mer. Quand ils avaient franchi la poterne, un par un, en tenant leur cheval par le mors, Onfroy de Toron les avait comptés. Avec le renfort d'un groupe de Templiers arrivés de Gaza pendant la nuit, ils étaient trois cent soixante-quinze combattants. Dissimulés par les dunes, ils avaient galopé le long du rivage, l'un derrière l'autre. Ils voulaient devancer Saladin et lui couper la route de Jérusalem. Ils eurent vite fait de rattraper et de dépasser les troupes ayoubides retardées et éparpillées par la mise à sac. Quand il en fut informé par ses éclaireurs, Baudouin quitta la côte et obliqua vers l'intérieur des terres.

Cherchant un lieu pour s'interposer entre la Ville sainte et l'envahisseur, le roi avisa près du château de Montgiscard une colline en pente douce. Ils gravirent le tertre au pas, alignés en trois rangées de cent vingt-cinq cavaliers. Parvenus sur la crête, ils découvrirent au pied de la hauteur la multitude des Sarrasins chevauchant en désordre au milieu des champs.

Saladin tira sur sa barbe et poussa un cri de rage.

Il en croyait à peine ses yeux : sous un ciel d'apocalypse, la croix d'or brillait au-dessus de lui au milieu des Francs en armure, prêts à dévaler sur son avant-garde ! Alors qu'il les imaginait enfermés à Askelon... Il n'avait pris aucune précaution défensive, laissant ses hommes piller pour leur redonner de l'ardeur.

Sans laisser à Saladin le temps de regrouper ses forces, le roi ordonna la charge. Les trois lignes de bataille déboulèrent le long de la pente et entrèrent en groupes compacts dans les premiers rangs. Ce fut à chaque fois comme un coup de poing ganté de fer dans un ventre mou. Les Ayoubides s'empêtraient dans des manœuvres confuses, beaucoup fuyaient, d'autres se lançaient à leur poursuite et provoquaient de nouvelles débandades. Au cœur du combat, les chevaliers du royaume faisaient carnage de tout ce qui était à portée de leur épée. Eclaboussé de sang, Renaud de Châtillon poussait des cris rauques à chaque fois qu'il abattait ou enfonçait sa lame. Quand il croisait le regard incrédule et effaré de celui qu'il tuait, l'ancien captif d'Alep hurlait de joie.

— Saladin, là-bas en bleu ! Tous sur lui ! s'écria Onfroy de Toron.

Le connétable avait reconnu le sultan à la couleur de sa tunique. Tout l'Orient le savait : depuis l'attentat des Assassins, il ne s'habillait plus qu'en bleu pour conjurer le mauvais sort. A coups de masses d'arme, les Francs s'ouvrirent un passage vers Saladin. Les cavaliers de la Salayah entourèrent leur maître, saisirent la bride de son cheval et l'entraînèrent au galop hors de la mêlée, poursuivis par Baldwin de Ramallah et une dizaine de chevaliers. La fuite du sultan signait la défaite. Dans la débâcle, chacun ne pensait plus qu'à sauver sa vie en s'échappant. Les fuyards jetaient leurs armes et se débarrassaient de leurs cuirasses afin de galoper plus vite. Les chameliers qui traînaient derrière eux les piétons, poings liés, bondirent à terre et partirent en courant, abandonnant leurs captifs. Les prisonniers dénouèrent aussitôt leurs liens, ramassèrent des armes éparses sur le sol et se lancèrent à la poursuite des Sarrasins. Tout à coup, dans le ciel obscurci par des nuages noirs, le tonnerre gronda accompagné d'une pluie froide et drue. Le sol devint glissant et les oueds se transformèrent en torrents. Trempés jusqu'aux os, les fuyards se cachaient dans les roseaux, les champs, les granges et les maisons qu'ils avaient dévastés quelques heures plus tôt.

Pendant ce temps, loin vers le sud, sous les tentes dressées dans la palmeraie d'El Arish, les femmes, les enfants et les vieillards attendaient autour des feux le retour de l'armée. Ils ne virent arriver que les bédouins. Perchés sur leurs chameaux, ils annoncèrent le désastre et propagèrent la panique par des récits épouvantables : « Ils sont tous morts et décapités, même le sultan. Et les Franjs arrivent ici pour vous tuer. Partez vite ! Et n'emportez rien, vous n'avez pas le temps... » Avec des cris stridents, les femmes emmenèrent leurs enfants en pleurs et leurs vieux parents hébétés dans un sauve-qui-peut désespéré. Les bédouins purent tranquillement s'emparer de tous les bagages abandonnés et repartir vers leurs campements au fond du désert.

Pataugeant dans la boue, cheminant la nuit, déguisé en berger pour ne pas être reconnu, Saladin, entouré d'une poignée de fidèles, mit trois jours à regagner El Arish où il ne retrouva que les débris de son camp. Il apparut, hagard, dans la lueur des torches, devant quelques hommes blessés ou épuisés. Ces rescapés furent plus étonnés qu'enthousiasmés de voir arriver le sultan : ils le croyaient mort. Saladin retrouva son père sous les lambeaux de son pavillon à demi affaissé.

— Que faire ? lui demanda-t-il.

— Quelle question ! Celui qui tombe de cheval doit se remettre en selle. Tu n'as pas le choix mon fils. Tu dois te battre. Après une déroute aussi sévère, tu es condamné à recommencer sans attendre.

— Recommencer ? Mais avec qui ? J'ai perdu la moitié de mes hommes et les autres rentrent chez eux. Comment réunir à nouveau une telle armée ?

— Ce n'était pas une armée, tu le sais bien. Et, tant que ton armée ne sera pas construite, tu dois éviter à tout prix les grandes batailles en rase campagne. En revanche, tu as assez de combattants valeureux pour tendre des embuscades. Bats-toi contre les Franjs en les attaquant par surprise, avec les moyens qui te restent. Mais ne lâche surtout pas l'étendard de la guerre sainte.

Le sultan dicta des messages pour annoncer à toutes les capitales de l'Orient que, grâce à Dieu, il était vivant, qu'il avait remporté une grande victoire, que l'importance et le poids des trophées l'avaient obligé à faire demi-tour avant d'être parvenu à Jérusalem et que, la prochaine fois, il irait libérer la Ville sainte.

Au même moment, Jérusalem accueillait en triomphe Baudouin et sa chevalerie héroïque. Ils avaient repoussé une offensive terrifiante, tué des milliers d'ennemis et perdu seulement trois hommes dans la bataille de Montgiscard. Ils entrèrent dans la ville, casqués, sous une pluie de lauriers lancés par les Hiérosolymitains massés dans les rues et sur les terrasses. Ils mirent pied à terre pour entrer au Saint-Sépulcre en procession. La densité de la foule leur permit à peine d'y pénétrer. Il y avait tant de monde que des grappes d'audacieux avaient escaladé la toiture et s'asseyaient, jambes dans le vide, au bord des ouvertures hautes de la coupole. Le patriarche de Nesle, aidé par Héraclius, replaça la sainte Croix dans son tabernacle. Baudouin s'agenouilla pour prier. Il avait ôté son heaume. Le roi mesel, la tête inclinée, le visage entre les mains, rendait grâce. Il était parti chercher la mort et il avait rencontré la gloire.

Le désastre de Montgiscard ébranlait l'autorité de Saladin. Les shiites d'Egypte recommençaient à s'agiter, les Zenguides de Syrie du Nord relevaient la tête et les Assassins étaient à nouveau sur ses traces. Quant aux Francs, ils se croyaient invincibles et lançaient des incursions en Syrie. Ils faisaient irruption sur le plateau du Golan, dans la plaine de la Bekaa ou sur les contreforts du mont Hermon. Ils ravageaient les cultures et s'emparaient du bétail, avant de se retirer. Ils n'osaient pas aller jusqu'à Damas, l'imprenable.

Le roi Baudouin prenait à chaque fois la tête de l'expédition, mais ses facultés diminuaient. Ses articulations enflées lui paralysaient les doigts, recroquevillés comme des griffes. Sa main n'éprouvait plus de sensation et perdait sa dextérité. Il éprouvait des difficultés pour guider son cheval et ne pouvait même plus tirer son épée du fourreau. Il était à la merci d'une embuscade.

C'est ainsi qu'un jour de l'hiver 1177, il tomba dans un guet-apens au milieu d'un défilé rocheux au fond duquel il cheminait, accompagné de deux écuyers. Baudouin était en mauvaise posture, assailli par une quinzaine d'Ayoubides qui tournaient autour de lui en fendant l'air de leur lame courbe. Le roi ne maîtrisait plus sa monture affolée. Son épée, inutile, pendait à sa selle. Il était perdu. Il pensa que c'était la fin, celle qu'il appelait de ses vœux, la mort glorieuse et sainte qu'il espérait pour échapper à sa souffrance et rejoindre son Seigneur auquel il offrait sa vie.

A cet instant, avec des cris terrifiants, Onfroy de Toron, Baldwin de Ramallah, Renaud de Châtillon et Aymeri de Lusignan déboulèrent dans le cercle qui s'était formé autour du roi. Aymeri de Lusignan empoigna les rênes du cheval de Baudouin, le tira à l'écart du combat et le ramena jusqu'au campement, trois lieues plus loin, au château de Beaufort.

Une heure plus tard, Renaud de Châtillon arriva en soutenant Onfroy de Toron. Une flèche traversait de part en part la mâchoire fracassée du connétable. Deux autres dards lui perçaient la cuisse. Le sang coulait de sa bouche et de sa jambe. Il hurla quand on le descendit de sa selle rougie et gluante. Il tenta de dire quelque chose mais sa langue était clouée par le trait qui la transperçait. Renaud de Châtillon ôta son heaume et mit pied à terre. Son visage congestionné ruisselait de sueur.

— Ces porcs ont pris Baldwin de Ramallah. Et ils ont tué les écuyers du roi, annonça-t-il avant de se jeter sur une cruche et de se désaltérer à longues gorgées.

Le connétable Onfroy de Toron mit trois jours à mourir. Baldwin de Ramallah fut livré au sultan et enfermé dans un cachot de la citadelle de Damas. L'ost royal rentra à Jérusalem, bannières en berne, au son de marches funèbres.

Le roi, abattu par une poussée de fièvre, demeura enfermé plusieurs jours, livré aux soins et aux conseils d'Agnès. Chaque progrès de la lèpre provoquait une crise plus longue et plus douloureuse que la précédente. Sa mère ne le quittait pas, du matin au soir. La nuit, quand le sommeil gagnait Baudouin, elle s'échappait un instant dans la chambre voisine pour se faire prendre par l'un ou l'autre de ses amants, puis elle retournait veiller son fils.

Lorsque le roi put à nouveau se lever, il fit venir Guillaume de Tyr.

— Je ne suis plus capable de me battre, Guillaume. La mort d'Onfroy et la capture de Baldwin, j'en suis responsable.

— Sire, n'ajoutez pas à vos épreuves des remords qui n'ont pas lieu d'être.

Baudouin passa une main griffue sur sa nuque douloureuse et retint un gémissement.

— Non seulement je ne sais plus me battre, mais quand le mal m'attaque, je ne suis même plus capable de gouverner. Un jour, Saladin pourrait en profiter pour marcher sur Jérusalem pendant que je suis en proie à mes douleurs. J'ai bien réfléchi, il me faut un régent. Il agira en mon nom quand je ne serai plus en mesure de diriger le royaume.

— Vous avez raison, sire.

Guillaume de Tyr, lui aussi, redoutait ces fréquentes vacuités du trône. Et il espérait le retour de Raimond. « Dieu veuille que Baudouin ait la sagesse de le rappeler », se disait le chancelier, quand le roi lui annonça :

— Je nomme Renaud de Châtillon. Il sera régent. Et Aymeri de Lusignan sera connétable. Il succédera au pauvre Onfroy de Toron. Préparez les actes et faites-les publier.

Guillaume écrivit, la mort dans l'âme, sous la dictée du roi. Le chancelier n'osait pas exprimer sa désapprobation. Il se retenait, moins par respect envers le souverain que par compassion envers le jeune homme torturé. En versant la cire chaude et en apposant les sceaux, Guillaume se reprochait son silence : « Aymeri de Lusignan à la tête de l'armée et Renaud de Châtillon à la tête de l'Etat : je scelle deux funestes décisions. En ne disant rien, je me rends coupable des catastrophes que ces hommes provoqueront. » Il était trop tard : le roi était déjà remonté dans sa chambre.

La toux réveilla Baldwin. Il grelottait dans sa prison. Le vent d'hiver qui soufflait sur Damas s'engouffrait par le soupirail. Pelotonné sous une cotonnade trop légère, sur un châlit garni de paille humide, il attendait le lever du jour et la visite quotidienne de Maimonide. Le médecin juif servait d'intermédiaire entre le prisonnier et le sultan. Dès le premier jour, Baldwin avait tenté de fléchir Saladin en lui faisant savoir qu'il devait épouser la princesse Sibylle. Au nom de son amour, il demandait au sultan de le libérer. Ce n'était pas une démarche illusoire : Saladin avait construit une part de sa réputation sur des gestes de générosité souvent inattendus. Il aimait surtout faire montre de clémence quand il était question d'amour. Un jour, il avait levé le siège d'un château lorsqu'il avait appris qu'on y célébrait un mariage.

Saladin avait fait savoir à Baldwin qu'il le libérerait si la princesse Sibylle confirmait par écrit ce projet nuptial. Grâce à des messagers qui surent contourner la vigilance d'Agnès, une lettre parvint à Sibylle, toujours aussi impatiente de mettre fin à son veuvage. Elle n'avait pas oublié les regards mouillés de Baldwin. Comment laisser croupir en prison un homme qui l'aimait autant ? Secrètement, elle lui écrivit qu'elle l'attendait pour se marier avec lui. Elle croyait que sa mère ignorait cet échange épistolaire. En fait, Agnès savait tout par son gnome qui trottait nuit et jour dans le manoir royal où il se faufilait partout. Le nain, tout dévoué à la reine mère qui le surnommait « Goliath », se glissait chez la princesse, escaladait la chaise, grimpait sur la table et lisait ses lettres en marmonnant afin de garder en mémoire les mots importants. Il les rapportait ensuite fidèlement à sa maîtresse.

A la surprise de Goliath, Agnès ne s'alarmait pas des promesses de sa fille. Elle s'en moquait, car Guy de Lusignan allait arriver d'un jour à l'autre. Il serait là bien avant que Baldwin ait été libéré. La promotion d'Aymeri de Lusignan au rang de connétable avait convaincu Guy de rejoindre Jérusalem où son frère occupait une fonction aussi éminente et lui promettait une épouse royale. Guy s'était embarqué avec quelques compagnons. Après deux mois de navigation par temps calme, leur nef avait accosté dans le port de Jaffa où le connétable était venu accueillir son frère. En le voyant débarquer sur la passerelle du navire, Aymeri de Lusignan sut que son plan allait réussir : le visage était toujours aussi beau, avec des traits mieux affirmés. De longs cils voilaient son regard bleu et une fossette ornait le menton. Le jeune homme était robuste mais taillé dans des proportions harmonieuses. Sur le quai, des jeunes femmes le dévoraient des yeux quand il monta en selle en adoptant des postures avantageuses, dos arqué, torse bombé, poing sur la hanche.

Sa beauté foudroya Sibylle. Quand on le lui présenta, la jeune femme balbutia quelques mots et s'assit sur une chaise sans quitter des yeux le nouveau venu qui lui souriait sans rien dire. Agnès et Aymeri, témoins de cette rencontre prometteuse, se retirèrent de la pièce sur la pointe des pieds. Agnès jubilait :

— Ce soir, elle se donnera à lui... si elle attend ce soir.

Dans son cachot, Baldwin de Ramallah était heureux.

— Le sultan est très chevaleresque, dit-il à Maimonide en apprenant que la lettre de Sibylle avait décidé Saladin à le libérer.

— Il est généreux et il attend que tu le sois.

— De quelle façon ?

— En versant une rançon. Il voudrait cent mille besants.

— Cent mille ?

— La somme est à la mesure de ton rang.

— Même en vendant toutes mes terres jusqu'à la dernière vigne et tout le bétail jusqu'au dernier agneau, je ne pourrais en réunir la moitié !

— L'empereur de Byzance te prêtera l'autre moitié. Ou bien ton ami Raimond de Tripoli. Il paraît qu'il est très riche depuis qu'il a reçu la dot de la princesse de Batroun.

— Je refuse ! Je sais maintenant que Sibylle m'aime et j'aurai la patience d'attendre. Le temps donnera plus de force à notre amour. Ton sultan va découvrir ce qu'est un homme tenace.

— Alors je te souhaite beaucoup de courage.

— Crois-tu que j'en manque ?

— Vois-tu, je connais bien le sultan. Il peut se montrer chevaleresque, comme tu dis. Il peut aussi devenir très cruel.

— Certes ! Il me sépare de mon aimée.

— Tu n'as encore rien vu. Il va te faire tirer toutes les dents de la gueule. Une par une. Jusqu'à ce que tu acceptes de payer la rançon.

Baldwin frissonna. Il détestait souffrir des dents.

— Demain, reprit Maimonide, tu n'auras plus affaire à moi. Le sultan me dispense d'assister à ces horreurs. Je n'aime pas voir quelqu'un souffrir. Je suis médecin.

— Pourrais-tu me donner une drogue qui efface la douleur ?

— Ce ne serait pas te rendre service. Inutile de te laisser mutiler. Après les dents, ils trouveront autre chose à arracher ou à couper. Tôt ou tard, tu finiras par céder. Le plus tôt sera le mieux.

On lui ôta une dent chaque matin. Quatre hommes le maîtrisaient, lui pinçaient le nez pour le forcer à ouvrir la bouche, et glissaient une tige de fer pour écarter les mâchoires. Ensuite une pince saisissait la dent et l'extrayait d'un seul coup. On lui enleva les incisives du haut, puis les canines. Ensuite, celles du bas. A la douzième visite de ses tortionnaires, Baldwin demanda grâce. Il paierait ce que le sultan demandait. Il vendrait tout, il emprunterait à son frère, à Raimond, à l'empereur de Byzance... Il jura qu'il trouverait la somme et signa une reconnaissance de dette envers Saladin qui lui rendit la liberté.

Baldwin courut à Tripoli chez son ami Raimond. Le comte l'accueillit comme un frère, lui prêta dix mille besants pour un premier versement de sa rançon et le fit conduire chez un artisan habile à fabriquer des prothèses. Baldwin de Ramallah entra dans l'échoppe, près du port. Un Arménien velu l'introduisit dans un petit atelier obscur et nauséabond, l'assit dans un fauteuil de bois, lui lia les poignets aux accoudoirs, prit les mesures de sa bouche, façonna sur son établi une denture de petits os polis vissés sur un support de fer et attacha cet appareil à la mâchoire par des agrafes de métal rivées à la gencive. Pendant l'opération il fendit la lèvre de Baldwin qui paya cette torture à prix d'or. Souffrance et dépense inutiles car en sortant, un vent frais venu de la mer le fit éternuer et il se retrouva avec ses dents d'os au creux de la main. Il décida donc de s'accommoder de son état. Après tout, il avait encore ses molaires pour mastiquer et il suffirait de ne pas sourire en demandant la main de Sibylle. Il partit donc vers Jérusalem.

Feu Guillaume « Longue-Epée », deux ans plus tôt, avait éveillé les sens de la princesse. Guy de Lusignan, lui, réussissait à la rendre frénétique. Insatiable après deux ans de veuvage et d'abstinence, elle le voulait jour et nuit à sa disposition. Ils passaient le plus clair de leur temps enfermés dans la chambre de Sibylle au mépris de toute convenance mais avec la bénédiction d'Agnès, pressée de conclure le mariage.

C'est alors que Baldwin de Ramallah arriva à Jérusalem. Il courut au manoir royal. La princesse ne pouvait pas le recevoir, elle se préparait à voyager, on ne savait pour combien de temps... Ces réponses évasives mirent Baldwin hors de lui. Il criait dans la cour de la citadelle de David en insultant les courtisans qui lui barraient la porte et lui interdisaient de monter retrouver celle qu'il espérait depuis tant d'années. L'écho de l'algarade fit venir

Agnès qui apparut sur le perron. En voyant la bouche de Baldwin, elle éclata de rire.

— Ma fille n'épousera pas un édenté ! On dirait un vieillard.

— Elle a promis. J'ai fa lettre ! bafouilla Baldwin en tirant de sa manche le message de Sibylle.

— Trop tard ! Depuis, elle a rencontré l'homme qu'elle espérait. Il est beau et il ne sourit pas avec ses gencives, lui ! Suivez mon conseil : oubliez-la. Pour elle, vous n'existez plus.

Agnès tourna les talons, laissant Baldwin accablé, les bras ballants. Il quitta Jérusalem pour rentrer chez lui, à Ramallah. Tout le long du chemin, il pleura sur sa fortune, ses dents et son amour perdus.

La nuit, Agnès respirait l'ambre dont Héraclius s'enduisait le corps avant de la rejoindre. L'archidiacre s'apprêtait très soigneusement pour leurs ébats. Il passait sa journée au bain, se faisait frotter la peau et tailler les ongles, la barbe et les cheveux. Au contraire, Aymeri de Lusignan gardait sur son corps le musc de sa transpiration. Ses poils roux dégageaient une fragrance qui tranchait avec les raffinements d'Héraclius. En entrant dans sa chambre, rien qu'en humant, elle savait qui l'attendait sous la moustiquaire.

Les parfums du jour étaient tout autres : le soufre, les décoctions d'orme pyramidal, les teintures de cantharides, l'extrait de coloquinte, les essences de menthe, contenus dans les fioles, les flacons, les pots de terre ou de verre soufflé alignés sur des étagères, à côté des bassines pleines d'emplâtres et des amoncellements de bandages. Sa pharmacopée comprenait aussi quelques préparations de sorcières à base d'urine de putois ou de boyaux de tortues.

Au fond d'un mortier de marbre, elle écrasait avec un pilon les graines qu'elle mêlait à des graisses pour en faire des onguents qu'elle appliquait sur la peau de serpent de son fils. Des écailles grises recouvraient les membres, montaient sur le cou et envahissaient le crâne du jeune lépreux.

— Quel malheur pour un roi d'être mesel. Mais

quel bonheur pour un mesel d'être roi, lui dit un jour Baudouin, nu, allongé sur le ventre, pendant qu'elle malaxait son dos purulent. Si je n'étais pas roi, je pourrirais à la maladrerie, seul au milieu de mes semblables. Je ne connaîtrais pas la douceur des soins d'une mère. Mais tu ne serais pas obligée de nettoyer ce corps dégoûtant. Les mères de ceux qui sont à la maladrerie échappent à cette épreuve.

— Je suis sûre que chacune donnerait tout pour être auprès de son fils, comme moi.

— Tu es une sainte ! Tant d'autres auraient préféré...

Le glas interrompit leur conversation. Agnès et Baudouin savaient ce qu'il signifiait. Depuis trois jours le patriarche de Nesle agonisait. Il venait de rendre l'âme. Le roi se tourna sur le côté pour se signer. Sa mère lui mit la main sur l'épaule et l'allongea de nouveau pour le masser.

— Dieu le rappelle à lui, dit Agnès, voilà tout.

« Et il a beaucoup tardé, je trouve », pensa-t-elle.

— Il était âgé et il ne maîtrisait plus sa charge, soupira le roi. Son successeur aura fort à faire pour remettre de l'ordre. Je regrette déjà de perdre Guillaume de Tyr.

— Pourquoi le perdrais-tu ? Tu ne sais pas te passer de ses conseils. Tu as besoin de lui.

— Quand il sera patriarche, il ne pourra plus être mon chancelier.

— Tu n'es pas obligé ! Tu as le choix. J'y ai veillé. Le chapitre de la basilique va te proposer deux noms, et ce sera à toi de choisir.

— Deux noms ? Mais qui pourraient-ils avancer, hormis Guillaume de Tyr ?

— Héraclius, bien sûr !

Abasourdi, Baudouin ne répondit pas : « Comment a-t-elle fait ? » se demanda-t-il.

Agnès s'était donné beaucoup de mal mais le jeu en valait la chandelle : l'élection du chef de l'Eglise en Orient, le second personnage de la chrétienté après le pape ! Depuis des années que le patriarche de Nesle était malade, tout le monde pensait que Guillaume de Tyr lui succéderait. Selon la règle, le chapitre du Saint-Sépulcre proposait deux noms au roi qui, entre les deux, choisissait le patriarche. Guillaume de Tyr était inscrit de longue date sur la liste. Restait à trouver un second candidat. Le chapitre de la basilique était embarrassé. On citait bien quelques prélats mais leurs mérites ne pouvaient se comparer à ceux du chancelier. D'ailleurs, aucun ne postulait, tant il était évident que Baudouin nommerait son ancien précepteur. Jamais désignation d'une telle importance n'avait paru aussi prévisible. On n'en parlait même plus. Pour autant, la reine mère ne s'y résignait pas. Avec Guillaume, elle aurait un adversaire au sommet de l'autorité ecclésiastique. Elle avait mis toute sa détermination à conjurer ce péril.

Quand de Nesle était entré en agonie, Agnès avait lancé tous ses hommes dans une manœuvre d'encerclement du clergé de la basilique. Elle leur assigna une mission qui paraissait impossible : faire d'Héraclius le patriarche. Il fallait l'impudence d'Agnès pour imaginer l'accession d'un tel homme à une telle fonction. Il était, avec « la Putain du royaume », le plus grand objet de scandale à Jérusalem. Non seulement sa liaison avec la reine mère était connue de tous, mais il se montrait au grand jour avec des courtisanes. Dans sa propre maison, il avait installé une belle Italienne, Pâque de Riveri, épouse volage d'un riche teinturier de Jaffa. Une blonde aux cheveux dénoués et aux formes provocantes sous des vêtements transparents. Quand on la croisait, parée, parfumée, couverte de bijoux et escortée de ses serviteurs dans les rues de la Ville sainte, on la surnommait la « Patriarchesse ». Pour l'entretenir, Héraclius monnayait cher les indulgences et les absolutions.

Agnès avait agi avec méthode en commençant par le plus intéressé au succès de l'entreprise : Héraclius lui-même. Il ne l'avait pas déçue. Ainsi qu'elle le lui avait demandé dès leur première nuit, il avait observé et noté les travers, les faiblesses ou les vices des membres du chapitre de la basilique parmi lesquels il vivait. Depuis des années il avait épié, suscité racontars et confidences, fouillé les poches et percé les secrets des consciences. Sur chacun, il avait donné à Agnès des informations suffisantes pour le circonvenir. Elle les avait fait approcher un par un. A ceux qui aimaient l'or, Josselin avait offert une cassette. Aux débauchés, Goliath avait amené des jeunes filles ou des jeunes garçons qu'il était allé chercher dans les maisons de plaisir de Saint-Jean-d'Acre où il avait ses habitudes. Renaud de Châtillon s'était occupé des poltrons en les menaçant d'un mauvais sort, un soir, dans une ruelle obscure. Gérard de Ridefort, le sénéchal des Templiers, avait rendu visite à ceux qui avaient quelque chose à se reprocher : un vieil inceste, un vol d'offrande ou la grossesse d'une pénitente. Il les avait terrorisés en leur disant qu'il révélerait leurs turpitudes sur la place publique, à moins que...

Les affidés d'Agnès ne demandaient qu'une seule chose : inscrire le nom d'Héraclius sur la liste d'aptitude qui serait présentée au roi à la mort du patriarche de Nesle.

Le jour de leur réunion, les clercs du chapitre déployèrent des arguments fallacieux pour étouffer leurs scrupules :

— Le roi n'a pas perdu l'esprit. Il choisira Guillaume. On ne risque rien en proposant Héraclius.

— D'autant que le roi est malade. Ne lui donnons pas de souci. Son choix sera aisé.

— C'est même une façon de montrer que, pour nous, il n'y a que Guillaume.

Ils trouvèrent de bonnes raisons pour avancer la candidature d'Héraclius face à celle de Guillaume de Tyr. La première étape était franchie. Maintenant, Agnès n'avait plus qu'à guider la décision du roi. Elle y mit toute l'habileté nécessaire et fit tant et si bien que son amant devint le patriarche de l'Eglise latine d'Orient.

Depuis les fenêtres du château Sanjil, on voyait les lumières du port de Tripoli. Eschive fit allumer lcs lanternes autour de la table pendant que les serviteurs disposaient quantité de petits plats creux, pleins de mets onctueux : purée de pois chiches, crème d'aubergines mêlée d'huile de sésame, fromage blanc noyé sous l'huile d'olive ou écrasé dans une sauce au piment. La comtesse avait demandé ces préparations aux cuisiniers libanais par égard pour son hôte qui ne mangeait que des nourritures molles depuis qu'il était édenté.

Raimond de Tripoli hébergeait dans sa forteresse deux hommes blessés : Baldwin de Ramallah et Guillaume de Tyr.

— Par-deffus bord ! On nous a jetés par-deffus bord ! bafouillait Baldwin.

— Peu importe notre sort personnel, rectifia Guillaume de Tyr, mais le royaume et l'Eglise vont faire naufrage avec de tels hommes à la gouverne. J'ai scrupule à le dire, étant en cause dans cette affaire, mais il est vrai qu'avec Héraclius nous touchons le fond de l'ignominie. Je connais bien l'histoire de notre Eglise. Jamais elle n'a subi une telle honte. C'est l'indécence triomphant de la piété !

Guillaume avait refusé de reconnaître le nouveau patriarche. Il ne voulait pas s'incliner et plier le genou devant un dépravé. Héraclius, fort de sa nouvelle autorité, avait aussitôt sanctionné l'insoumis et l'avait dépossédé de son évêché de Tyr. Emporté par sa vindicte, il l'avait même excommunié...

— Cette infamie me concerne, intervint Raimond de Tripoli. Le patriarche a autorité sur le clergé de mon comté. Je ne peux pas tolérer que ce fornicateur notoire nomme les évêques de mes diocèses !

Depuis la fin de sa régence, quatre ans plus tôt, Raimond s'était tenu à l'écart du royaume. Il gouvernait son comté de Tripoli comme un Etat indépendant. Chez lui, il était souverain et il laissait ceux de Jérusalem à leurs errements.

— Et vous tolérez qu'un fot defienne héritier de la couronne ? se plaignit Baldwin.

Avec son élocution incertaine, il parlait moins qu'avant. Mais quand il disait quelque chose c'était pour insulter ce Guy de Lusignan, tout juste arrivé du Poitou, qui lui enlevait Sibylle. Après Longue-Epée, c'en était trop !

— Il est vraiment sot, ce Guy de Lusignan ? demanda Raimond à Guillaume de Tyr.

Le comte pensait que le dépit rendait Baldwin sévère à l'égard de son rival.

— Absolument sot, confirma Guillaume. Un beau visage mais une tête vide. La figure est parfaite, mais au détriment de l'esprit. Agnès et Sibylle font de lui ce qu'elles veulent.

— Et le roi ?

— Heureusement, il refuse de consentir au mariage. Une seule conversation avec Guy lui a suffi pour constater que l'amant de sa sœur est un benêt. Mais Baudouin pourra-t-il résister longtemps ? soupira Guillaume. Agnès lui a si souvent dicté sa conduite. J'en sais quelque chose. Elle lui envoie

Josselin, Héraclius, Renaud de Châtillon, Gérard de Ridefort. Ils se succèdent au chevet du roi où ils font l'éloge de Guy.

— Quelles qualités lui prêtent-ils ?

— Ils disent à Baudouin qu'un esprit aussi simple que Guy de Lusignan ne peut intriguer ou comploter, qu'il sera fidèle comme un animal domestique.

— Un fien ! cracha Baldwin.

Deux serviteurs remplirent les lampes à huile et réglèrent les mèches afin de mieux éclairer la pièce. Un troisième apporta un plat rond plein de fruits cuits dans du vin au miel et à la girofle. Quand les domestiques furent sortis de la salle, Eschive s'adressa à Raimond :

— Si tu le permets, j'ai un reproche à te faire : tu ne te soucies que de Tripoli et tu oublies que tu es prince de Tibériade. Tu ne fais plus entendre ta voix dans le royaume dont tu es l'un des principaux seigneurs.

Il est vrai que Raimond se sentait davantage responsable du comté de Tripoli, hérité de ses ancêtres, que de la princée de Tibériade, reçue par son mariage. Néanmoins, ce titre lui permettait d'intervenir dans les affaires du royaume. C'était trop tard pour Héraclius, mais, puisque le roi n'avait pas accordé la main de Sibylle, il était encore temps d'empêcher ce mariage avec Guy. Eschive avait raison. Au mépris de la décision qu'il avait prise quatre ans plus tôt, lorsqu'il avait quitté Jérusalem au terme de sa régence, Raimond résolut ce soir-là de retourner dans la Ville sainte et de se faire entendre.

Dans la galerie voûtée de la tour de David, Baudouin avançait en claudiquant. Une grimace de douleur tordait son visage rongé. A la place du nez, il n'y avait plus que deux trous béants au-dessus d'une lèvre fendue en bec de lièvre. Il s'appuyait sur une béquille et des attelles soutenaient sa jambe pendante et désarticulée.

Ils surent qu'il arrivait par l'odeur infecte qui le précédait. Le roi prit place au bout de la longue table et hocha la tête pour les saluer. Ce matin-là, ses yeux sécrétaient des larmes brunâtres qui lui voilaient le regard. Il avait le souffle court et l'haleine repoussante.

Héraclius se leva, ajusta sur son front la mitre tissée de fils d'or et prit la parole sur un ton grave :

— Sire, Dieu vous a jugé digne d'être le siège d'une grande douleur. Nous avons scrupule à interrompre les soins que vous prodigue une mère admirable dont l'Eglise fera une sainte. Mais il est vital pour le royaume que nous vous informions d'un abominable forfait. Un acte de guerre ! Le connétable Aymeri de Lusignan va vous en parler.

Le patriarche se rassit et laissa la parole à l'autre amant d'Agnès :

— Sire, une armée conduite par Raimond de Tripoli marche sur le royaume. Elle est équipée pour la guerre. L'intention belliqueuse est avérée.

— Comme vous y allez ! coupa Baudouin d'une voix rauque. Raimond vient peut-être en pèlerinage au Saint-Sépulcre pour célébrer les fêtes de Pâques...

Gérard de Ridefort émit un petit rire sec.

— La bonté vous aveugle, sire.

— C'est la maladie qui m'aveugle, dit Baudouin en s'essuyant les yeux.

Agnès poussa un soupir et s'interrogea à haute voix :

— Je me demande bien pourquoi Raimond-le-Renégat viendrait en pèlerinage au Saint-Sépulcre. S'il devait faire un pèlerinage ce serait plutôt à La Mecque, avec son ami Saladin. En chemin ils pourraient jouer aux échecs...

— Un renégat ! Ça je peux l'attester, affirma Renaud de Châtillon. Sept ans à l'entendre psalmodier son Coran ! Dans la cellule voisine, j'ai cru devenir fou. Je ne supportais plus...

A cet instant, Goliath entra dans la salle en se déhanchant sur ses jambes torses. Il glissa un billet à Agnès et repartit aussi vite qu'il était venu. D'un coup d'œil, elle prit connaissance du message.

— Le renégat a ôté le masque ! annonça-t-elle en brandissant la missive. Il exige que le roi le reçoive. Il prétend interdire le mariage de Sibylle et de Guy.

— Mais de quel droit cet homme s'occupe-t-il des mariages de tout le monde ? grinça Gérard de Ridefort en pensant à Marguerite de Batroun.

Agnès parlait d'une voix sourde, comme pour elle-même, mais assez distinctement pour être comprise.

— Je ne comprends pas... Le roi est le frère aîné de Sibylle dont je suis la mère. Aymeri de Lusignan est le frère de Guy. Qui, mieux que nous, peut juger si ces deux jeunes gens doivent se marier ? En quoi

Raimond de Tripoli serait-il mieux avisé ou plus concerné que nous ? C'est inexplicable...

— Au contraire, c'est limpide ! s'écria Aymeri de Lusignan. C'est un prétexte. Cette affaire de mariage n'intéresse pas Raimond mais il s'en sert pour justifier son incursion. Et quand il sera à Jérusalem, il prendra le pouvoir.

— Alors, supprimons le prétexte, trancha Agnès. Marions au plus vite Sibylle et Guy, et l'expédition de ce félon n'aura plus d'objet.

— Je suis prêt à officier aujourd'hui même, annonça Héraclius.

— Mais nous sommes Vendredi saint ! s'indigna le roi. On ne célèbre jamais un mariage le jour de la mort du Christ !

— Aucun texte ne l'interdit, sire, argumenta Héraclius. Ce n'est qu'une coutume, je dirais même une superstition.

— Un mariage est une fête ! On ne fête rien le jour de la crucifixion. On fait pénitence. Attendons la fin des Pâques.

— Demain, sire, il sera trop tard ! intervint Gérard de Ridefort. L'ennemi sera dans la maison. Arrêtons-le sur le seuil. Agissons sans attendre, sire ! Le royaume est en danger !

Baudouin faiblissait, en proie à ses douleurs, cerné par cette coterie. Il attendait une aide qui ne venait pas. Ceux qui auraient pu le protéger contre ces assauts n'étaient plus là : Onfroy de Toron ? mort ; Guillaume de Tyr ? excommunié ; Baldwin de Ramallah ? proscrit ; Balian de Naplouse et tant d'autres seigneurs ? écartés. Quant à Raimond de Tripoli, l'entourage de Baudouin lui demandait de le traiter en ennemi.

— Sire, écoutez la supplication d'une mère,

commença Agnès sur un ton plaintif. J'ai deux enfants pour lesquels je sacrifie ma vie. Vous souffrez dans votre chair et votre sœur souffre dans son cœur. Je m'efforce d'apaiser vos douleurs aussi bien que les tourments de Sibylle. Depuis un mois, elle vous implore d'autoriser son mariage et vous refusez. Je vous en supplie au nom de ce que je fais à votre chevet : acceptez cette union et scellons-la aujourd'hui même.

— Et le carême, mère ?

— Nous mangerons maigre au repas de ce soir, après la cérémonie.

La bénédiction nuptiale fut administrée à la sauvette dans la crypte de la basilique, devant l'autel de la chapelle Sainte-Hélène. Sibylle avait revêtu à la hâte une robe de soie grise brodée d'argent et rassemblé sa chevelure blonde dans un filet orné de perles. Elle tenait la main de Guy de Lusignan. Toujours très attentif à sa mise, il portait sur ses larges épaules une chasuble de brocart. Il avait coiffé en arrière son épaisse chevelure noire qui encadrait un front haut. Le visage carré, la mâchoire volontaire, il se tenait la tête droite, afin de mettre en valeur son profil, le nez fin et le sourcil arqué au-dessus d'un œil clair et vide ; il avait un regard de poisson que Sibylle trouvait langoureux.

Héraclius leva sa main baguée et bénit d'un geste large le couple princier. Guy de Lusignan entrait dans la famille royale. Agnès et Aymeri échangèrent un regard triomphant. Ils avaient mené à bonne fin le dessein conçu dans les jardins du palais de Jaffa, le jour de la mort de Longue-Epée.

La reine mère était au sommet de sa puissance et ce mariage assurait l'avenir. Quand le calvaire de

Baudouin aurait pris fin, elle continuerait de régner à travers sa fille et ce gendre si docile.

Les témoins signèrent les registres. Renaud de Châtillon traça son paraphe avec soulagement. Il abandonnait volontiers la régence du royaume au profit de Guy de Lusignan. Le gouvernement ne l'intéressait pas. C'était un guerrier, les travaux de la cour l'ennuyaient et il n'était pas fâché de s'en décharger sur le marié, d'autant plus qu'il possédait désormais ce qui lui convenait le mieux : une citadelle avancée en territoire ennemi, Kerak de Moab. C'était une femme qui avait fait de Renaud de Châtillon le seigneur de cette terre d'Outre-Jourdain. La veuve Etiennette de Milly avait été subjuguée par la puissance brutale de Renaud. Elle aimait sa violence, son caractère bouillonnant, son goût des armes. Etiennette de Milly qui vivait son troisième veuvage à Kerak, dans l'un des lieux les plus exposés du royaume, avait besoin d'un protecteur courageux. Renaud, lui, rêvait d'une possession fortifiée en première ligne. Chacun trouvant en l'autre ce qu'il cherchait, ils s'étaient donc mariés. Renaud de Châtillon avait hâte de quitter Jérusalem et de retourner dans sa forteresse où il préparait en secret une expédition dont lui seul pouvait avoir eu l'idée : il allait attaquer La Mecque et frapper l'Islam au cœur. Il avait forgé ce projet pendant sa captivité et s'apprêtait à le mettre à exécution. Il n'en avait soufflé mot à personne : les pusillanimes auraient cherché à l'en empêcher.

Gérard de Ridefort vint à son tour inscrire son nom sur le contrat de mariage. La longue cape blanche à croix rouge des Templiers tombait jusqu'à ses pieds. Il représentait l'ordre dont il était sénéchal. Le grand maître, Arnaud de Torroge, était souffrant. Gérard de Ridefort et Agnès suivaient de très près son état de santé qui leur laissait espérer l'ouverture prochaine de la succession.

Josselin tenait sur ses genoux le petit Baudouinet qui s'amusait à enfoncer ses doigts dans la panse ronde de son grand-oncle. L'enfant, qui venait d'avoir deux ans, était chétif et de santé fragile. Josselin suppléait les parents auprès de Baudouinet qui n'avait pas connu son père, Longue-Epée, mort avant sa naissance et que sa mère négligeait. Sibylle ne manifestait aucun attachement à son fils. Elle le voyait rarement et ne s'en occupait plus depuis qu'elle était dans les bras de Guy de Lusignan.

Dans l'allée centrale, au pied des marches de l'autel, sous une cascade de mousseline parfumée, Baudouin, à croupetons sur sa litière, se reprochait d'avoir cédé. Il regrettait déjà d'avoir consenti au mariage de sa sœur avec ce fat. Il pensait à Raimond de Tripoli refoulé aux portes du royaume, à Baldwin de Ramallah malheureux de perdre une seconde fois l'espoir d'épouser Sibylle, à Guillaume de Tyr excommunié par Héraclius. Le roi se sentait pris au piège dans le petit cercle des amants et des favoris d'Agnès : « Ce sont tes vrais fidèles, lui répétait sa mère. Les autres n'ont plus le courage de t'approcher. Ils ont peur de ta maladie. »

Quand ils sortirent de la basilique, le parvis et la rue qui conduisait à la tour de David étaient vides. Le peuple de Jérusalem qui se pressait jadis sur le passage de ses rois se tenait désormais à l'écart du mesel. On respectait le souverain, mais on craignait d'approcher le lépreux sur sa litière, de respirer l'odeur infecte exhalée par le corps difforme entrevu à travers les voilages. Le roi se souvint qu'au même endroit, quatre ans plus tôt, on l'acclamait sur son cheval au retour des victoires d'Askelon et de Montgiscard.

Le petit cortège s'engagea dans la rue ombragée par des toiles accrochées de part et d'autre aux toits des maisons. Les habitants installaient ces couvertures dès le début du printemps pour tamiser le soleil et se protéger de la chaleur. Baudouin était allongé sur sa couche, secoué par les cahots du char. Soudain, il vit l'ombre d'un homme s'étendre au-dessus de lui sur les tentures qui couvraient la rue. L'ombre écarta les bras dans un geste christique. Les larges manches pendantes dessinaient des ailes. L'image était saisissante, mais pourtant familière à Baudouin. D'un mot, il fit arrêter l'attelage de sa litière. C'est alors que la voix tomba sur lui comme une admonestation céleste :

— Ton royaume est à ton image. Il se décompose. Ceux qui t'entourent ont l'âme plus corrompue que ton corps !

L'oreille de Baudouin identifia aussitôt cette voix : c'était Guillaume de Tyr. L'ombre avait déjà disparu de la toile.

— Attrapez-le ! hurla Héraclius. C'est un crime de lèse-majesté ! Un sacrilège ! Un de plus...

Lui aussi avait reconnu Guillaume, celui qui n'avait pas voulu se soumettre et qu'il avait excommunié. Gérard de Ridefort envoya les quatre Templiers qui escortaient la litière royale à la poursuite de l'imprécateur. Guillaume s'était déjà échappé par des escaliers tortueux qui serpentaient entre les maisons de ce quartier qu'il connaissait depuis son enfance.

Guillaume de Tyr n'avait pas trouvé d'autre moyen pour mettre en garde Baudouin contre sa faiblesse et les maléfices de son entourage. Inutile de lui écrire : la lettre aurait été interceptée par Agnès. Impossible d'entrer à la tour de David : la reine mère l'aurait fait chasser. Il ne pouvait même pas approcher le roi pendant les cérémonies de la semaine sainte : la garde du patriarche Héraclius aurait arrêté l'évêque à la porte du Saint-Sépulcre.

Il s'était glissé dans Jérusalem sous un déguisement, s'était posté sur la terrasse d'une maison et avait attendu le passage du roi. Il ne voyait pas la rue couverte par les tentures, mais il avait entendu le bruit des sabots de l'escorte et des roues de la litière sur les pavés. Alors, Guillaume de Tyr s'était redressé de toute sa hauteur. Le soleil de l'après-midi était dans son dos et projetait son ombre majestueuse sur la toile. Il avait crié son indignation et s'était éclipsé.

Renaud de Châtillon ouvrit un œil et sortit de sa sieste avec un bâillement sonore : « Il bâille comme un lion », s'amusa son épouse Etiennette allongée sur le dos, à côté de lui, dans une chemise de coton blanc. La quarantaine passée, elle grisonnait, quelques rides marquaient un visage jadis ravissant et son corps devenait flasque. Mais ses trois mariages précédents lui avaient donné de l'expérience. Elle savait satisfaire les hommes et, pour Renaud, son quatrième époux, ce savoir-faire d'Etiennette compensait l'affaissement de ses chairs. Il l'avait possédée après son repas de la mi-journée, puis il s'était endormi en ronflant.

Il se leva en se grattant le ventre et passa la tête par l'étroite fenêtre de la tour qui abritait leur chambre. Le soleil allongeait les ombres des dunes. Il aimait cette heure avant le crépuscule, quand la chaleur du jour s'apaisait.

— Ça y est ! s'écria Renaud en se jetant sur ses chausses et sa chasuble, ils se préparent ! Vite, lève-toi et habille-toi, ordonna-t-il à sa femme. Je monte sur le chemin de ronde pour les regarder partir. Dépêche-toi, je te veux à côté de moi pour un moment pareil, Etiennette.

Grâce à leur mariage, il était le maître de cette terre de Moab : un plateau fertile à l'est du Jourdain, près de la mer Morte ; une gigantesque terrasse de verdure enfoncée dans le désert, comme un navire enlisé dans le sable. A l'extrême pointe de ce territoire, la ville de Kerak vivait de commerce à l'abri de son enceinte de pierre et sous la protection de la puissante citadelle. Kerak était la vigie du royaume franc, la position la plus avancée vers l'Orient. Elle dominait une immensité apparemment vide mais parcourue sans cesse et en tout sens par de longues caravanes. Pour aller de Damas, d'Alep ou de Bagdad vers Le Caire ou La Mecque, les pistes des marchands, des pèlerins et des armées passaient par ce désert. La garnison de la forteresse assurait des tours de guet nuit et jour. Les veilleurs scrutaient l'horizon tremblant de chaleur et décelaient le moindre indice : un vol d'oiseaux qui se détourne, une odeur de bêtes de somme portée par le vent, le filet bleu d'un feu de camp mal éteint. Ils avaient appris à interpréter ces signes pour évaluer le nombre d'hommes et d'animaux, savoir si c'étaient des négociants ou des guerriers et connaître la direction qu'ils suivaient.

Des bédouins passaient souvent à Kerak. Ils y étaient bien accueillis. Ils faisaient boire leurs chameaux, vendaient leurs agneaux et achetaient des légumes frais. Pendant ce temps, leurs chefs montaient à la citadelle afin de négocier des renseignements sur ce qu'ils avaient vu ou entendu dire dans leurs pérégrinations. Quand une caravane riche et faiblement escortée se trouvait dans les parages, ils délivraient leurs informations par bribes, en faisant monter les enchères au cours d'interminables palabres.

Quand le butin s'annonçait gros, Renaud de Châtillon réunissait aussitôt un effectif réduit mais redoutable : comme lui, ces cavaliers brutaux ne vivaient que pour la guerre. Ces hommes obéissaient à des passions différentes : les uns étaient fanatiques, les autres cupides. Les premiers ne supportaient pas la timidité du royaume et son attitude défensive. Ils voulaient une lutte sans trêve contre les Sarrasins et ne doutaient pas de leur victoire. Abandonnant leurs provinces, ils étaient venus à Kerak mettre leur épée sous les ordres de Renaud de Châtillon, à leurs yeux le seul vrai soldat du Christ. Le goût du pillage et du viol avait attiré les autres aventuriers. Chaque coup de main rapportait beaucoup de butin, de bétail, de femmes que l'on vendait avec les enfants. Les prisonniers mâles étaient tués ou rançonnés s'ils avaient de la fortune.

Renaud de Châtillon avait fait de Kerak de Moab un repaire de prédateurs. Il aurait pu se satisfaire de l'ivresse du danger, du sang, de l'or, mais il avait une plus haute idée de lui-même : il se jugeait digne de figurer dans la chronique du siècle. Pour cela, il voulait accomplir un acte mémorable, d'une autre valeur que ces rapines et ces massacres. Depuis un an, il travaillait à son projet secret : attaquer La Mecque. Voilà ce qui ferait sa gloire. Et, en cette fin d'après-midi, le dessein prenait vie sous ses yeux.

Depuis le haut de son donjon, Renaud de Châtillon contemplait ce spectacle invraisemblable : en plein désert, huit grands navires s'alignaient au pied des remparts de Kerak, calés et arrimés sur des plates-formes à dix roues tirées par des compagnies de chameaux sanglés de cordes qui blatéraient comme des furieux sous les coups de bâton. Un dernier charroi portait les mâts couchés, les rames liées en fagots, les voiles pliées dans de grands sacs. Cent cinquante hommes armés escortaient ces nefs roulantes, prêtes à partir sur la piste.

Etiennette venait de rejoindre son mari sur le chemin de ronde. Il lui mit le bras autour de la taille. Il était fier de son exploit. Il avait réussi à construire ces huit navires qu'il envoyait rejoindre la mer Rouge.

— C'est grandiose ! clama-t-il.

— J'espère seulement que nous n'aurons pas à subir d'attaque pendant leur voyage. Ce sont nos meilleurs soldats qui partent.

— Ne te soucie pas. Ils reviendront bientôt avec la Pierre noire de La Mecque. Je la casserai à coups de masse et je jetterai les morceaux au milieu de la mer Morte. Les Sarrasins n'auront plus leur idole, ils perdront courage et nous triompherons pour toujours de ces chiens !

Au loin, les huit bateaux s'enfonçaient en cahotant dans le désert et dans la nuit. Ils allaient avec leur équipage vers des rivages inconnus.

Quelques jours plus tard, les hommes s'emparaient du port d'Akaba, massacraient la garnison, mettaient les navires à l'eau et s'élançaient dans le golfe. Ils longèrent le massif du Sinaï, franchirent le détroit de Charm el-Cheikh et entrèrent en mer Rouge. Jamais des Francs n'étaient allés aussi loin. Les vents les portèrent vers la côte africaine d'Egypte. Penchés à la proue, ces chevaliers-navigateurs découvraient dans une eau transparente des poissons semblables à des papillons qui filaient à travers des récifs multicolores. Des dauphins roulaient leur dos luisant et sautaient autour de l'étrave. Ils longeaient les rivages de Nubie. Au loin, derrière un littoral nu, les vestiges d'énormes édifices dressaient leurs colonnes démesurées, parfois brisées, enlisées dans les sables. La nuit, ils découvraient sur la voûte céleste des constellations inconnues.

Après vingt jours de mer, ils arrivèrent en vue d'Aïdab. Ce port assurait le passage de l'Afrique à l'Arabie. Il était face à Djeddah et à La Mecque, de l'autre côté de la mer Rouge. Les pèlerins, les marchandises et les bêtes qui allaient dans la ville sainte ou en revenaient, embarquaient et débarquaient à Aïdab. Ce transit faisait la prospérité de la ville qui vivait du commerce et de l'hébergement.

Les guerriers francs se jetèrent sur Aïdab. Leur apparition soudaine, voiles gonflées et bannières au vent, affola la cité. Les marchands abandonnaient leurs échoppes ou leurs entrepôts sans prendre le temps de les fermer. La foule courait dans les rues sans savoir où aller. Dans le port, les navires tentaient de sortir et de s'échapper en mer, mais ils manœuvraient en désordre et s'éperonnaient. Les marins sautaient à l'eau. Les Francs débarquèrent l'épée à la main dans une ville à leur merci. Il y avait tant à piller qu'ils ne prirent que l'or, faute de place à bord de leurs bateaux.

Le jour même, ils repartirent vers Djeddah. Là-bas, sur la côte d'Arabie et à La Mecque, des dizaines de milliers de pèlerins étaient terrifiés par leur approche. Des marins rescapés racontaient le sac d'Aïdab et propageaient la panique. Les ulémas croyaient à l'arrivée de Gog et Magog, ces annonciateurs de la fin des temps dont parle le Prophète.

C'est alors que la lune changea. Les vents tombèrent. La mer Rouge devint plate comme une flaque. Sur les huit navires alourdis par le butin, les rameurs s'épuisaient dans une chaleur atroce. L'eau douce menaçait de manquer. Ils décidèrent de rentrer sans la Pierre noire, au risque de subir les foudres de

Renaud de Châtillon. Ils rapportaient tout de même un énorme trésor qui apaiserait son courroux.

Au Caire, Saladin convoqua son meilleur amiral. C'était un illustre navigateur d'Alexandrie que l'on surnommait « Loulou ». Le sultan lui ordonna de rapporter la tête des profanateurs. Loulou galopa jusqu'à Suez où il prit la mer avec trente galères rapides. A la recherche des Francs, il scrutait l'horizon, entrait dans chaque baie pour les dénicher. Finalement, il les aperçut au loin et se lança à leur poursuite.

Voyant que les galères égyptiennes les rattrapaient, les Francs se résignèrent à jeter l'or par-dessus bord afin d'avancer plus vite. Quand ils furent sur le point d'être abordés, ils échouèrent leurs navires au fond d'une anse, sautèrent sur le rivage et prirent la fuite à pied dans le désert, leurs outres presque vides en bandoulière, marchant vers le nord dans l'espoir d'atteindre Kerak de Moab. Ils avançaient la nuit et se cachaient le jour, à l'ombre des rochers. Loulou et ses hommes les traquaient. Après avoir débarqué, l'amiral s'était procuré dans un campement bédouin des chevaux, des chameaux, et des guides qui le mirent sur la trace des fuyards.

Il les découvrit au bout de trois jours, blottis sous un énorme roc qui surplombait un oued sec. Les cent cinquante guerriers de Renaud de Châtillon, hagards, la langue pendante, les yeux brûlés par le soleil, n'avaient plus la force de se battre. Loulou en fit égorger une dizaine sur-le-champ. Il divisa les autres en deux groupes d'égale importance. Soixante-dix hommes furent traînés à Djeddah. Entravés, à quatre pattes, on les mêla à un troupeau de moutons destinés au sacrifice. On jeta leurs têtes parmi celles des animaux immolés.

Loulou emmena les autres au Caire. Saladin fit dresser une haute estrade sur les bords du Nil. Devant la foule, les bourreaux décapitèrent les soixante-dix prisonniers, l'un après l'autre.

Dans les déserts du Hedjaz, de Nubie et du Sinaï, sur les pistes des caravanes, les chameliers colportaient les aventures inouïes de ces Franjs qui avaient osé approcher La Mecque. Ainsi, Renaud de Châtillon avait connu au fur et à mesure les épisodes de l'odyssée de ses hommes. Les chefs de tribus de passage à Kerak de Moab lui avaient raconté la marche des bateaux sur leurs chars, le pillage d'Aïdab, la panique des pèlerins, la colère du sultan, la poursuite, l'or jeté à la mer et les massacres... Les nomades ignoraient et méprisaient l'écrit. En revanche, ils vénéraient le verbe et le maniaient avec virtuosité. Chaque fait d'armes était longuement narré par les conteurs qui faisaient accompagner leur récit par des joueurs de oud. Ensuite, ils se faisaient payer. Enthousiasmé, Renaud de Châtillon les récompensait sans barguigner.

— Formidable ! Ils ont presque réussi. C'est magnifique !

— Mais tes soldats sont morts, fit remarquer son épouse.

— J'en trouverai d'autres. La prochaine fois nous réussirons !

Dans les mosquées du Caire, de Damas, d'Alep ou de Bagdad, les prédicateurs vibraient, la foule grondait. On suppliait Dieu de châtier les Franjs maudits. Aux frontières du royaume, les attaques se multipliaient, désordonnées mais dévastatrices. Agnès et Sibylle virent dans ces offensives l'occasion de poser Guy de Lusignan en défenseur du royaume et digne héritier de la couronne. Elles le pressèrent de prendre le commandement des chevaliers de l'ost. Guy n'avait jamais conduit une bataille ni affronté les Sarrasins. Le résultat fut calamiteux. Enfoncés, contournés, bousculés, les Francs perdirent beaucoup d'hommes sans pouvoir empêcher les Ayoubides de brûler des villages et d'incendier les champs dans les marches syriennes du royaume.

Un jour, pourtant, ils eurent l'occasion inespérée de capturer Saladin. Le sultan s'était aventuré par inadvertance derrière les lignes franques. On pouvait aisément le cerner et s'emparer de lui, mais à condition d'agir aussitôt. On alla prévenir Guy de Lusignan. Sous sa tente, il se consacrait à sa toilette : « Laissez-moi me préparer. J'arrive dans un instant. D'ici là, ne bougez pas. Attendez mes ordres. »

Une demi-heure plus tard, quand il apparut à la portière de son pavillon vêtu de soie rose, la chevelure soigneusement peignée, la barbe taillée de près, les ongles limés, il était trop tard. Pendant que Guy était aux mains de ses soigneurs et de ses masseuses, Saladin avait eu le temps de comprendre qu'il s'était fourvoyé et de s'échapper avec son escorte.

« Je l'avais au bout de mon épée ! » se vanta Guy de Lusignan à la cour de Jérusalem. En l'écoutant magnifier ses échecs, tout le monde riait sous cape, sauf le roi.

La situation du royaume était d'autant plus critique que les principaux seigneurs de Terre sainte refusaient de se ranger sous les ordres de Guy. Ils restaient dans leur fief et se contentaient d'envoyer quelques chevaliers pour respecter symboliquement leurs obligations à l'égard de la couronne. Ils n'acceptaient pas le mariage de Sibylle. Cette union avec un inconnu étranger au royaume signifiait que la sœur du roi n'avait jugé aucun d'eux digne d'elle. Si elle ne voulait pas de Baldwin, il y en avait d'autres... Faire venir un homme du Poitou plutôt que choisir son époux en Terre sainte, c'était insulter toutes les grandes familles du royaume qui regardaient sans déplaisir les maladresses de Guy de Lusignan et se gardaient bien de lui prêter main-forte.

Seul, Guy croyait remplir son rôle à merveille. Il en devenait arrogant et commençait à parler sur le ton d'un monarque. Eperdue d'amour, Sibylle l'encourageait et les hommes du parti d'Agnès attisaient son impatience.

Cette nuit-là, un violent orage d'automne s'abattit sur la Ville sainte. Il s'annonça par des lueurs au-dessus des collines de Judée et de longs grondements lointains. Une heure plus tard, les éclairs jetaient des lumières blafardes sur Jérusalem dans un fracas de tonnerre. La pluie fouettait les murs et tambourinait sur les toitures.

Dans sa chambre du manoir royal, Baudouin gémissait. Un homme de taille gigantesque et qui ne cessait de grandir s'acharnait à détruire la basilique du Saint-Sépulcre. Le profanateur urinait sur le sanctuaire en blasphémant. Plus loin, au palais royal, on voyait des flammes à travers les fenêtres, comme si tout brûlait à l'intérieur de la tour de David. Au milieu de l'incendie, les silhouettes de deux femmes et de quatre ou cinq hommes à demi nus se contorsionnaient de façon obscène. Baudouin appelait à l'aide. Il voulait courir, empêcher le désastre, mais il ne pouvait faire un pas. Il était immobilisé. Quelque chose lui enserrait les chevilles. Il baissa les yeux et vit les bras sans mains d'un lépreux qui se nouaient autour de ses jambes pour le tirer dans le boyau souterrain de la maladrerie.

Baudouin se réveilla en hurlant. Il ouvrit les yeux et poussa un soupir désespéré : il échappait aux tourments du cauchemar pour retrouver l'abominable réalité de sa vie. Jadis, il trouvait parfois l'évasion dans un songe. Désormais, il avait perdu le chemin de ces rêves et il redoutait le sommeil qui ramenait les mêmes monstrueux personnages acharnés à détruire Jérusalem avec une frénésie diabolique. Il ne reconnaissait pas les traits de ces possédés du démon mais leur allure, leur silhouette, leur rire lui étaient familiers. Ils hantaient les nuits de Baudouin depuis le jour où, après le mariage de Sibylle et Guy, l'ombre de Guillaume était apparue au-dessus de lui comme un ange protecteur qui le mettait en garde : « Le royaume se décompose ! Ceux qui t'entourent ont l'âme corrompue ! » Depuis, les mots terribles de son maître résonnaient dans sa tête.

— Voilà, voilà ! Je suis là, mon fils.

C'était Agnès. Alertée par le cri, elle avait renvoyé Aymeri de Lusignan, revêtu en toute hâte un vêtement d'intérieur et couru chez son fils, munie d'une lanterne. Elle alla tout droit vers les étagères où s'alignaient les médecines.

— Mère, je ne souffre pas ce soir.

— Mais tu as crié.

— C'est l'orage. Il m'a réveillé en sursaut. Laissez-moi me rendormir. Mais venez me voir demain. J'ai des choses à vous dire.

Agnès, soucieuse, regagna son lit en ruminant les paroles de Baudouin. « J'ai des choses à vous dire. » C'était exactement ainsi qu'elle parlait à son fils quand elle voulait lui imposer une décision.

Le lendemain, le ciel était radieux et l'air limpide, lavé par la pluie. Il faisait encore frais, au petit matin, quand Agnès entra chez Baudouin qui semblait avoir retrouvé des forces. Il était assis, le dos appuyé sur deux gros coussins de plume enveloppés dans plusieurs linges qui absorbaient l'écoulement des humeurs. En voyant approcher sa mère, il fit l'effort d'étirer ses lèvres. Sa grimace douloureuse se voulait un sourire. Agnès posa doucement la main sur son front, s'enquit de son état, prit dans un coffre de bois des linges propres pour éponger les suintements. Elle accomplissait ces gestes machinalement en pensant à la phrase de la nuit. Elle décida d'aller au fait :

— Tu avais des choses à me dire, mon fils. Quelles sortes de choses ? Bonnes ou mauvaises ?

— L'une est mauvaise à entendre et l'autre bonne.

— Alors, faisons comme pour les vins, dit Agnès en feignant l'insouciance. Gardons le meilleur pour la fin. Commence par la mauvaise chose, donc.

— Je vais mourir.

— Mon fils, c'est notre sort à tous.

— Je vous en prie, ma mère, n'esquivez pas. Je vais mourir sous peu. Je ne verrai pas l'an prochain. J'en suis sûr.

— Que dis-tu ? Les meilleurs physiciens assurent que tu peux vivre encore des années.

— Ils n'en savent rien, mais moi je le sens.

— Dieu seul...

— Ma mère, il faut prendre toutes les dispositions pour la succession. Je vous répète que c'est urgent.

— Au point d'en parler dès aujourd'hui ? soupira Agnès en épongeant le corps du jeune homme.

Sa jambe droite s'arrêtait au genou. Son pied gauche et ses mains n'avaient plus de doigts.

— Nous n'avons que trop tardé pour prendre les mesures nécessaires.

— Mais quelles mesures ? Tout ira de soi.

— Rien ne va de soi quand il s'agit d'un royaume. Vous êtes puissante aujourd'hui, mais demain, après ma mort, c'est la Haute Cour qui attribuera la couronne si rien n'est décidé de mon vivant.

Agnès resta sans voix.

— C'est la règle, ma mère. Elle est écrite depuis le début dans les Assises de Jérusalem. Et aussi bien placés soient-ils, vos amis ne pourront pas empêcher la Haute Cour d'élire mon successeur.

La mâchoire d'Agnès s'affaissa sous le coup de la stupeur. Elle avait cru que, tout naturellement, Sibylle et Guy monteraient sur le trône à la mort de Baudouin. Tout occupée à manier les êtres, à nouer les intrigues, à attiser les haines, Agnès avait négligé les lois fondatrices du royaume. Nul, dans son entourage, ne l'avait mise en garde. « Quels incapables ! » pensa-t-elle en tirant une chaise vers le lit et en s'asseyant au chevet du roi. Comme s'il devinait sa mère, Baudouin reprit :

— Nous manquons d'un bon conseiller depuis l'éloignement de Guillaume de Tyr.

— Tu sembles me reprocher son absence. Je t'avais moi-même suggéré de le garder à la chancellerie. Il a préféré s'exiler à Tripoli chez le renégat. Est-ce ma faute ?

Une lueur de colère passa dans le regard de Baudouin.

— Guillaume a été excommunié par Héraclius !

Baudouin prononça ce nom en expectorant. Il se pencha pour cracher dans un plat d'étain posé à côté du lit, regarda sa mère dans les yeux et ajouta :

— Le vice a chassé la vertu de la maison de Dieu.

— Mon fils ! Tout roi que tu es, tes paroles sont sacrilèges ! Tu insultes le patriarche. Cette excommunication est affaire d'Eglise. Ne t'en mêle pas et faisons confiance à Héraclius.

— Je sais que vous-même, si méfiante d'ordinaire, ne lui marchandez pas votre confiance.

Agnès se raidit.

— Ce n'est digne ni d'un fils, ni d'un roi que de prêter l'oreille à ces calomnies.

— Je ne prête pas l'oreille aux calomnies, mais j'entends les voix qui résonnent dans votre chambre, ma mère. Et comment ne pas reconnaître le timbre incomparable d'Héraclius lorsqu'il vous visite.

— C'est mon confesseur ! s'écria-t-elle. Que la reine mère se confesse au patriarche, quoi de plus légitime ?

— Certes. Mais vos confessions sont fréquentes.

— Pour être en paix avec le ciel. Je peux mourir à tout instant. N'oublie pas que je te soigne...

— Fréquentes et longues, très longues...

— Elles sont sincères et complètes.

— Mais pourquoi la nuit ?

— J'ai des insomnies, tu le sais bien. A force de me réveiller et de courir auprès de toi depuis tant d'années, j'ai perdu le sommeil. J'emploie ces heures inutiles à me repentir.

— Et pourquoi pas à la basilique ? Ou ici même, dans la chapelle ? N'est-ce pas l'usage ?

Agnès qui se laissait rarement prendre au dépourvu était désorientée par les questions perfides de son fils. Dans ce ton de moquerie cruelle, elle reconnaissait sa propre façon d'agir quand elle cherchait à acculer un interlocuteur. Elle surmonta son trouble et attaqua :

— A la basilique, dis-tu ? Ainsi les gens s'écarteront de mon chemin en me croisant. Car ils s'écartent en me voyant, le sais-tu ? Et sais-tu pourquoi on se gare pour m'éviter ?

Baudouin ne répondit pas. Il leva les yeux vers le

nœud de la moustiquaire pendue au plafond, au-dessus de son lit.

— On me fuit par crainte de ton mal et parce qu'on me sait près de toi jour et nuit.

Ils restèrent un instant silencieux, comme épuisés par cet affrontement.

— Et si nous reparlions de cette affaire de succession ? suggéra Agnès.

— Vous avez raison, mère. C'est à la fois simple et difficile. Comme je vous l'ai dit, c'est la Haute Cour qui désignera le roi. La règle est simple. Ce qui est difficile, c'est d'orienter ce choix.

— Mais enfin, quel choix ? Je ne vois que ta sœur ! Sibylle et Guy seraient évidemment tes successeurs naturels si jamais...

— Pas du tout ! La Haute Cour n'acceptera pas.

— Mais cette cour n'a pas le droit de...

— Si ! Elle en a le droit.

— Et qui pourrait-elle bien porter sur le trône ?

— Tout seigneur de haut rang qui lui en paraîtrait digne.

— C'est-à-dire... C'est-à-dire qu'on pourrait donner la couronne à...

Elle se tut, retenant ce qu'elle était sur le point de dire : « A Raimond de Tripoli ? »

— Et que penses-tu faire ? Tu es le roi.

Elle qui influençait toujours les grandes et petites décisions se trouvait réduite à quémander un conseil. Elle qui concevait toujours les manœuvres avançait cette fois en aveugle en suivant à tâtons le chemin de son fils. Mais où allait-il ? Elle précisa sa question :

— Qui vas-tu proposer à la Haute Cour ?

Elle retenait sa respiration.

— Ton petit-fils, naturellement ! Baudouinet !

Mon neveu, le petit-fils de mon père, l'enfant de Sibylle. Il est mâle et de sang royal. La Haute Cour l'acceptera sans discussion.

Agnès ferma les yeux et fit entendre un long soupir. Elle n'était pas rassurée. Baudouinet... Un mâle de sang royal, certes, mais un enfantelet fragile. Le moindre refroidissement, la plus légère indigestion menaçaient de l'emporter et le laissaient faible et amaigri. La première maladie grave pouvait lui être fatale. Et quand bien même il vivrait, il n'avait que cinq ans. Il fallait encore dix ans pour qu'il puisse porter la couronne, alors que Baudouin ne se donnait pas plus d'un an à vivre. Que se passerait-il entre la mort du roi et la majorité de son successeur désigné ?

— Baudouinet ? Certainement, approuva Agnès. Cet enfant te ressemble. Il est réfléchi, comme toi, et il a les élans de cœur de Sibylle. Tous ces misérables Poulains de la Haute Cour seront bien obligés de s'incliner.

— Personne ne contestera sa légitimité.

— Tu es un grand roi soucieux de l'avenir de son royaume. Tu vois loin, car Baudouinet ne pourra régner que dans dix ans. Et entre-temps ?

— Je ne comprends pas votre question, mère.

Agnès se racla la gorge.

— Pendant ces dix ans, tant que Baudouinet sera mineur, qui va...

Elle n'acheva pas sa phrase. Baudouin le fit pour elle.

— Qui va régner ? Mais moi, ma mère, répondit-il en feignant l'étonnement devant une telle question.

— Mais vous m'affirmiez...

Il l'interrompit :

— Vous m'avez dit vous-même que les meilleurs physiciens ne savaient pas quand viendrait mon heure. Vous avez raison : Dieu seul le sait.

Il se tourna vers le mur et ferma les yeux.

Sur la vaste esplanade du Temple, sous un soleil écrasant, deux alignements de chevaliers formaient une garde d'honneur sur le passage du nouveau grand maître, Gérard de Ridefort. De tous les cérémoniaux du royaume, celui des Templiers était le plus austère. Ni dorures, ni festivités, ni femmes parées... Les moines-soldats vivaient sous le signe de la croix et de l'épée. Ils avaient revêtu la grande cape d'apparat : blanche, enveloppante, accrochée par une broche et une chaînette autour du cou, elle tombait jusqu'aux chevilles, en ondulant en amples godets. Dans le dos, une immense croix rouge barrait le vêtement du col jusqu'au bas du manteau et d'une épaule à l'autre. Les deux cents Templiers immobiles disposés sur le parcours de l'élu tenaient dans leurs mains gantées de fer la poignée de l'épée, la pointe posée sur les énormes dalles de pierre du parvis.

Gérard de Ridefort, qui en avait été le sénéchal, mesurait mieux que quiconque la puissance de l'ordre dont il devenait le maître. Son visage, sa démarche et son regard exprimaient la force d'une volonté.

Il avait attendu longtemps la mort du grand maître. Ridefort était légitimement en droit de lui succéder. Depuis son entrée dans la congrégation, huit ans plus tôt, il avait tissé sa toile et gravi plus vite que quiconque les échelons de la hiérarchie. A la mort d'Arnaud de Torroge, il avait été élu grand maître face à la candidature d'Erail, un combattant pourtant couvert de gloire. Certes, Agnès et les siens l'avaient aidé. La reine mère, qu'il avait rencontrée dès son arrivée à Jérusalem, en avait fait son allié. Toutefois, son ascension ne tenait pas uniquement à l'intrigue. Gérard de Ridefort avait des mérites reconnus. A la différence de ses protecteurs, il était chaste et intègre. Les mœurs du patriarche Héraclius ou la malhonnêteté du sénéchal Josselin scandalisaient les moines-soldats de l'ordre du Temple. Ces chevaliers avaient de l'honneur et une foi profonde. Eux qui étaient entrés dans l'Eglise en faisant le vœu de donner leur vie pour le royaume voulaient une Eglise et un royaume aux mains de gens dignes. Ils respectaient Gérard de Ridefort, son dédain de l'or et son austérité.

Il n'était pas vertueux par nature. Il l'était afin de s'élever jusqu'à la position la plus éminente. Cette ambition se nourrissait d'une rancune qui l'obsédait depuis des années. Parvenu à la tête de l'ordre, il pourrait se venger de Raimond de Tripoli.

Gérard de Ridefort entra sous la haute charpente de la commanderie et avança vers son siège, au bout de la grande salle éclairée par des flambeaux accrochés aux piliers. Il marchait à pas comptés en cherchant du regard le chevalier Erail, son rival malheureux. Il le reconnut, au premier rang, dans une position protocolaire élevée, près du fauteuil de cuir noir du grand maître. Avant d'y prendre place, Gérard de Ridefort alla vers Erail, le héros qui aurait pu lui barrer la route et qui pourrait encore lui porter ombrage. Il s'arrêta devant le chevalier et dut lever la tête. Il ne lui arrivait pas à l'épaule. Il l'observa un instant, un mince sourire sur son visage en lame. Erail ne savait que penser de cette marque publique d'attention. Peut-être un geste noble du vainqueur envers le vaincu ?

— Dès demain, lui ordonna Gérard de Ridefort, vous partirez pour l'Occident. Je vous nomme en Rhénanie.

Condamné à l'exil, loin de la Terre sainte, Erail resta de marbre. Son visage n'exprima aucun sentiment. Les chevaliers firent comme s'ils n'avaient rien entendu ; ils restèrent impassibles, les mâchoires serrées, lc regard fixe et haut. La règle imposait une obéissance aveugle aux ordres du grand maître.

Gérard de Ridefort prit place et invita le chapitre à l'imiter. Les dignitaires religieux et laïcs assistaient à la cérémonie, assis dans une tribune de bois installée entre deux piliers. Le patriarche occupait la place d'honneur. En voyant le nouveau grand maître éliminer d'emblée son rival, comme lui-même l'avait fait avec Guillaume de Tyr, Héraclius se pencha vers Agnès, l'œil amusé.

— Il a suivi ma leçon, glissa-t-il à sa maîtresse qui lui répondit d'un pâle sourire.

Elle était inquiète. Le triomphe de Gérard de Ridefort était aussi sa victoire – une de plus – mais un souci la tourmentait depuis quelques jours et gâchait son plaisir : Baudouin était étrange. Il avait brusquement changé. Etait-ce le progrès de son mal ? L'approche de la mort peut-être ?

Assise à la gauche de sa mère, Sibylle contemplait son époux et lui tenait la main. Guy de Lusignan ne quittait pas des yeux la clef d'or pendue au cou de Gérard de Ridefort. C'était le plus éclatant symbole de son pouvoir. Elle ouvrait l'une des serrures du tabernacle de la couronne à la basilique du Saint-

Sépulcre. Désormais, Gérard de Ridefort était l'un des trois hommes qui maîtrisaient l'accès aux signes sacrés de la monarchie. Le prieur des Hospitaliers détenait la seconde clef. La troisième appartenait au patriarche Héraclius.

Aymeri de Lusignan était soucieux. Il appréhendait cette réunion de la Haute Cour convoquée pour la dernière semaine de ce mois. « C'est un ordre du roi, lui avait expliqué Agnès. Il veut faire ratifier la désignation de Baudouinet. Il a de bons arguments, mais son attitude m'intrigue. Il a pour moi des mots si cruels... »

Agnès, le connétable Aymeri de Lusignan et le sénéchal Josselin avaient veillé à ce que les missives arrivent trop tard ou ne parviennent jamais chez Raimond ni chez les membres de la Haute Cour amis du comte de Tripoli.

Au bout de la rangée, Renaud de Châtillon, toujours impatient, tapait du pied sur le sol. Il était venu de son fief de Kerak par gratitude envers Gérard de Ridefort qui l'an passé l'avait félicité après l'expédition vers La Mecque.

Renaud de Châtillon se pencha vers Josselin :

— Et le roi ?

— Trop souffrant, répondit le sénéchal avec un regard navré.

Sur la grosse tour carrée qui formait l'angle de la citadelle de David se dressait un habitacle de bois. C'était le logis des pigeons voyageurs et de l'homme qui en avait la charge. Maître Fouquet approchait la soixantaine et vivait en solitaire depuis quarante ans dans sa soupente avec ses messagers. C'était sa famille et ses seuls amis. Il leur parlait, les caressait en murmurant des confidences, les soignait avec un savoir-faire acquis avec le temps. Il dosait avec soin le sel, la mie, le mélange des graines selon la saison, administrait des fortifiants avant le vol ou au retour d'un long voyage quand le coursier arrivait exténué, le cœur palpitant. Les pigeons rendaient à Fouquet son affection. Pour rien au monde il n'aurait voulu troquer sa fonction. Il était heureux dans sa volière, du haut de laquelle il aimait contempler Jérusalem étendue à ses pieds.

Ce jour-là, en plein midi, il goûtait la tranquillité des heures brûlantes. Il ne lançait ses colliers-blancs que dans la fraîcheur du petit matin. Quand il faisait trop chaud, l'air les portait mal et ils s'épuisaient. Au repos sur leurs perchoirs, ils se frôlaient en roucoulant tandis que Fouquet profitait du calme pour remettre de l'ordre dans son logis de planches. Il transpirait et la poussière qu'il soulevait en nettoyant lui collait au visage. Il aéra sa cahute en ouvrant un volet de bois, sortit la tête et aperçut de l'autre côté de la ville un grand déploiement sur l'esplanade du Temple : la foule contenue par les sergents, les moines-soldats en grande cape blanche croisée de rouge, les chevaux tenus au mors par les palefreniers. Il entendait les tambours, les trompes et les chants qui accompagnaient la cérémonie d'intronisation de Gérard de Ridefort.

Pour faire un courant d'air, Fouquet ouvrit un second volet de l'autre côté de la pièce carrée. Cette ouverture-là donnait sur la cour du manoir royal. A l'inverse du Temple, la tour de David était calme et silencieuse. Ils étaient tous à la commanderie pour célébrer le nouveau grand maître. Fouquet sourit en voyant deux sentinelles réfugiées dans l'ombre, assises à même le sol, le dos contre le mur, endormies, la bouche ouverte. Il allait revenir à sa besogne de balayage quand une anomalie éveilla sa curiosité : de l'autre côté de la cour, au premier étage du manoir, les rideaux de la chambre du roi Baudouin étaient largement ouverts alors que depuis des années cette fenêtre était toujours close par des croisillons de bois ou voilée par une étoffe. Intrigué, Fouquet mit la main en visière au-dessus des yeux. Depuis son observatoire son regard plongea dans la pièce.

Le sang de Fouquet se glaça.

— Mon Dieu, murmura-t-il.

Une forme humaine toute noire, comme brûlée, amputée d'une demi-jambe, était assise sur le pied du lit. La silhouette se découpait sur le drap de fil blanc.

Le roi se leva en prenant appui sur une béquille et marcha à cloche-pied jusqu'à la fenêtre où il apparut soudain en pleine lumière. Fouquet posa la main sur sa bouche pour étouffer une exclamation et fit un effort pour ne pas se détourner de la vision du malheureux couvert de plaies et de croûtes, sans nez, ni oreilles, le crâne déformé par des boursouflures. Le roi agita le bras autant que le permettait la béquille qui le maintenait en équilibre. Il pointa sa main sans doigts vers Fouquet. Le maître des pigeons comprit que son roi s'adressait à lui et lui demandait de venir. Pour s'en assurer, il mit son index sur sa poitrine et le tendit vers Baudouin qui hocha la tête plusieurs fois.

Sans se poser de questions, puisque c'était un ordre du roi, Fouquet referma ses volets, passa la main dans ses cheveux clairsemés, enfila sa meilleure chasuble sur ses maigres épaules, tira sur ses chausses, se mouilla les doigts pour se lisser la barbe, prit son bonnet et sortit de sa soupente par une petite porte ouvrant sur un escalier branlant.

Baudouin éprouvait un sentiment dont il avait oublié le goût : la joie. Prétextant une poussée de fièvre et invoquant la chaleur, il s'était déclaré incapable d'aller au Temple, juste au moment où le cortège devait se mettre en route pour la cérémonie. Agnès n'avait pas eu le temps de le contraindre. Dès qu'il avait été seul, il avait ouvert les rideaux de la fenêtre et s'était assis sur son lit sans quitter des yeux l'édicule de bois sur la tour, en face de lui. Il priait le ciel de lui venir en aide quand, enfin, le volet avait claqué, laissant passer le visage de Fouquet.

Après avoir frappé deux coups du plat de la main sur la porte de chêne, le sergent en faction entra dans la chambre et s'inclina.

— Sire, un homme...

— Maître Fouquet ?

— Oui, l'oiseleur, il dit...

— Fais-le entrer.

Le soldat s'effaça devant le visiteur et referma le battant, laissant Fouquet devant le roi assis sur son lit.

— Viens, n'aie pas peur.

L'homme fit deux pas puis s'arrêta, la tête basse, en triturant son bonnet.

— Ecoute-moi bien. Nous n'avons pas beaucoup de temps. Ils vont revenir et il ne faut pas qu'on te trouve ici.

— Sire, j'avais cru... Je croyais bien faire en venant.

Il s'approchait de la porte à reculons, pensant avoir mal compris.

Tu as bien fait, reste ! l'arrêta Baudouin. Je voulais te parler, mais je te demande d'abord de me jurer le secret sur ce que je vais te dire.

— Je suis à vos ordres, sire. J'étais déjà aux ordres de votre père Amaury. J'ai même servi votre oncle Baudouin III...

— Jure le secret.

— Sur ma vie, dit Fouquet en levant la main et en se signant.

— J'ai fait convoquer la Haute Cour. Tu le sais, n'est-ce pas ?

— Oui, sire. Avec mon travail, je ne peux pas l'ignorer.

— Parce que tu envoies les messages de convocation ?

— Oui, sire.

— Tu les as tous envoyés ?

Fouquet rassembla tout son courage et leva les yeux vers Baudouin. Il croisa le regard du lépreux en s'efforçant de ne pas fermer les yeux.

— Tous ? Enfin... Ceux qu'on m'a donnés. Je les ai bagués et expédiés aussitôt.

— Fouquet, as-tu reçu les convocations pour tous les membres de la Haute Cour ?

— Non, sire. Pas tous.

— Par exemple, Raimond de Tripoli ?

— On ne m'a rien donné pour lui, sire. Depuis longtemps, d'ailleurs. Depuis des années on ne lui envoie plus rien. On ne répondait même pas aux lettres qu'il envoyait.

— Des lettres ? Du comte de Tripoli ?

— Oui, sire. Des lettres pour vous. On a bien dû vous les remettre...

— A qui les donnais-tu ?

— A qui venait les prendre. Josselin, Aymeri de Lusignan, parfois votre mère. Mais il y a plusieurs années qu'il n'envoie plus rien.

Baudouin découvrait à quel point il s'était laissé berner.

— Sais-tu écrire ?

— Pour sûr ! Si je ne savais ni lire ni écrire, je ne pourrais pas faire mon travail.

— Je vais te dicter une lettre pour...

A cet instant, les cris des gardes et le fracas des verrous annoncèrent le retour d'Agnès et de sa suite.

— C'est trop tard ! Vite, ferme les rideaux ! Tu l'écriras chez toi.

— Ecrire quoi, sire ? A qui ? demanda Fouquet en tirant les voilages.

— Au comte de Tripoli. Ecris-lui que son roi l'appelle au secours. Que je le conjure de venir à la réunion de la Haute Cour. Maintenant, file ! Et pense à ton serment. Pas un mot.

L'oiseleur repartit sur la pointe des pieds, en

rasant les murs, sans voir Goliath qui l'épiait, embusqué derrière un pilier.

Arrivé chez lui, il versa de l'eau dans les bassines des pigeons assoiffés par la canicule et se mit aussitôt au travail devant son écritoire. D'une main assurée, il commença la lettre :

« Messire Raimond, comte de Tripoli et prince de Tibériade,

Mon nom est Fouquet. Je suis depuis quarante ans Maître des Pigeons à la Tour de David. Notre Sire le roi Baudouin est terriblement mutilé. Il ne peut plus tenir la plume et m'a ordonné de vous écrire ceci : " Je vous appelle à mon secours. Je vous demande de venir à la réunion de la Haute Cour convoquée pour le dernier lundi de ce mois. " »

Fouquet se gratta le crâne. Il cherchait à se rappeler ce que le roi aurait encore pu lui dire. Rien de plus, mais Baudouin n'en avait pas eu le temps.

En bas, dans la cour, les sergents d'armes déposaient la litière de la reine mère devant la porte du manoir royal. Elle écarta le rideau de soie et descendit les marches de l'escabeau qu'un écuyer venait d'installer. Tout à coup, Goliath surgit et courut en se déhanchant vers Agnès. Elle pencha l'oreille près de la bouche du nain pour écouter la confidence puis elle se redressa, se retourna et leva les yeux vers le pigeonnier. La tête de Fouquet était à la fenêtre. Il s'écarta brusquement et referma le volet. Il reprit sa plume, hésita, puis écrivit :

« Messire Raimond, permettez à un modeste serviteur du royaume d'ajouter sa supplique en vous implorant de venir. La Ville sainte, délivrée jadis

par votre aïeul Raimond de Saint-Gilles, est tombée entre les mains de mauvaises gens qui accaparent le pouvoir et l'or. Ils profitent de la maladie qui fait du roi leur prisonnier. Délivrez-le ! Mais venez sous bonne escorte avec tous les autres seigneurs du royaume car ceux qui gouvernent ici sont capables du pire. Prenez garde... »

Cinq crieurs avançaient de front dans la rue Josaphat. Ils faisaient tournoyer leur bâton pour écarter les enfants, les mendiants, les chiens et ouvrir le chemin à une vingtaine de cavaliers porteurs d'étendards. On n'avait pas vu tant de bannières à Jérusalem depuis bien des années. Les gens se réfugiaient entre les étals des boutiques pour les laisser passer. Les marchands sortaient sur le seuil des échoppes. La tête à la fenêtre, les habitants de la rue regardaient défiler les blasons des provinces du royaume brodés sur la soie des oriflammes. Après les emblèmes, on vit avancer les seigneurs, derrière Raimond de Tripoli. D'une main il guidait sa monture, de l'autre il répondait aux gestes de bienvenue. Raimond n'était pas revenu dans la Ville sainte depuis la fin de sa régence, sept ans plus tôt, mais les Hiérosolymitains n'avaient pas oublié ses joues creuses ni son poil noir et dru.

Malgré la cordialité de l'accueil, il était inquiet : ne se jetaient-ils pas dans un piège, lui et ceux qui avaient accepté de le suivre ? Jérusalem était aux mains de leurs ennemis : la garde du palais royal aux ordres de Josselin, le frère d'Agnès, les Templiers sous l'autorité de Gérard de Ridefort, la milice urbaine sous le commandement d'Aymeri de Lusignan et celle du Saint-Sépulcre à la solde d'Héraclius.

Depuis son pigeonnier, Fouquet regardait le cortège qui s'étirait dans la rue étroite. Une centaine de cavaliers se dirigeait vers la tour de David. Assis sur un tabouret bas, les coudes posés sur le rebord de la fenêtre, il pensait au message qu'il avait écrit quelques jours plus tôt, de sa propre main, au nom du roi. Raimond de Tripoli l'avait donc reçu et répondait à l'appel de Baudouin. L'oiseleur espérait seulement que son rôle n'avait pas été découvert par Agnès et qu'il ne le serait jamais.

Soudain, derrière lui, les roucoulements redoublèrent. Il n'y prit pas garde et tendit le cou, cherchant à reconnaître les étendards et les visages des seigneurs. Il n'entendit pas Goliath qui approchait dans son dos, un lacet de cuir tendu entre les mains. Le nain ne pouvait espérer mieux : sur son petit siège, Fouquet était juste à sa hauteur.

C'était un ordre d'Agnès : quand les guetteurs de la citadelle avaient signalé l'arrivée des croix d'or du comte de Tripoli sur la crête de Montjoie, la reine mère avait blêmi. Elle avait aussitôt envoyé Goliath supprimer l'oiseleur. « Tu avais donc raison ! Il m'a trahie ! Il faut faire un exemple. Pauvre Baudouin que ses serviteurs égarent ! »

Les talons de Fouquet raclaient le plancher, une langue énorme et bleue sortait de sa bouche, les yeux s'exorbitaient.

— Tiens ! Va brûler en enfer. Ton ami le renégat te rejoindra bientôt, souffla Goliath à l'oreille de sa victime en serrant le lacet de cuir de toute la force de ses bras courts et musculeux.

Fouquet bascula dans le noir sous l'œil placide de ses pigeons. Goliath était satisfait : pas de cri, pas de sang, juste un sillon écarlate autour du cou du cadavre. Le nain sortit de la cahute sans même prendre la peine de fermer la porte. « Plus vite on le trouvera, plus vite on saura comment finissent les traîtres », se dit-il en descendant l'escalier de bois. Par la fente d'une archère, il aperçut le cortège qui entrait dans la cour de la citadelle. Les seigneurs mettaient pied à terre, confiaient leur monture aux écuyers qui les menaient vers les écuries et se groupaient autour du comte de Tripoli. Ils avaient décidé d'arriver ensemble à la réunion de la Haute Cour et de faire bloc face au clan d'Agnès. Quand ils furent au complet, Raimond donna le signal. Les dix-huit hommes entrèrent par la galerie qui conduisait à la salle de réunion. Sur le seuil, le chef des gardes du palais annonçait en criant les noms et les titres :

« Le seigneur Raimond III, comte de Tripoli et prince de Tibériade ! Le seigneur Baldwin de Ramallah ! Le seigneur Balian de Naplouse ! Le seigneur Gautier de Césarée ! Le seigneur Réginald de Sidon ! »

Deux femmes et cinq hommes étaient déjà installés dans la salle capitulaire, assis côte à côte, dans les stalles les plus proches de l'estrade où le roi prendrait place. Quand Raimond et les siens entrèrent, annoncés par le garde, aucune des sept têtes ne se tourna vers eux. Les gens de la cour n'eurent pas un regard pour les seigneurs de la Terre. « Faites comme s'ils n'existaient pas ! » leur avait intimé Agnès. Quatre rayons de soleil traversaient en oblique la salle voûtée et projetaient des flaques de lumière sur les dalles de pierre.

— Le roi !

Ils se levèrent au moment où les écuyers écartaient le rideau de brocart laissant passer la litière de

Baudouin portée par quatre hommes qui la déposèrent sur des tréteaux dressés à la place du trône. Une triple épaisseur de mousseline ne laissait entrevoir qu'une silhouette difforme accroupie sous les voilages.

Raimond de Tripoli était pétrifié. La dernière fois qu'il avait vu Baudouin, dans cette même pièce, la maladie n'en était qu'aux symptômes : des taches sur le visage et sur les mains. La lèpre l'effleurait. Désormais, elle le dévorait. Le jeune homme n'avait plus d'âge.

Son odeur se répandait sous la voûte malgré l'encens et la gomme arabique qui fumaient dans les brûle-parfums disposés sur le sol, autour de la couche royale.

— Merci... Merci de votre présence.

On entendait à peine les mots que le roi prononçait à grand-peine en reprenant son souffle à chaque instant.

— Je n'ai plus de force. Je parlerai peu. Je vous demande de désigner mon successeur. Je suis trop souffrant pour faire l'éloge de mon neveu, comme il conviendrait...

Baudouin se tut. On entendait siffler sa respiration.

— Mon neveu Baudouinet... Je vous supplie de ratifier mon choix. Il est mâle. Il est de sang royal. Il est...

Baudouin s'interrompit, pris par un accès de toux, puis son buste retomba sur le drap. Il était inerte. Agnès se leva, la main sur la bouche. Sibylle et Guy échangèrent un regard. Héraclius se racla la gorge, prêt à prononcer quelques paroles solennelles, mais, à cet instant, le lépreux prit appui sur ses coudes, se redressa sur son séant et leva ses deux moignons.

— Au nom de Dieu, je vous demande d'élire mon neveu Baudouin !

— Oui, sire, j'accepte ! lança Raimond de Tripoli en se levant.

Il avait parlé sans réfléchir, bouleversé par le martyre que vivait le roi.

— Moi aussi, j'accepte ! s'écria Balian de Naplouse, suivi de Gautier de Césarée, de Réginald de Sidon et même de Baldwin. Ils étaient tous debout pour jurer fidélité au futur Baudouin V. Au fond de la salle les ecclésiastiques joignirent leurs voix à celles des seigneurs. Agnès et les siens mêlèrent leurs cris à ceux des clercs. Derrière ses voiles, Baudouin hochait la tête en signe de gratitude.

— Merci ! Merci... souffla le roi. Nous le couronnerons demain.

Il fit un signe à ses porteurs qui saisirent les poignées du brancard, soulevèrent la litière et l'emportèrent vers sa chambre.

Des crieurs publics partirent le jour même proclamer la nouvelle dans les rues de Jérusalem et des villes voisines. Dès l'aube du lendemain, les sonneurs de la basilique appelèrent à la cérémonie et les gens accoururent en masse au Saint-Sépulcre. Ils acclamèrent l'entrée de Baudouinet vêtu de velours blanc qui tanguait au-dessus des têtes, à califourchon sur les épaules du grand Balian de Naplouse. L'enfant était maigre et pâle. Il toussait par quintes sèches. Perché sur le colosse, il ressemblait à un oisillon. Ensuite, la litière voilée du lépreux entra sous la nef. Autour, on s'écartait en baissant les yeux. La famille royale suivait Baudouin : Agnès accompagnée de son frère Josselin et Guy de Lusignan au bras de Sibylle que le couronnement de son fils laissait indifférente, comme tout ce qui concernait son enfant. Il ne lui inspirait aucun sentiment maternel. L'épouse en elle avait étouffé la mère. « De toute façon, dès que mon frère mourra, nous monterons sur le trône », avait-elle promis à son mari.

Après la messe, le patriarche Héraclius, le grand maître des Templiers, Gérard de Ridefort, et le prieur des Hospitaliers, Roger de Moulins, se réunirent autour du tabernacle des insignes royaux, chacun muni de sa clef d'or. L'un après l'autre, ils ouvrirent chacune des trois serrures. Héraclius prit la couronne et la brandit à bout de bras au-dessus de la tête chétive du petit Baudouinet assis sur le coude de Josselin. Une longue acclamation salua le sacre. L'enfant attrapa d'une main le cercle d'or que le patriarche lui arracha brutalement en grognant :

— Maudit gamin !

« Longue vie au roi ! Longue vie à Baudouin V », criait l'assistance. Mais en clamant leur allégresse les seigneurs, les clercs et les gens du peuple pensaient tous la même chose : l'enfant était si fragile et si loin de sa quinzième année...

— Je veux aller prier sur le tombeau du Christ, demanda le roi à ses écuyers qui soulevaient sa couche pour le ramener vers le manoir.

Le prieur Roger de Moulins et quatre chevaliers de l'Hôpital frayèrent un passage au milieu des fidèles et conduisirent Baudouin derrière le maître-autel, devant l'édicule circulaire de marbre blanc surmonté d'une toiture conique en albâtre. La litière, trop large, ne passait pas par l'étroite porte et il fallut installer l'infirme sur une chaise pour le faire entrer dans le minuscule sanctuaire. Selon la tradition, c'était le lieu exact où le corps de Jésus avait reposé après la descente de croix.

— Faites venir Raimond de Tripoli, demanda Baudouin à Roger de Moulins.

Le prieur des Hospitaliers alla chercher le comte qu'il trouva un peu plus loin, au pied des marches des chapelles du Calvaire, en discussion avec Baldwin de Ramallah.

— Le roi vous attend, il est au saint tombeau, souffla Roger de Moulins, tremblant à l'idée qu'Agnès puisse le voir parler à son ennemi. Comme tout le monde, il devinait qui avait ordonné d'étrangler Fouquet.

Raimond de Tripoli se présenta sur le seuil du Sépulcre. Au-dessus de la pierre sacrée, six lampes en pâte de verre rouge rubis pendaient à des chaînettes accrochées au plafond bas. Elles diffusaient une lumière couleur de sang qui éclairait la face effrayante du lépreux : un trou noir à la place du nez, la bouche et les oreilles rongées. Un crâne plutôt qu'un visage. Un bandeau de coton lui enveloppait la tête jusqu'au bas du front. Seul son regard était vivant, étrangement mobile dans ce corps figé, posé sur une chaise, vêtu d'une chasuble de soie grise, courte et sans manches. Quatre moignons emmaillotés de pansements sortaient du vêtement.

D'un mouvement de la tête, le roi fit signe à Raimond de fermer la porte de bois. Ils étaient seuls, face à face, Baudouin sur son siège et Raimond debout, le dos plaqué contre le mur de marbre. En étendant le bras, il aurait pu toucher le corps mutilé qui répandait son odeur de mort dans l'air tiède et confiné. Baudouin baissa les yeux sur la stèle, murmura une prière et releva la tête pour regarder Raimond.

— J'ai des fautes à confesser. Des crimes. Je veux le faire ici, devant toi...

Il parlait avec le souffle court. Les mots venaient par saccades, puis il s'interrompait en haletant.

— Sire, je ne suis pas clerc, murmura Raimond.

Baudouin émit un petit grincement sarcastique.

— Sais-tu qui est mon confesseur ? Héraclius ! Mieux vaut un laïc qu'un tel clerc.

C'était la tradition : un roi de Jérusalem ne pouvait s'agenouiller et avouer ses péchés que devant le patriarche de l'Eglise latine d'Orient. Si bien que Baudouin devait se repentir auprès de l'amant de sa mère et recevoir de lui sa pénitencc. « Dieu vous aime puisqu'il vous a choisi pour subir une si grande douleur », aimait dire Héraclius au lépreux en guise de réconfort avec un mauvais sourire.

— C'est le patriarche que vous avez désigné, sire, ne put s'empêcher de rappeler Raimond. Vous auriez pu avoir Guillaume de Tyr pour confesseur.

— Tu as raison. C'est même un de mes plus grands crimes contre le royaume et contre l'Eglise. Un crime parmi tant d'autres...

Le roi se tut, regarda ses membres amputés et reprit :

— J'ai des excuses, mais elles ne me disculpent pas. Toi, par exemple, je t'ai écarté par vanité. Puisque mon règne devait être bref, je le voulais sans partage. Glorieux.

— Vous avez connu la gloire aux batailles d'Askelon et de Montgiscard.

— Il y a si longtemps. C'est vrai. J'aurais dû mourir là-bas en héros du Christ, avant de devenir ce que tu vois, avant de tomber dans les mains de ma mère. En me soignant, elle a tissé des fils qui m'emprisonnent.

Parfois, dans ses cauchemars, il se métamorphosait en petit insecte noir, privé de ses pattes et de ses ailes, englué dans la toile de l'araignée et il pouvait donner un nom à chacun de ces fils poisseux qui le paralysaient : Héraclius, Josselin, Ridefort, Châtillon, les frères Lusignan...

— C'est une conjuration, Raimond. Ils conspirent pour porter Guy de Lusignan sur le trône. Avec lui, j'en suis sûr, ce sera aussitôt la guerre et la fin du royaume. Il faut empêcher ce désastre. Tu dois m'aider. Je te le demande au nom de Dieu. Vois-tu, Raimond, j'ai longtemps prié le ciel de mettre fin à mon calvaire. Aujourd'hui j'implore, au contraire, un sursis. Juste le temps de réparer le mal que j'ai fait et d'empêcher le royaume de tomber dans leurs mains. Mais sans toi je ne pourrai pas.

— Sire, je suis prêt à vous aider.

— Alors tu seras mon régent. Dès demain.

— Mais comment ferez-vous pour écarter votre beau-frère, Guy de Lusignan ?

— Ce ne sera pas difficile.

Et Baudouin confia à Raimond ce qu'il avait mûri dans la solitude de sa chambre.

Le lendemain du couronnement, Baudouin fit venir ses médecins devant la Haute Cour et leur demanda d'informer les grands du royaume de son état de santé. L'exercice était délicat. Les praticiens royaux partaient tour à tour dans de longues digressions précautionneuses émaillées d'un jargon incompréhensible.

Pendant ce temps, Guy de Lusignan croisait et décroisait ses jambes en soupirant très fort. « S'ils continuent de bavarder, il sera mort avant la fin de leurs discours », se disait-il en tamponnant son nez d'un mouchoir imprégné d'essence de rose. Régent du royaume, il devait s'asseoir près de Baudouin dont la puanteur l'incommodait. Penser que sa chevelure et ses vêtements s'imprégnaient des effluves du lépreux le dégoûtait. Guy promenait une humeur de dogue. « Je déteste ces " Poulains ", ces renégats qui restent entre eux et m'ignorent. Et cet absurde couronnement d'un enfant souffreteux, hier au Saint-Sépulcre. Le fils de Longue-Epée, en plus ! Le roi veut m'humilier, j'en suis certain. Ce lépreux ne supporte pas de me voir beau et en pleine santé, prêt à lui succéder. » Tout à ses pensées, Guy n'écoutait pas les physiciens de la cour parler du climat qu'il faudrait au roi pour que ses crises soient moins fréquentes et moins dévastatrices.

— Le bord de mer lui ferait grand bien, expliquait

le médecin. L'air de Jérusalem est trop sec. Il dessèche ses chairs.

Guy de Lusignan se concentrait sur l'expression qu'il voulait composer sur son visage : du mécontentement, de l'ennui, mais aussi de la majesté. Il levait le menton, haussait un sourcil et fronçait l'autre en battant des cils afin de donner de la vivacité à son regard. Il savait que de méchantes langues le surnommaient « œil de poisson ».

Les médecins s'étaient tus après une invocation à la miséricorde divine. Baudouin les remercia d'une voix caverneuse :

— Que Dieu vous entende... La mer, dites-vous... Askelon, peut-être ? Ah ! que j'aime Askelon ! J'y ai gagné le combat de ma vie... J'ai chassé Saladin. Askelon me ferait du bien, n'est-ce pas ?

— Ce serait parfait, sire, confirmèrent les physiciens en échangeant des regards satisfaits. Le roi les écoutait enfin ! Pour une fois du même avis, ils lui conseillaient depuis des mois de séjourner sur le littoral, mais Baudouin, obstiné, refusait, jusqu'à ce jour, de quitter la Ville sainte. Cette fois, il semblait raisonnable.

— Hélas ! Askelon n'est pas à moi, soupira-t-il. Askelon est à mon beau-frère Guy, par son mariage avec ma sœur.

Guy de Lusignan se retrouva debout sans l'avoir vraiment décidé. En entendant son nom arriver à l'improviste au milieu de cette ennuyeuse séance consacrée à l'agonie du roi, il avait senti qu'un piège se refermait sur lui. Comme pour y échapper, il s'était levé d'un bond. Maintenant qu'il était dressé devant tout le monde, il devait parler. Mais que dire ? Il n'avait pas prêté attention à ces dissertations médicales... Peu lui importait ! L'essentiel était de faire bonne figure. Il effectua un gracieux quart de tour, écarta le mouchoir de son nez et questionna d'une voix forte qui tranchait avec celle de Baudouin :

— Mais enfin, que me voulez-vous, sire ?

Tapi sous ses mousselines, le roi retrouvait les sensations de son adolescence quand il chassait. Le gibier approchait du piège.

— Askelon ! supplia Baudouin. Je veux y vivre le peu de temps qui me reste. Mais un roi ne peut pas s'établir chez autrui. Rends-moi cette ville, je t'en prie. Ou bien échangeons-la. Je te donnerai une autre cité. Aussi riche...

Guy de Lusignan se sentait pris au dépourvu. Ces seigneurs et ces clercs qui l'avaient jusqu'à ce jour ignoré le fixaient à présent. « On veut me mettre à l'épreuve ! se dit-il. On cherche à m'abaisser. On voudrait que je me montre faible. Ensuite, on dira que je suis veule et incapable de régner, juste bon à besogner la princesse... Pour qui me prennent-ils ? Ils vont voir ! »

— Askelon est à moi, sire, et je n'y renoncerai pour rien au monde. C'est ainsi ! Aucune considération de vos médecins ne vaut contre mon contrat de mariage avec votre sœur.

Guy, avec un léger sourire, croisa les bras haut sur le torse, et se rassit, convaincu d'en avoir imposé par sa force de caractère. Il se tourna vers son frère Aymeri et crut lire de l'admiration dans son air effaré. Un lourd silence pesait sur l'assemblée. La voix de Baudouin le rompit :

— C'est ton droit. C'est vrai. Tant pis pour moi. Et tant pis pour toi...

Guy comprit qu'il avait commis une erreur en voyant la consternation sur le visage des quelques hommes qui l'avaient toujours encouragé : Héraclius, tête basse, Gérard de Ridefort, les mains sur les oreilles comme s'il ne voulait pas entendre ce qui allait se dire.

— Tu as le droit de garder Askelon, reprit le roi. Et moi, j'ai le droit de te retirer la régence. Guy de Lusignan, je te décharge de la fonction à compter de cet instant.

Droit sur son siège, Guy ne bougeait pas. Il essayait de comprendre ce qui se passait, mais tout allait trop vite.

Le roi annonça aussi fort qu'il le put :

— Je nomme Raimond de Tripoli régent du royaume.

Une ovation salua la parole royale. Raimond se leva et s'inclina légèrement. Il traversa la salle à pas comptés, s'arrêtant pour échanger des embrassades avec Gautier, Balian, Baldwin, Réginald. Ils lui donnaient l'accolade en soufflant à son oreille des encouragements et des mises en garde. Des évêques s'avançaient pour le bénir. Il se mit à genoux, tête basse, et se signa.

— Je vois qu'on ne demande pas l'avis du patriarche ! tonna Héraclius en frappant sa crosse contre les dalles, mais nul ne lui prêtait attention.

Josselin s'éclipsa, la clef de la salle du trésor serrée au creux de la main ; il courait soustraire autant d'or qu'il le pourrait avant qu'il ne soit trop tard.

Gérard de Ridefort cracha sur le sol quand Raimond passa près de lui.

— Tu pourras compter sur mes Templiers comme j'ai pu compter sur la princesse de Batroun, gronda le grand maître.

Aymeri de Lusignan avait empoigné le col de son

frère et le secouait en l'insultant, le visage à deux doigts de celui de Guy.

— Empereur des sots ! Voilà ce que tu es !

Fouetté par l'insulte, Guy sortit de son hébétude et tenta de retrouver sa prestance.

— Tu oublies à qui tu parles, dit-il. Je suis...

— Tu n'es plus rien ! Plus rien ! Quand je pense à tout ce que j'ai fait pour toi.

— Mais il me tendait un piège.

— Et tu es tombé dedans comme un idiot ! hurlait Aymeri en secouant à nouveau son frère comme s'il allait le frapper. Sibylle s'interposa entre son époux et son beau-frère.

— Laissez-le ! cria-t-elle. Il sera roi ! Oui, mon amour, je te l'ai promis, tu seras roi ! Crois-moi...

Elle caressa la joue de Guy dont le menton tremblait.

Assis à côté d'Agnès, Renaud de Châtillon éructait en frappant ses cuisses du plat de la main.

— C'est Saladin qui va être content ! Le renégat, régent du royaume ! Décidément, à Jérusalem tout est possible... Je rentre à Kerak, dit-il à Agnès qui ne répondit pas.

Elle restait assise au fond de sa stalle, droite, figée, la mâchoire affaissée, le regard perdu, absente. Goliath, qui s'était glissé dans la salle en entendant les acclamations et le tumulte, se faufila vers la reine mère. Il lui secoua le bras, prit sa main et l'entraîna comme une somnambule.

Baudouin contemplait le spectacle qu'il venait de provoquer : l'exaltation autour de Raimond et l'accablement autour de Guy de Lusignan. Il respirait mieux, comme s'il avait brisé les chaînes qui l'étouffaient. Il remercia le Seigneur de l'avoir aidé à sauver le royaume.

Inclus dans la maçonnerie de la voûte, d'épais tessons de verre teinté laissaient passer une lueur diffuse. Des gouttes d'eau roulaient au plafond, grossissaient puis tombaient sur le sol en éclaboussures. La vapeur enveloppait les trois hommes nus, assis sur le banc de marbre. Dans l'opacité laiteuse, on ne discernait que leurs silhouettes. L'un était replet, l'autre tout en os et le troisième voûté par l'âge.

Oussama avait plus de quatre-vingts ans mais il conservait la santé et la joie de vivre d'un adolescent. « Le temps m'a oublié », disait-il souvent, avec la coquetterie de ces vieillards vénérables que les plus jeunes envient. Il était né en 1099, l'année même de la prise de Jérusalem par les croisés. Prince de Shaizar, que les Latins nommaient Césarée, il avait toujours vécu dans leur royaume. Il connaissait les Francs de près. Il ne les aimait pas, mais ne se lassait pas de les observer. Il écrivait des chroniques sévères et plaisantes sur les mœurs de ces gens qui occupaient son pays depuis sa naissance.

Un petit rire silencieux secoua ses épaules.

— Vous allez rire, mais vous n'allez pas le croire, dit-il à ses compagnons de hammam.

Le maigre auscultait le replet, lui tâtait l'abdomen, explorait la bouche, palpait les vertèbres depuis la nuque jusqu'aux reins.

— Rire sans y croire vaut mieux que pleurer en y croyant, répondit Maimonide sans interrompre ses investigations.

Il scrutait l'œil du sultan qui s'abandonnait à l'examen comme à un délassement.

— Maimonide a raison, approuva Saladin. Raconte et fais-nous rire. Même si ce n'est pas vrai.

— Mais c'est vrai ! assura Oussama. Ecoutez : c'était il y a trois jours, à Jérusalem. Avant de prendre la route de Damas pour rendre visite à mon sultan bien-aimé, je vais au bain. C'est le début de l'après-midi, le hammam est vide, sauf un Franj qui se fait masser par un Arabe. Evidemment, les deux hommes ont du mal à se comprendre. A leur demande, je fais l'interprète. « Veut-il que je lui rase les aisselles ? » me demande le soigneur. Le Franj accepte. « Veut-il que je lui rase le pubis ? » Le Franj veut bien et l'autre lui fait une peau de bébé. Le Franj est content, il paye et demande qu'on l'attende un instant. Une demi-heure plus tard, il arrive avec sa femme. Il la déshabille. Belle comme la lune ! Et quand elle est nue, il désigne le trésor de son épouse et demande à l'Arabe : « Fais-lui la même chose. »

— Il a demandé à un homme de raser sa femme ? s'écria Saladin dans un rire qui lui secouait le ventre. Tu as raison, c'est incroyable !

— Je vous l'avais dit.

— Et ensuite ? s'impatienta Maimonide.

— L'Arabe est parti en courant et en appelant Allah à son secours, conclut Oussama en égrenant quelques hoquets joyeux.

Il se leva pour puiser de l'eau fraîche et s'en asperger.

— Les Franjs me surprendront toujours, ajouta-t-il.

— Ils n'ont pas d'honneur, trancha Saladin.

— Sauf celui qui m'envoie, rectifia Oussama soudain devenu grave. Tu le sais, puisque tu le connais. Il m'a dit que vous aviez joué aux échecs un jour, à Baalbek, il y a une dizaine d'années.

Raimond de Tripoli avait choisi son messager avec discernement : célèbre par ses chroniques, Oussama ibn Mounquid appartenait à une noble famille, ancienne et respectée. Durant toute sa vie, il avait tenu tête au royaume. Il y vivait en rebelle, toujours à la merci d'une arrestation ou d'une expulsion. Les musulmans de Syrie, où il se rendait parfois, admiraient sa longévité et son courage. Oussama était une légende vivante. Quand il séjournait à Damas, le sultan aimait le recevoir et rire en écoutant ses histoires sur les Francs.

Le régent ne pouvait trouver meilleur ambassadeur de paix auprès de Saladin. Encore avait-il fallu convaincre le vieux sage de jouer ce rôle. Raimond l'avait fait venir à Jérusalem et l'avait reçu toute une journée à la citadelle de David, lui parlant seul à seul dans l'ombre parfumée du petit jardin. S'exprimant parfois en arabe, il avait avancé des propositions, répondu aux objections et désarmé le scepticisme de son interlocuteur. Raimond avait réussi à convaincre le vieil irrédentiste de se faire son interprète auprès de Saladin.

— Je crois qu'il est sincère, dit Oussama. Il voudrait la paix, mais il sait que tu ne la veux pas. Tu le lui as dit quand vous avez signé une trêve à Baalbek. Alors, à défaut de paix, il te propose une nouvelle trêve. Pour dix ans.

C'était la durée dont Raimond était assuré à la tête du royaume en attendant la majorité de Baudouinet.

— Dix ans ! s'exclama le sultan qui se leva en s'essuyant. Dix ans sans prendre les armes pour délivrer Jérusalem ?

— Il dit que tu n'auras pas trop de ce temps pour venir à bout des Zenguides, des Assassins et des Fâtimides.

— C'est un malin. Je le connais. Il t'a raconté ça mais je vais te dire la vraie raison des dix ans : il espère que nous finirons par oublier Jérusalem.

— Il dit que s'il devient roi, il laissera les pèlerins musulmans venir à Jérusalem prier à Al-Aqsa et à Haram el-Charif.

— Il s'est moqué de toi. Ils ont profané nos mosquées pour en faire le siège des maudits Templiers.

— Mais leur grand maître Ridefort est son pire ennemi. Raimond se fait fort de le soumettre dès qu'il en aura les moyens. Et il les aura, car il sera roi.

— Et Baudouin ?

— Presque mort. Il a donné tous les pouvoirs à Raimond.

— Et l'autre Baudouin ? L'enfant qu'ils ont couronné ?

— Très fragile. Il ne vivra pas longtemps. Raimond de Tripoli est tout près de devenir roi.

Les trois hommes sortirent du bain pour se reposer dans une pièce moins chaude et plus sèche, enveloppés dans des linges de coton. On leur apporta du thé et des sucreries.

— S'illustrer par la guerre ou par la paix ? questionna Maimonide. Mon maître Averroès aurait aimé cette controverse.

— Une guerre sainte ou une paix indigne ? Il n'y a pas de quoi discuter, jugea le sultan.

— Tout dépend du point de vue, insista Maimonide. Quand deux peuples se font la guerre, chacun la croit juste.

— Et Allah ? C'est Lui qui choisit les justes.

— Chacun a son Dieu et chacun est donc le juste aux yeux de son Dieu.

— Si on nous entendait ! fit mine de s'offusquer Saladin qui se releva pour nouer autour du ventre un pagne blanc. Des conversations de mécréants ! Voilà ce que c'est que de prendre son bain avec un médecin juif et un musulman qui vit chez les Franjs.

Il frappa dans les mains, des serviteurs entrèrent pour le vêtir.

— Je ne suis pas d'humeur à déposer les armes. Au contraire : je vais en finir avec le Vieux de la Montagne, dit-il à Oussama pendant qu'on l'aidait à enfiler sa tunique. L'armée est à pied d'œuvre près de Massiaf et je pars la rejoindre. J'y serai dans trois jours. Reste à Damas et attends-moi. A mon retour, j'aurai la tête du Vieux. Je te donnerai une mèche de ses cheveux que tu porteras de ma part à Raimond. Il appréciera car ce sont les Assassins qui ont égorgé son père, n'est-ce pas ? Ce sera mon remerciement pour son offre d'entente. En même temps, il saura que je me suis débarrassé de mon pire ennemi et qu'une trêve avec les Franjs ne m'intéresse pas.

Sibylle entra dans la salle d'armes du château d'Askelon. Guy de Lusignan qui endossait ses vêtements de guerre salua son épouse d'un petit grognement. Depuis sa révocation, il lui adressait à peine la parole. Il ne la touchait plus et désertait souvent leur couche, laissant sa femme se torturer à l'idée de ce qu'il faisait de ses nuits. Elle avait entendu des allusions à propos d'une Circassienne aux cheveux rouges.

— Mon frère est fou, lâcha-t-elle. Son mal lui dévore la cervelle.

Puisqu'elle voulait en parler, Guy allait lui dire ce qu'il ruminait depuis huit jours.

— Et ta mère qui ne dit rien ! Elle qui dirigeait tout.

— Mais elle ne peut plus parler, gémit Sibylle. Depuis ce jour maudit, elle est à moitié paralysée. Ne t'en prends pas à elle. Elle souffre autant que nous. Fais-moi confiance et je te...

— Je fais surtout confiance à moi-même, figure-toi.

Sibylle éclata en sanglots.

— Tu ne veux plus de moi. Tu veux que je parte ?

Il aurait volontiers épanché sa colère en lui disant qu'il serait bien aise de ne plus la voir tourner autour de lui comme une mouche mais il se ravisa : Sibylle était son seul lien avec la couronne. Il devait la ménager.

— C'est moi qui pars, annonça-t-il avec solennité. Je vais laver mon honneur dans le sang.

Sibylle cessa de pleurer et l'inquiétude envahit son visage.

— Que vas-tu faire ?

— Une action d'éclat. Si tout va bien, je serai de retour ce soir.

— Guy, mon amour ! Toi, tu n'as peur de rien, mais moi je tremble.

— Que Dieu me protège !

Et Guy sortit de la salle d'armes d'un pas martial, laissant Sibylle à ses soupirs. Dans la cour ensoleillée, une trentaine de cavaliers l'attendaient : ses vassaux des comtés d'Askelon et de Jaffa, des soldats de la garnison, de jeunes chevaliers et une poignée de mercenaires. Ils montèrent en selle, sortirent de la citadelle et franchirent les portes de la ville sans savoir où les emmenait Guy de Lusignan.

Deux lieues plus loin, il arrêta sa monture. Les hommes firent cercle autour de lui. Il aimait haranguer.

— Le lépreux a pissé sur mes chausses, nous allons lui caguer sur la tête ! commença-t-il au milieu des rires.

Il avait préparé cette phrase pour montrer qu'il parlait en guerrier et qu'il n'était pas le courtisan insipide que les « Poulains » tournaient en dérision. « Ils ont cru que je n'étais que le mari de la princesse. Ils vont voir qui je suis... » se réjouissait-il depuis qu'il avait imaginé cette expédition.

— Puisqu'il a cru bon de m'écarter de Jérusalem,

je vais lui montrer que je suis le maître dans mon comté.

Les vassaux hochèrent la tête sans savoir ce qu'il allait ordonner.

— Nous allons nous débarrasser de ces bédouins qui font pâturer leurs chameaux et leurs chèvres sur mes terres.

— Mais ils en ont le droit, rappela le vieux Guillon, chef de la garnison d'Askelon. C'est un privilège qui leur est accordé par le royaume.

— Justement, rétorqua Guy en foudroyant l'insolent, on verra bien qui est le maître ! Ce n'est pas le lépreux, ce ne sont pas les Poulains, c'est moi ! Le lépreux tolère les bédouins ? Pas moi ! Et ici je suis chez moi.

— Mais c'est une vieille entente, insistait Guillon, elle nous est utile. Ils nous préviennent quand les Arabes ou les Turcs se préparent à nous attaquer. Ce sont nos espions.

— Et toi tu es un traître ! hurla Guy de Lusignan. Rentre immédiatement à Askelon. Nous jugerons ton cas ce soir. Que deux chevaliers l'accompagnent et le tiennent fermement sous leur garde. Attachez-le !

Guillon s'éloigna sous bonne escorte, tête basse et mains liées derrière le dos. Guy et sa troupe repartirent et chevauchèrent pendant une heure jusqu'au camp des bédouins.

Depuis plusieurs générations, ces nomades venaient sur les terres des Francs. Ils y trouvaient de l'herbe et de l'eau pour leurs chameaux et leurs ânes. Les hommes chassaient et faisaient du commerce avec Askelon. Au milieu d'une trentaine de tentes de laine brune, des femmes et des enfants regardaient sans inquiétude les cavaliers qui approchaient. Des gamins dépenaillés s'amusaient à agacer une chèvre. Des bédouines aux seins énormes étendaient du linge que leurs filles portaient dans un panier. Des vieillards édentés jouaient aux dés, assis devant leur tente. A cette heure, la plupart des hommes étaient partis à la chasse. Il ne restait qu'une dizaine de sentinelles armées de bâtons pour écarter les bêtes sauvages ou les rôdeurs du désert.

Guy de Lusignan cala la lance sous son bras et cria.

— Avec moi ! A l'attaque ! Courage !

Ils chargèrent au galop, dévastèrent le camp, massacrèrent tous ceux qui s'y trouvaient, incendièrent les tentes, tuèrent le bétail et repartirent vers Askelon en ne laissant derrière eux que des cendres fumantes jonchées d'unc centaine de cadavres éventrés ou calcinés.

Les chevaliers ne desserraient pas les dents et baissaient la tête. Seul Guy de Lusignan était fier de lui.

Entouré de ses frères et de ses officiers, Saladin, droit sur sa selle d'apparat, inspectait le camp dressé par son armée. Les soldats ayoubides avaient acquis le sens de l'organisation et de la discipline. Les tentes s'alignaient dans un ordre irréprochable, les hommes s'affairaient à entretenir leur matériel et l'équipement de leurs chevaux. Avec trois mille combattants, comment ne prendrait-il pas Massiaf et tous les maudits qui vivaient là-haut autour du Vieux de la Montagne ? Par trois fois en moins de dix ans, le chef de la secte avait envoyé ses Assassins tuer le sultan. Il n'avait échappé à leurs lames empoisonnées que grâce à la protection d'Allah, à la solidité de la cotte de mailles qui le couvrait jusqu'au cou et à l'épaisseur du casque de métal sous son turban de soie blanche.

Cette fois-ci, Sinan serait le gibier et Saladin le chasseur. Il arrêta sa jument pour observer la montagne. Le djebel Summak élevait une paroi verticale. Dans cette muraille colossale, une fente s'ouvrait depuis le sommet jusqu'au pied du roc. Cette faille naturelle permettait de pénétrer dans la profondeur du massif, comme une porte secrète entrebâillée sur un monde terrifiant. C'était le seuil de l'antre des Assassins. D'après ce que l'on disait, cette crevasse sinuait longtemps. Sente obscure entre les parois qui montaient droit jusqu'au ciel, elle serpentait jusqu'à un escalier abrupt et vertigineux dont les milliers de marches taillées dans la roche s'envolaient jusqu'à la citadelle des cimes. Selon les légendes, plusieurs dizaines de familles habitaient sur ces sommets dans un village troglodyte creusé par leurs ancêtres qui, fuyant les persécutions, s'étaient établis dans ce nid d'aigle une centaine d'années plus tôt. Cultivant des champs et des vergers en terrasse, élevant leur bétail sur le haut plateau et tissant leurs vêtements, les Assassins vivaient retirés sur ce toit du monde.

Ne descendaient parmi les autres hommes que ceux qui partaient tuer et mourir. C'était la raison d'être de la secte entièrement vouée au meurtre. Elle avait son élite : de jeunes hommes robustes, sélectionnés depuis leur enfance. La vie de la communauté s'organisait autour de leur préparation physique et mentale.

Chaque matin, ils apprenaient à tuer. Leur instructeur ne leur enseignait pas le maniement du sabre ni de la lance. Ils ne livreraient jamais de batailles rangées. Leur seule arme était le couteau qui se dissimule aisément. Le jour venu, le sicaire se mêlerait à la foule sous un déguisement de mendiant, de marchand ou de portefaix. Il se faufilerait, approcherait la proie, lui sauterait dessus, se cramponnerait comme une bête sauvage et l'égorgerait, l'éventrerait ou lui planterait sa lame dans le cœur. L'assassin tomberait et mourrait avec sa victime, transpercé par les sabres des gardes, au milieu des hurlements et des éclaboussures de sang.

Ainsi frappaient les envoyés de Sinan.

Au milieu de la journée, couverts de sueur et le souffle court, ils prenaient un moment de repos, se lavaient et priaient. Ensuite, ils déjeunaient de légumes et de mouton grillé en mordant dans le pain bâtini, ces galettes rondes préparées selon une recette que les femmes de la secte se transmettaient depuis des générations.

L'après-midi, le Vieux de la Montagne les préparait à mourir. Il avait une grande expérience de la nature humaine et savait qu'il était vain de chercher à juguler la peur de la mort. Elle pouvait resurgir à l'instant fatal. Le jeune homme le mieux endoctriné n'était pas à l'abri d'une faiblesse et de la tentation ultime de sauver sa vie. Le Vieux de la Montagne ne cherchait donc pas à ôter à ses disciples la peur de mourir : il leur inculquait le désir de la mort. Pas n'importe quelle mort : celle des martyrs immédiatement appelés au paradis d'Allah. Il leur lisait le Coran en revenant toujours aux sourates dans lesquelles le Prophète décrit les bonheurs promis à ceux qui se sacrifient. Afin d'aiguiser leur impatience, le Vieux leur faisait entrevoir les plaisirs qui les attendaient et leur permettait même d'y goûter. Certains soirs, il choisissait deux ou trois de ses meilleurs disciples et les convoquait chez lui, dans la plus haute maison du village. Des jeunes filles vêtues de voiles transparents leur apportaient des coupes pleines de liqueur de chanvre. Ensuite, elles s'abandonnaient aux ardeurs des futurs martyrs dans des bacchanales qui duraient toute la nuit.

Quand ils revenaient à eux, les coupes étaient vides et les houris avaient disparu mais l'écho de la volupté résonnait dans leurs corps. Alors, à genoux, ils suppliaient le Vieux de la Montagne de les envoyer au plus vite gagner leur paradis.

Saladin n'avait pas trouvé de volontaires pour aller explorer le boyau conduisant à l'escalier des Assassins. Il avait donc désigné lui-même une vingtaine d'éclaireurs, choisissant les plus vaillants et les plaçant sous les ordres de Yazgoch, un soldat calme et expérimenté. Le sultan les avait regardés partir au trot jusqu'à l'entrée de la crevasse si étroite qu'ils s'y étaient engagés l'un derrière l'autre, au pas, les genoux frottant contre la roche. La faille les avait avalés.

Deux heures plus tard, la montagne les expulsa comme on crache des noyaux. Ils jaillirent de la fente l'un après l'autre, agrippés à l'encolure de leurs chevaux au triple galop à travers un terrain rocailleux, au risque de se rompre les os, comme si des hordes de démons invisibles étaient à leurs trousses.

Arrivé devant le camp, Yazgoch sauta à terre. Lui et ses hommes étaient blêmes, tremblants, le regard halluciné.

— Nous avons vu le Vieux de la Montagne. Immense au sommet d'un rocher. Son visage donnait une lumière plus forte que le soleil. On ne pouvait pas le regarder en face.

— Et j'étais paralysé, ajouta un cavalier kurde, la main sur la poitrine. J'ai eu si peur que mon cœur va éclater.

Le sultan empoigna sa barbe et s'arracha trois poils.

— Vous êtes des enfants ! Il y a une ruse là-dessous !

— Et il nous a crié qu'il viendrait te voir cette nuit. Sa voix est comme le tonnerre. Elle grondait dans la crevasse.

— Illusion ! cria Saladin. C'est ta peur que tu as entendue.

— Mais nous l'avons tous entendu, confirma l'un des compagnons de Yazgoch.

— Vous aviez tous peur, voilà tout !

— Et les chevaux ? Ils se cabraient. Ils avaient l'œil fou...

— Ça suffit ! Taisez-vous ! ordonna le sultan. Maintenant nous savons qu'il est bien là. Demain, j'irai avec toute l'armée, je ramènerai ce démon shiite à Damas et je le ferai empaler devant la grande mosquée pour être agréable à Dieu.

Au crépuscule, Saladin n'avouait pas son inquiétude, mais elle le rongeait. Le chef de sa garde doubla le nombre des sentinelles autour du pavillon. Tous les cinq pas, il posta un homme muni d'une torche, le sabre à la main. On y voyait comme en plein jour. Seul un être invisible aurait pu passer. A l'intérieur, le sultan priait et luttait contre l'angoisse. Malgré la fraîcheur de la nuit, il était couvert de sueur. Bien après minuit, il se coucha. Il tournait en tout sens pour trouver le sommeil quand, soudain, il vit dans le clair-obscur une ombre approcher en silence. Immobile, les yeux écarquillés, le sultan retint son souffle. L'homme était tout près. Il leva un bras armé d'une lame fine et courbe qu'il planta d'un coup violent dans le bois de la table, au chevet du lit. Et il disparut comme par enchantement.

Saladin s'assit et poussa un hurlement de terreur. Ses gardes firent irruption, fouillèrent derrière les tentures, dans les coffres, sous les brûle-parfums : ils ne trouvèrent rien. On aurait pu croire à un cauchemar mais sur la table incrustée de nacre, il y avait un pain bâtini et un morceau de papier cloué par un poignard effilé dont la lame portait les traces noires d'un poison. D'une main tremblante, Saladin arracha le couteau, prit le message et lut les quelques mots écrits en lettres de sang *« Tu es en notre pouvoir. »* L'ennemi était invincible. Le Vieux de la Montagne avait des dons surnaturels, le sultan n'en doutait plus. Il ordonna de réveiller les soldats et de replier le camp. Saladin rentra à Damas sans la tête de Sinan. Il fit venir Oussama et lui annonça qu'il acceptait la trêve de Raimond.

L'ost avançait vers Askelon, lentement, à l'allure de la litière royale entourée des chevaliers conduits par le régent Raimond de Tripoli. Baudouin regardait la plaine où, avec une poignée d'hommes, il avait jadis tenu en respect Saladin et son armée. Comme ce jour-là, la ville avait fermé ses portes : ordre de Guy de Lusignan.

Dès qu'il avait appris l'arrivée du roi, Guy avait fait verrouiller les entrées et évacuer les échoppes, les rues et les places. Chacun devait rester chez soi. Des sergents d'armes y veillaient et interdisaient à quiconque l'accès du chemin de ronde. Nul ne devait se montrer au roi. Il ne verrait personne, sinon Guy et Sibylle. Ils surveillaient son arrivée, aux aguets derrière un merlon, au-dessus de la porte principale devant laquelle s'immobilisa la litière posée sur un char tiré par deux chevaux. Sur un signe de Baudouin, quatre porteurs soulevèrent le plateau de la couche et l'amenèrent contre le bois clouté des battants clos. Les voiles s'écartèrent sur un moignon pansé qui toucha l'huis par trois fois. Ce n'était pas le geste dérisoire d'un infirme, mais un acte royal de grande portée. Ces trois coups symboliques contre la porte de la cité signifiaient que la ville n'appartenait plus à son seigneur et que le roi prenait possession d'Askelon. Le mesel avait déchu son beau-frère de tous ses titres en apprenant le massacre des bédouins au mépris de la parole donnée. Raimond, qui avait informé Baudouin des exactions de Guy, n'avait pas eu à le convaincre de sévir. Au contraire, le lépreux avait même décidé, contre l'avis de tous, d'aller en personne à Askelon prononcer la déchéance de celui qu'il ne nommait plus « Guy » ou « beau-frère », mais « le félon ».

Trente pas derrière le roi, Raimond, les seigneurs et les chevaliers de l'ost attendaient, immobiles sous le soleil, dans un silence troublé par le bourdonnement des mouches. Pas un bruit ne venait de la ville claquemurée.

Soudain, Guy de Lusignan et Sibylle apparurent au créneau du rempart, juste au-dessus de Baudouin qui leva la tête et vit deux ombres noires découpées sur le ciel d'azur. Il aurait voulu hurler pour les maudire mais il n'avait plus de voix. Il n'exhala qu'un râle. Au sommet du mur, les bras croisés, Guy de Lusignan baissait les yeux d'un air condescendant sur le lépreux qui, en bas, se contorsionnait pour lever la tête. « Un animal difforme, un monstre... » se disait Guy qui lança :

— L'air est pur ici, et vous le corrompez par votre présence puante. Rentrez croupir à Jérusalem !

A côté de Raimond de Tripoli, Baldwin de Ramallah bafouilla :

— Quand fe pense que Fibylle aime un tel homme !

— Et moi, quand je pense que tu aimes encore une telle femme... Mais, pour Lusignan, tu as raison : il est pire que tout ce qu'on m'avait dit de lui.

— Qu'allons-nous faire ? demanda Balian de Naplouse.

— Assiéger la ville, la reprendre et chasser ce félon annonça Raimond. J'en ai parlé en chemin avec le roi. Il devinait que son beau-frère ne se soumettrait pas, mais il voulait respecter les règles et venir lui-même proclamer la déchéance. Maintenant nous pouvons installer...

A cet instant, dans une galopade effrénée, trois cavaliers suivis d'un panache de poussière déboulèrent sur la route venant de Jérusalem. Ils immobilisèrent leurs montures devant le régent. D'un revers de la main, le messager ôta le sable de ses lèvres :

— La reine mère Agnès est morte, annonça-t-il à Raimond.

— Allez le dire au roi.

L'homme alla, au pas, vers Baudouin et, de loin, les mains en porte-voix, lui lança :

— Votre mère est morte, sire !

En réponse, on entendit un cri de rage s'élever du rempart : c'était Sibylle, la bouche ouverte vers le ciel, hurlant sa douleur. Elle vibrait de colère. Elle se pencha au-dessus de son frère.

— C'est toi qui l'as tuée ! Tu n'es qu'une limace pourrissante ! cracha-t-elle.

En bas, tassé sur sa couche, Baudouin n'éprouvait ni tristesse, ni soulagement. Dans la vacuité de son cœur il cherchait des mots de circonstance pour traduire une émotion qu'il ne ressentait pas. « Je vais bientôt te rejoindre, mère », murmura-t-il sans en être convaincu : après avoir tant souffert ici-bas, il monterait au paradis, il n'en doutait pas, mais sa mère ?

Le roi demanda à Raimond d'ordonner le retour vers Jérusalem. Il ne pouvait pas se battre contre sa sœur pendant leur deuil.

Les obsèques eurent lieu au Saint-Sépulcre, trois jours plus tard, devant une maigre assistance. Héraclius officiait avec une émotion sincère, ce qui lui arrivait rarement. Sans mésestimer ses propres talents, il savait ce qu'il devait à Agnès.

La complicité des amants d'autrefois s'était transformée en alliance politique. Depuis longtemps, leur relation ne devait plus rien aux sens. Pâque de Riveri, la belle Génoise qui partageait les nuits et les siestes d'Héraclius, était plus appétissante qu'Agnès et aussi gourmande, mais en bénissant ce corps auquel il avait donné du plaisir, les souvenirs lui revenaient à l'esprit.

Durant toute la cérémonie, Sibylle et Baudouin ne s'adressèrent pas la parole. Ils savaient qu'ils ne se reverraient plus jamais : leur dernier lien se rompait.

On coucha la dépouille dans un sarcophage de pierre de la nécropole, derrière la basilique. Après une dernière bénédiction, le patriarche, suivant l'usage, raccompagna la litière du roi jusqu'au parvis où ils se séparèrent sans un mot.

Héraclius regagna la sacristie. Deux diacres l'attendaient pour le débarrasser de ses lourds ornements brodés d'or et l'aider à revêtir un vêtement souple et léger. Pendant ce temps, assis sur un prie-Dieu dans un coin de la pièce, Goliath arrachait une à une les pattes d'une mouche qu'il venait de capturer d'un revers de la main. La mort d'Agnès n'avait pas attristé le nain. Elle l'avait trop souvent rudoyé. Au contraire, il avait ricané en la découvrant morte l'autre matin. N'ayant plus à la craindre, il s'était vengé de ses humiliations en faisant quelques grimaces, en la traitant de « vieille chèvre lubrique » et en lui chatouillant les pieds, froids et blancs. Une fois passé ce moment de gaieté, Goliath s'était ravisé. Il n'y avait pas de quoi se réjouir : il avait perdu sa protectrice. Dans cette tour de David, désormais tenue par Raimond de Tripoli et hantée par le lépreux, il craignait de connaître un mauvais sort. Avec la vivacité que donne l'instinct de survie, il avait aussitôt résolu de prendre un nouveau protecteur. « Il me faut un maître puissant et qui sache apprécier les services d'un homme tel que moi. » Goliath n'avait pas eu à réfléchir longtemps avant de penser à Héraclius. C'est ainsi qu'après la mort d'Agnès, le nain devint l'âme damnée du patriarche.

— Je pars seul. Je serai de retour avant la nuit, dit Raimond à ses écuyers en montant en selle devant les écuries de la citadelle de David.

Une heure plus tard, le régent galopait, solitaire, sur la crête du mont des Oliviers vers un petit sanctuaire blotti derrière un rideau de cyprès. Il mit pied à terre devant le portail, lia les rênes de sa monture à une branche et entra dans un cloître ombragé. Au fond de la galerie, un homme de grande taille mais très voûté se tenait immobile devant une fenêtre. Il regardait Jérusalem, en face de lui, de l'autre côté du val du Cédron. Raimond s'approcha sans un mot et posa la main sur l'épaule de Guillaume de Tyr qui se tourna vers lui, des larmes dans les yeux. Ils contemplèrent un instant la ville que le couchant éclairait d'une lumière chaude.

— Pourquoi se retrouver ici en secret ? demanda Raimond.

— Pour jouir de ce spectacle. C'est le plus bel observatoire sur la Ville sainte, répondit Guillaume avec un triste sourire.

— Bien. Quand vous aurez fini d'admirer, vous m'accompagnerez à Jérusalem. Vous vous installerez à la tour de David. Vous serez à mes côtés. Vous redeviendrez chancelier.

— Non, Raimond, je te l'ai déjà dit dans mes lettres.

— Mais pourquoi ? J'ai besoin de vous. Agnès est morte mais ses complices sont toujours là.

— Tu sais bien pourquoi.

Guillaume de Tyr, excommunié par Héraclius, n'avait plus le droit d'entrer dans une église et surtout pas au Saint-Sépulcre où veillaient les gardes du patriarche. Guillaume se refusait absolument à poser le pied dans la Ville sainte tant qu'il ne pourrait pas aller prier sur le tombeau du Christ.

— A cause de ce démon d'Héraclius ! enragea Raimond. Mais, enfin, c'est moi le régent ! C'est avec moi que vous serez. Pas avec ce chien !

— Ce chien, ce démon, comme tu dis, c'est le patriarche. Et moi, je suis un clerc frappé d'interdit. Je veux bien servir le royaume à tes côtés, si Dieu m'en donne encore le temps. Mais je ne peux pas vivre à Jérusalem en exclu de la chrétienté. Je dois d'abord m'employer à sauver notre Eglise d'Orient, dirigée par un indigne. Je vais aller voir le pape et lui dire ce qui se passe ici. Je sais qu'il a lu mes chroniques et qu'il me fait confiance. Quand le Saint-Père aura levé mon excommunication, je reviendrai travailler avec toi.

— Alors, faites vite.

— En attendant, j'ai trouvé un continuateur pour mes travaux. C'est un laïc qui servait Balian de Naplouse. Pendant mon absence, il tiendra ma chronique. Arnoul ! appela Guillaume en se tournant vers le jardin qui fleurissait à côté du cloître.

Un homme d'une trentaine d'années entra dans la galerie et vint s'incliner devant Guillaume de Tyr et Raimond de Tripoli. Il le fit sans obséquiosité. Une lueur ensoleillait son regard. Guillaume prit la main droite d'Arnoul.

— Que Dieu guide ta plume.

— J'écrirai le vrai et le juste, monseigneur. Vous en jugerez à votre retour.

— Reçois-le souvent et parle-lui, demanda Guillaume à Raimond. Afin d'accomplir son travail, il doit connaître les raisons de tes actes de gouvernement.

— Je vais commencer tout de suite, dit Raimond. J'ai proposé une trêve à Saladin. Il l'accepte. Vous êtes les premiers à l'apprendre. Mon émissaire vient de rentrer de Damas.

— Qui était-ce ? demanda Guillaume.

— Le vieil Oussama. Il m'a apporté un message du sultan qui souscrit à une trêve de dix ans.

— Grâce au ciel ! exulta Guillaume.

— Vous ne parliez pas ainsi, jadis, quand j'avais conclu un premier armistice avec le sultan.

— Bien des choses ont changé depuis ce temps, soupira Guillaume. Saladin tient tout : l'Egypte, la Syrie et bientôt la Mésopotamie. Il est fini le temps où nous pouvions jouer des Turcs contre les Arabes, des Fâtimides contre les Abbassides, du calife du Caire contre celui de Bagdad... Les rois d'Occident nous ont oubliés et l'Empire byzantin nous hait. Nous sommes seuls, Raimond.

— Vous ne m'apprenez rien, monseigneur. Je l'ai toujours su. Je n'ai jamais rien attendu de Constantinople ni de l'Occident. Aux yeux des Grecs nous sommes des Francs, c'est-à-dire des Barbares de l'Ouest. Aux yeux des Francs, nous sommes des Orientaux, c'est-à-dire des transfuges. Les uns et les autres nous méprisent.

— Quand je serai à Rome, promit Guillaume de Tyr, je demanderai au Saint-Père d'exiger des renforts pour notre royaume. Le pape a les moyens d'obliger le roi de France, l'empereur d'Allemagne ou le roi d'Angleterre à nous envoyer des seigneurs et des chevaliers qui...

— Monseigneur Guillaume, je vous en prie ! Surtout pas ! Que voulez-vous que l'Occident nous envoie ? Un nouvel Héraclius, un autre Gérard de Ridefort, un nouveau Renaud de Châtillon, encore quelques Lusignan ? Voilà ce qui nous vient de l'Outre-mer ; des gens qui ne comprennent rien à ce pays où nous sommes nés, vous et moi. Des gens qui nous pillent et nous conduisent à la guerre. Moi, la guerre, je veux l'empêcher. D'abord, parce que nous la perdrions. Ensuite, parce que le temps est venu de trouver une entente durable entre natifs d'Orient. Saladin finira par comprendre que nous sommes de cette terre tout autant que lui. A condition que des aventuriers ne viennent pas mettre le feu partout.

Raimond se tourna vers le jeune Arnoul qui écoutait la conversation avec une attention scrupuleuse, gravant les mots dans sa mémoire afin de les restituer sur les pages de la chronique.

— Voilà ce que tu dois comprendre, Arnoul, reprit Raimond. Je veux que cette terre reste nôtre. Nos ancêtres l'ont conquise par la force, mais nous ne la garderons que dans la paix avec nos voisins. C'est ma conviction et ce sera ma politique.

— Es-tu fou ? Es-tu sage ? demanda Guillaume de Tyr. Je ne me risque pas à le dire. Mais tu sais où tu veux aller et c'est ta force. Que Dieu te protège.

Le jour finissait sur un souffle frais qui faisait osciller les cyprès. Raimond ne voulait pas alarmer inutilement sa garde par une longue absence. Il demanda une bénédiction à Guillaume de Tyr qui posa sa main sur le front de son ami. Ils se séparrent dans la pénombre. Raimond descendit du mont des Oliviers pour rentrer à Jérusalem pendant que Guillaume de Tyr et son disciple Arnoul s'enfonçaient dans la nuit de Judée sous un ciel piqueté d'étoiles.

En ce matin d'avril, vers dix heures, le palais du patriarche Héraclius résonna tout à coup des cris et de l'agitation des femmes. Elles s'interpellaient, les vieilles envoyaient les jeunes chercher des linges et de l'eau chaude. Elles couraient en tout sens dans la cour intérieure où coulait une fontaine parfumée. Sur cette cour s'ouvrait une chambre décorée de boiseries sculptées. Accroupies sur le lit, les matrones murmuraient des conseils à la parturiente et glapissaient des ordres aux servantes.

Il y eut un cri plus long, plus fort, suivi d'exclamations de joie. L'enfant de Pâque de Riveri et du patriarche Héraclius venait au monde. Sur le seuil de la pièce, les yeux écarquillés, la petite Sarah, à peine âgée de sept ans, ouvrait de grands yeux noirs pleins de curiosité et d'émotion. Elle comprenait ce qui se passait. Quand elle entendit que c'était une fille, elle partit en courant dans la rue. Tignasse brune dénouée, les pieds nus, elle se glissa dans la foule des passants et des pèlerins. Sarah était la fille d'une servante arménienne attachée au service de Pâque de Riveri. Elle voulait être la première à annoncer la nouvelle au maître. Peut-être allait-il la récompenser. Elle entra dans la basilique, erra le long des chapelles latérales, se demandant où elle pourrait le trouver quand, passant devant une porte entrouverte, elle entendit cette voix grave et puissante qui n'appartenait qu'à lui.

Héraclius avait réuni le chapitre des chanoines du Saint-Sépulcre. Devant son clergé, il arpentait la salle à grands pas en fulminant contre Raimond :

— Un scandale vous dis-je : dix ans de trêve avec les infidèles ! C'est la négation de notre mission sacrée. Comment peut-on pactiser avec les mahométans ? Dans l'égarement de la maladie, notre sire roi a choisi pour régent un déserteur de l'armée du Christ, un mécréant, un renégat ! Je vous ai réunis pour vous alerter et afin que notre sainte Eglise, par votre bouche...

— C'est une fille, monseigneur ! cria une petite voix. Et votre dame va bien.

La petite Sarah s'était glissée par la porte entrebâillée. Le visage fendu d'un sourire éclatant, elle se demandait pourquoi le maître ne disait rien et la regardait si méchamment, bouche bée, immobile, les bras ballants, au milieu de la salle. Sarah pensa qu'il était déçu de ne pas avoir un fils. Elle repartit, la larme à l'œil, en se disant qu'elle n'aurait pas de récompense.

Un instant plus tard, Héraclius, furieux, entra dans la sacristie en jetant sa chasuble dans un coin et son étole dans un autre. Les diacres repliaient et rangeaient les ornements sacerdotaux. Sur un geste impatient du patriarche, ils s'inclinèrent et se retirèrent sur la pointe des pieds, laissant Héraclius et Goliath seuls dans la pièce. Le nain ouvrit une armoire basse, prit un flacon de liqueur de dattes et servit un verre à son maître.

— Si tu savais ce qu'une morveuse de ma maison vient de me faire... J'ai dû mettre fin à la réunion. Petite vipère !

— J'ai tout vu, avoua le nain. J'étais derrière la tenture. Elle l'a fait exprès. Elle a l'œil sournois.

— C'est bien possible. Elle mérite le fouet.

— Jusqu'au sang, monseigneur. Et je vais m'en charger. Elle est à ma hauteur, cette petite.

— Tu as l'air content, grogna Héraclius.

— Certes, et vous allez l'être autant que moi.

— Ces jeux-là ne m'amusent pas. Mais, toi, ne te prive pas.

— Je vous parle d'autre chose, monseigneur, chuchota Goliath.

Il s'approcha du patriarche et se haussa sur la pointe des pieds.

— J'ai appris des choses sur Guillaume de Tyr, annonça-t-il avec un air satisfait.

Depuis des mois, Héraclius cherchait en vain la trace de son ennemi qui se cachait chez des amis de Raimond, quelque part dans le mont Liban.

— Où est-il, ce malfaisant ?

— Je sais pas exactement. Ce que je sais, c'est qu'il prendra le bateau le mois prochain.

— Pour aller où ?

— A Rome.

Héraclius, ébranlé par cette mauvaise nouvelle, avala la liqueur d'un seul coup. « Sinistre vieillard ! se disait-il. Il va voir le pape, il va baver sur moi, il va demander la levée de son excommunication... Il faut empêcher ça ! »

— Toi, Goliath, tu sais comment t'y prendre avec ceux qui gênent, n'est-ce pas ?

— Je suis à votre service, monseigneur.

— Saurais-tu quel bateau ?

— Je sais tout. Le port, la date du départ et le nom du bateau : le *Saint-Jean*.

— Bien, bien... Notre regrettée Agnès m'avait dit

qu'on pouvait se fier à toi. Et saurais-tu comment faire ?

— J'ai mon idée, monseigneur. En fait, il ne me manque qu'une chose.

— Dis-moi.

— Une bourse pleine d'or, monseigneur, répondit le nain en tendant la main.

En riant, Héraclius ébouriffa les cheveux raides et gras de Goliath, puis il fit mine de réfléchir.

— Que fais-tu de tout ce que tu me soutires ? Les filles d'Acre ou de Jaffa ne sont pas si chères...

— Mais ce n'est pas pour moi, monseigneur. C'est pour acheter les complicités nécessaires.

— Tu l'auras, ta bourse. Et débarrasse-moi de cette vieille pieuvre de Guillaume. Maintenant, il faut que je rentre auprès de Pâque, s'avisa Héraclius.

— Je vous accompagne, monseigneur. Moi, je vais m'occuper de la petite noiraude.

Les reflets de la lune scintillaient sur l'eau du port de Jaffa. Parmi les navires amarrés le long du quai, une longue galère profilait sa forme sombre. Au pied de la passerelle, deux hommes enveloppés dans leur manteau parlaient à voix basse :

— Revenez vite, souhaita Arnoul.

— Dès que le pape m'aura réhabilité.

— Et prenez soin de vous.

— Que Dieu te garde. Qu'il garde le royaume, son roi et son régent. Accomplis soigneusement le travail que je t'ai confié.

Guillaume de Tyr étreignit son disciple. Un marin l'aida à enjamber le rebord de la galère puis à descendre par une étroite échelle jusqu'à l'habitacle où il logerait pendant la traversée. Dans la lueur d'une lampe à huile, Guillaume fit d'un regard le tour du lieu : quatre cloisons de bois sous un plafond bas et une couche sur un châlit. Il s'allongea et s'endormit aussitôt.

Au-dessous, dans la cale du *Saint-Jean*, à côté du magasin des victuailles et des réserves d'eau douce, un réduit abritait une cuisine où flottaient des odeurs de salaisons et de moisissure. Le maître d'équipage, rond et court sur pattes, regardait avec perplexité cet homme encore plus petit que lui. Mais ce n'était pas la taille du nain qui le surprenait, c'était sa proposition.

— C'est bien la première fois qu'on m'offre de payer pour travailler à bord. Si tout le monde était comme toi, je serais riche. Qu'est-ce que tu manigances ?

Il attrapa le nain par le col et le secoua. Goliath s'arracha et fit un bond en arrière.

— Fort bien ! Je ne veux pas vous fâcher. Moi, je trouverai un autre bateau et, vous, vous trouverez un autre cuisinier. Et celui-là vous le paierez...

— Reviens.

Goliath n'avait pas pris grand risque en faisant mine de partir. Il avait vu briller la convoitise dans les yeux du maître d'équipage qui plongea la main dans la bourse pendue à la ceinture du nain, prit une pièce et la mordit.

Goliath lui en donna trois autres, comme convenu.

— Installe-toi ici, c'est à ta taille, ricana le marin en désignant un cagibi.

Quand il fut seul, Goliath déballa sa besace et dissimula sous un tas de vieux chiffons un petit sachet de cuir contenant une fine poudre grise : un mélange d'aromates et de poisons. Il avait commandé la mixture à un alchimiste qui excellait à doser juste et à broyer fin. Les arômes masquaient le goût des toxiques dont les effets se combinaient pour foudroyer la victime.

Le roi lépreux s'éteignit trois mois après sa mère. Un matin d'octobre 1185, il ne se réveilla pas. Une fin paisible au terme d'une vie de torture physique et morale. Il avait régné dix ans. La mort d'Agnès n'avait attristé que ses affidés. Celle de Baudouin émut tout le royaume. Des sentiments divers se mêlaient dans la tristesse des sujets : la compassion pour le jeune homme qui avait tant souffert, l'admiration pour le roi courageux, mais aussi le soulagement d'en finir avec le règne d'un lépreux, ressenti comme une malédiction désormais écartée. Le corps mutilé de Baudouin IV fut inhumé à côté de la tombe de son père, au pied du calvaire, à l'entrée de la basilique, là où reposaient ses six prédécesseurs sur le trône de Jérusalem.

Désormais, Raimond de Tripoli était seul à la tête du royaume. A la tour de David, il prit possession de la chambre où Agnès avait vécu. Il fit venir Arnoul et l'installa près de lui, dans une pièce de la citadelle. Il y écrivait ses chroniques. Baldwin et son frère Balian séjournaient fréquemment à Jérusalem, hébergés au palais royal.

Chaque mois, Raimond retrouvait Eschive qui venait le rejoindre quelques jours. Il s'était résigné à la stérilité de leur union mais il n'en était pas moins épris de son épouse. Après leurs étreintes, ils parlaient pendant des heures. Elle lui racontait les affaires de Tripoli et de Tibériade. Absorbé par le gouvernement du royaume, il avait confié à Eschive et ses fils le soin de veiller sur leurs possessions. Tantôt ils résidaient à la citadelle Sanjil et administraient le comté de Tripoli, tantôt ils vivaient dans la princée de Tibériade. Depuis leur château qui dominait le lac, on voyait les eaux dans lesquelles avaient pêché le Christ et ses disciples.

Souvent, Raimond quittait la capitale pour inspecter les provinces du royaume. Il allait chez Réginald de Sidon, chez Balian de Naplouse, chez Baldwin de Ramallah. En revanche, il s'abstenait de pénétrer sur les terres des conjurés : l'Outre-Jourdain, tenu par Renaud de Châtillon, le comté d'Askelon où Guy de Lusignan et Sibylle refusaient de le recevoir, Saint-Jean-d'Acre où Josselin veillait sur la santé fragile de Baudouinet. Raimond se rendait chaque trimestre à Beyrouth où il encaissait ses revenus. Les ressources de cette ville et de son port lui avaient été attribuées par le roi Baudouin pour couvrir les dépenses de la régence. Ces sommes permettaient de payer la garde et les gens qui travaillaient au palais royal.

Pendant ses voyages, Raimond découvrait le délabrement des ouvrages civils ou militaires : routes impraticables, tours de guet écroulées, châteaux en ruine, ports obstrués par des épaves. L'incurie des années précédentes avait affaibli le royaume et les caisses du trésor ne permettaient plus de faire face aux dépenses courantes. Raimond, après avoir pris conseil, décida de lever un impôt qui financerait la reconstruction des défenses en déshérence et le recrutement d'une armée permanente. « La trêve avec Saladin ne nous dispense pas du devoir de vigilance », avait-il expliqué aux représentants des marchands venus se plaindre de ces taxes.

Afin de bien connaître les dispositions d'esprit de la population, Raimond se glissait dans la foule et écoutait ce qui se disait. Cette idée lui venait des contes des « Mille et Une Nuits » où le vizir se travestissait pour aller entendre le peuple des rues de Bagdad. Avant de sortir, Raimond se grimait : le teint blanchi par une pommade, les sourcils et la barbe passés à la farine, une capuche de pèlerin rabattue jusqu'aux yeux. Il sortait par la petite poterne des ordures accompagné d'Arnoul et, un instant plus tard, les deux hommes se mêlaient au flot des passants. Ils s'attardaient devant les étals du marché aux légumes où l'on discutait les prix à grands cris, flânaient dans les parages du Saint-Sépulcre, s'approchaient des clercs qui bavardaient par petits groupes sur le parvis de la basilique. Ensuite, ils allaient dans le quartier des Arméniens avec ses ateliers bruyants, puis ils passaient devant celui des Juifs où les habitants devaient porter les vêtements prescrits par leur religion.

Un jour, alors qu'il marchait avec Arnoul dans la rue du patriarche, Raimond détourna brusquement la tête en tirant sur sa capuche pour dissimuler son visage. Il venait d'apercevoir Goliath perché sur une mule et escorté par deux gardes du Saint-Sépulcre. Le nain, sourire aux lèvres, trottinait vers la demeure d'Héraclius.

— Il y avait longtemps qu'on ne le voyait plus celui-là ! Mauvais présage, glissa Raimond à Arnoul en pressant le pas.

Goliath venait annoncer la bonne nouvelle à son maître qui lui fit raconter plusieurs fois, dans les moindres détails, l'agonie de Guillaume, trop brève à son goût.

— Et le corps ?

— Enveloppé dans un drap que j'ai cousu moi-même, posé sur une planche et basculé par-dessus bord. Plouf !

Il dressait les bras au-dessus de sa tête, doigts écartés, figurant la gerbe d'eau. Héraclius riait, puis il s'inquiéta :

— Pas de risque qu'on le retrouve échoué sur une plage ?

— Aucun. J'ai glissé dans le linceul un morceau de chaîne d'amarrage grosse comme le bras. Il a coulé à pic et les poissons l'ont mangé. A cette heure, les crabes ont même fini de lui vider le crâne et de lui curer les os.

— De là-haut, elle nous méprise et elle a bien raison ! leur lança Sibylle. Si elle était toujours de ce monde, elle saurait ce qu'il faut faire, elle !

Autour dc la table, les six autres convives mastiquaient sans mot dire. Ils avaient faim après une longue route. Renaud de Châtillon venait de Kerak ; Sibylle, Guy et Aymeri de Lusignan d'Askelon ; Héraclius et Gérard de Ridefort de Jérusalem. Josselin les recevait à Saint-Jean-d'Acre pour commémorer le deuxième anniversaire de la mort d'Agnès. Ils ne s'étaient pas retrouvés tous ensemble depuis un an, lors du précédent anniversaire.

Arrivés en fin d'après-midi, ils s'étaient débarrassés dans leur chambre des vêtements poussiéreux du voyage avant de se retrouver dans la chapelle pour une brève oraison. Ensuite, Josselin les avait conduits dans la grande salle de son château, les invitant à une table ornée de vaisselle d'argent, éclairée par douze chandeliers et garnie de plats préparés par son cuisinier grec.

Guy de Lusignan s'assit de son propre chef à la place d'honneur. Chacun remarqua qu'il avait pris de l'embonpoint. L'air rogue, il s'enfermait dans un silence buté et ne répondait que par monosyllabes. On attribuait cette aigreur au dépit d'avoir été chassé de la régence, mais ce n'était pas la seule raison.

En le mettant brutalement à l'écart, Baudouin lui

avait causé une blessure invisible mais cruelle. Il avait atteint Guy, non seulement dans son orgueil, mais aussi au plus profond de son corps, causant une plaie secrète mais béante. Depuis sa révocation humiliante, Guy ne parvenait plus à posséder une femme. Le premier échec ne l'avait pas alarmé : Sibylle, malgré d'inlassables caresses, l'avait laissé indifférent. Guy s'était dit que son corps résistait aux lois de l'instinct pour punir son épouse coupable d'être la sœur du maudit cancrelat qui venait de le proscrire. Le lendemain, il découvrit le désastre dans les bras de la Circassienne qu'il avait installée dans une jolie maison où il venait souvent l'honorer. Malgré la plénitude des seins de la courtisane, la rondeur de ses hanches, l'odeur de sa chevelure rousse, malgré l'audace de sa bouche et de ses mains, il était resté flasque, comme la veille entre les doigts de Sibylle.

Il avait tout essayé pour sortir de cette langueur. Il alla voir les filles du port les plus expérimentées. Il fut client d'une maison tenue par une Vénitienne qui proposait des créatures dressées pour tous les goûts... Rien ne réveilla son désir. « Ce maudit lépreux a fait de moi un eunuque », se lamentait-il en contemplant son membre inutile.

Guy se vengea sur Sibylle puisqu'elle était à sa portée et que son amour en faisait une victime prête à souffrir. Il prit plaisir à la torturer en lui faisant croire qu'il passait avec les autres femmes des nuits ardentes et qu'elle seule le laissait insensible. Il continua donc d'entretenir à grands frais la Circassienne et distribua quantité de pièces d'or dans les maisons de prostitution. En échange, il demandait seulement aux filles de vanter partout ses prouesses amoureuses. Elles se livraient volontiers à ces bavardages lucratifs qui revenaient forcément quelques jours plus tard aux oreilles de Sibylle. Au début de sa privation, elle avait eu le ventre en feu, attisé par la jalousie quand elle voyait son mari rentrer au petit matin. Ensuite, l'incendie s'était éteint et elle avait senti ses entrailles se nouer, comme si son sexe se refermait à jamais. Ses nerfs tendus tiraient ses traits. L'amertume qu'elle distillait nuit et jour brouillait son teint. Sa chevelure devenait rare et terne.

Elle aussi avait tout essayé : les flacons d'essences aphrodisiaques encombraient son coffre à remèdes. La nuit, quand son époux n'était pas là, elle se rendait sur la pointe des pieds dans les réserves afin de verser ses mixtures dans le vin que boirait Guy. Elle expérimenta la menthe, le camphre, l'ambre, la mouche, les décoctions d'écorces. Elle les combina dans toutes les proportions, sans le moindre résultat. Elle se rendit, voilée, près du marché aux chameaux, consulter une sorcière philistine. Le même jour, légèrement honteuse d'avoir commercé avec le diable, elle alla brûler dix cierges à la cathédrale Saint-Jean d'Askelon. Ni Dieu ni le démon ne se manifestèrent. « Penses-tu que ce sera toujours ainsi ? » osa-t-elle demander un soir à son mari. La réponse de Guy lui avait laissé un espoir : « Un seigneur a des droits et des devoirs. Je n'accomplirai mon devoir envers vous que lorsque mes droits seront rétablis. »

En les regardant manger de bon appétit, Sibylle sentit venir la colère.

— Je vous parle et vous continuez de vous gaver ! Vous n'avez donc rien à dire ? Cinq hommes et personne n'a une idée pour en finir avec cette situation intolérable...

— Erreur, nous sommes six, ironisa Renaud de Châtillon. Pourquoi votre époux serait-il exempt de tout reproche ?

— Lui, c'est la victime, se justifia Sibylle. Lui et moi. Personne ne peut donc nous aider à rétablir nos droits ?

Elle espérait toujours qu'en retrouvant ses droits son mari reviendrait à ses devoirs envers elle.

— Ma nièce ! Ma chère nièce ! intervint Josselin. Je comprends ta peine mais ne néglige pas la nôtre. Ma sœur Agnès me manque. Autant qu'à toi, peut-être. Tu ne peux pas savoir ce qu'il m'en coûte d'avoir été écarté de la cour. Non seulement j'ai perdu tout intérêt sur l'encaissement des impôts mais aujourd'hui je les paye ! Et je peux vous dire que les comptables-trésoriers de Raimond s'acharnent sur moi. Pas une vigne, pas un troupeau, pas un bateau, pas une propriété n'a échappé à leurs investigations. Quatre pages de registre !

— Vous n'êtes tout de même pas malheureux, lança sèchement Gérard de Ridefort.

Grand maître d'un ordre richissime, il ne possédait aucun bien personnel.

— Mes amis ! protesta Héraclius. Je vous en prie, ne nous heurtons pas. Rien ne nous consolera de la perte d'Agnès, c'est certain, mais le pire serait la discorde entre nous. Nous avons assez d'ennemis ! Et pour vous distraire je vais vous révéler une nouvelle importante. Ecoutez bien...

Héraclius se tut un instant pour exciter leur curiosité.

— Guillaume de Tyr est en enfer, annonça-t-il avec un grand sourire.

— A l'évêque ! rigola Renaud de Châtillon en levant son verre.

— Evêque excommunié, rectifia Héraclius.

— Mort de quoi ? demanda Aymeri de Lusignan.

— Un mal étrange l'a pris au milieu de la Méditerranée sur un bateau qui allait vers Rome. Il est parti du ventre et de la tête. Il rendait ses tripes et le pus lui sortait des oreilles. Il paraît que c'était si horrible que l'équipage a pris peur. Craignant une contagion, ils l'ont basculé par-dessus bord sans attendre le dernier souffle.

— Et par qui savez-vous cela ? questionna Aymeri.

— Figurez-vous que, par un concours de circonstances inouï, un de mes serviteurs se trouvait sur le bateau. Notre précieux Goliath, si bien dressé par Agnès.

— La belle affaire ! dit brusquement Gérard de Ridefort.

Les muscles de sa mâchoire se contractaient, creusant davantage ses joues et il promenait sur les autres hommes un regard glacial.

— Comme vous dites, rétorqua Héraclius froissé. C'est toujours une belle affaire d'être débarrassé d'un gêneur.

— Voulez-vous qu'on vous tresse une couronne de laurier, comme à un général victorieux ? Gloire à Héraclius qui a fait empoisonner un vieillard ! Et après ?

Ridefort s'était levé, avait empoigné le dossier de sa chaise et les fixait tour à tour.

— Cette réunion est désespérante ! Déjà l'an dernier nous nous sommes retrouvés ici pour nous lamenter sur la perte d'Agnès et repartir ensuite chacun de son côté. En attendant Raimond s'incruste, il prend tout en main, il nous isole. Et il finira par nous détruire. Ensemble ou les uns après les autres.

Il regarda Sibylle et adoucit la voix.

— C'est la princesse qui a raison. Elle nous met au défi, comme l'aurait fait Agnès. Soyons fidèles à sa mémoire. Que nous a-t-elle appris ? Elle nous a enseigné à agir après réflexion. Pas en s'agitant comme des mouches dans un verre.

— Nous ferez-vous part de vos réflexions ? interrogea Héraclius sur un ton d'ironie amère.

— Bien volontiers, répondit Gérard de Ridefort en se rasseyant.

Son calme et son expression déterminée forçaient l'attention. Il en profita pour observer un long silence en jouant du bout des doigts avec la chaîne qui pendait sur sa poitrine. Il la faisait osciller comme un pendule.

— J'ai dans la main le premier tiers de la réponse, commença Gérard de Ridefort en leur montrant la clef d'or du tabernacle de la couronne. Et le second tiers est au cou du patriarche. Nous avons deux clefs.

— Mais il en faut trois, rappela Héraclius.

— La troisième est à Roger de Moulins. Il me hait. C'est normal : il est prieur d'un ordre et je suis grand maître de l'autre. Mais, parce qu'il est Hospitalier et que je suis Templier, il me craint encore plus qu'il ne me hait. De gré ou de force, il pliera et nous aurons la troisième clef.

— Mais quel serait l'intérêt de prendre la couronne ? lui demanda Aymeri de Lusignan. Tant que le petit roi vit, il ne peut y avoir de sacre.

— Tant que le petit roi vit, répéta lentement Gérard de Ridefort qui se tourna vers Sibylle... Pardonnez-moi, princesse. Je vais dire des mots et évoquer des malheurs qui blesseront votre cœur de mère. J'en appelle à la force de votre sang royal.

— Dites, dites, l'encouragea-t-elle.

— Tant que le roi vit, certes, ces clefs sont inutiles. Et pendant ce temps, Raimond étend son pouvoir. Mais si le roi venait à... Que sa mère me pardonne...

— Allez-y, vous dis-je.

— Si Dieu le rappelait à Lui, la couronne serait à prendre.

— Pauvre enfant ! soupira Sibylle. Ce serait la fin de ses souffrances.

— Vous faites erreur, grand maître, intervint Héraclius avec un haussement d'épaules. Ce n'est pas si facile... Vous oubliez que le roi Baudouin avait prévu que Raimond resterait régent dix ans, même si l'enfant venait à décéder.

— Le lépreux est mort ! lança Guy de Lusignan que l'on n'avait pas encore entendu.

— Certes, mais nous avons prêté serment sur la charte de régence, poursuivait Héraclius en regardant Gérard de Ridefort avec une légère condescendance.

Le grand maître, qui riait rarement, émit un petit gloussement moqueur.

— Monseigneur Héraclius ! Ne me dites pas que vous vous encombrez d'un serment ! Dans les bras de la belle Pâque de Riveri, que faites-vous de votre vœu de chasteté ? Vous n'êtes pas non plus un parangon d'humilité, ni de pauvreté... Que vaut un serment extorqué par un mourant et que nous avons accordé du bout des lèvres, par compassion ? Peu de chose en comparaison de l'intérêt du royaume !

— D'ailleurs, un lépreux peut-il recevoir un serment ? questionna Guy. On aurait dû lui opposer cet argument à l'époque. Aujourd'hui, c'est trop tard. Il est mort.

— Il n'est pas trop tard ! reprit Gérard de Ridefort. Il sera trop tard si nous ne faisons rien le jour où le pauvre enfant... Une nouvelle fois, pardon...

— Ne vous excusez plus. Continuez, insista Sibylle.

— Imaginons donc que cette nuit ou la nuit prochaine, ou un autre jour, le jeune sire Baudouin V rende l'âme. Que ferions-nous ?

Il les interrogea du regard et répondit lui-même à sa question :

— Rien, sans doute, puisque nous n'avons rien préparé. Et là, il serait trop tard. Tout serait définitivement perdu. Raimond n'aurait plus qu'à monter sur le trône et, nous, nous finirions proscrits ou en exil.

— Ce n'est pas possible, souffla Héraclius épouvanté.

— Donc, dit Sibylle, tout se jouera dans les heures qui suivront la mort de mon fils, n'est-ce pas ?

— Exactement, répondit Gérard de Ridefort. Je vous sais gré de votre courage. J'ai malmené votre sentiment maternel.

— Vous savez, la mère en moi souffre tous les jours de savoir son fils malade. Je ne supporte même plus de le voir. Je préfère vivre loin de lui. Je voudrais tant qu'il en soit délivré.

En disant cela, Sibylle rivait son regard dans celui de Gérard de Ridefort. Il hocha la tête sans la quitter des yeux.

— Je vous comprends. Je pense que vous serez bientôt exaucée.

— Et si ce malheur arrivait, que devrions-nous faire ? demanda-t-elle.

Le grand maître se leva et alla vérifier que nulle

oreille ne se dissimulait derrière les portes à doubles battants ou dans les plis des tentures. Au bout du couloir, assis sur la première marche de l'escalier de pierre, un domestique ronflait près de sa lanterne. Gérard de Ridefort referma la porte, reprit place, avala un verre d'eau et commença :

— Si ce malheur arrivait, voilà ce qu'il faudrait faire...

Quand les premiers chants d'oiseaux annoncèrent l'aube, ils se levèrent de leur chaise, les reins rompus, pour aller dormir. A l'étage, ils passèrent devant la chambre du petit Baudouin. On entendait siffler sa respiration.

Gérard de Ridefort souhaita bonne nuit à Héraclius et lui souffla à l'oreille :

— Il me faut Goliath. Vite. Faites-le chercher.

Goliath arriva à Saint-Jean-d'Acre le lendemain. Il faisait nuit noire quand il entra dans la demeure de Josselin. Un écuyer, une lanterne en main, le conduisit en silence jusqu'à une chambre du premier étage où Gérard de Ridefort et Héraclius l'attendaient.

Ils expliquèrent au nain ce qu'il devait faire. Il n'en fut pas surpris. Agnès lui avait ordonné de tuer Fouquet ; Héraclius l'avait envoyé empoisonner Guillaume de Tyr ; cette fois on lui demandait de commettre un régicide, d'assassiner l'enfant malade qui dormait au bout du couloir.

— Mais il ne faudrait pas de traces d'étranglement, comme sur l'oiseleur, pas de sang non plus, ni de cris. Comment vas-tu faire ?

Le nain leva la tête vers Héraclius, les yeux mi-clos, avec un air savant.

— J'utilise toujours la méthode appropriée. Faites-moi confiance.

Il sortit sur la pointe des pieds.

Ridefort et Héraclius attendirent en silence, en évitant de se regarder. Le grand maître se perdait dans la contemplation des guirlandes de fleurs peintes au plafond pendant que le patriarche sortait de sa poche une pince et commençait à se tailler les ongles avec soin. Il n'avait pas fini quand Goliath revint après une brève absence. Ils pensèrent qu'il n'avait pas osé, ou qu'il avait échoué.

— C'est fait, dit-il en refermant la porte avec précaution.

— Si vite ? Et peut-on savoir comment ? lui demanda Gérard de Ridefort.

Goliath posa la main sur la bouche en se pinçant le nez entre le pouce et l'index, s'empêchant de respirer, ouvrant de grands yeux suppliants, mimant le petit Baudouinet sortant du sommeil, le gnome à califourchon sur sa poitrine.

— A peine le temps de se réveiller, il était déjà mort.

Ridefort éprouva un malaise. Ce n'était ni les remords ni le regret d'avoir imaginé et ordonné le crime mais le dégoût que lui inspirait Goliath avec ses mimiques grotesques. Le nain remit son bonnet sur ses cheveux roux, s'empara de la bourse que lui tendait Héraclius, l'accrocha à sa ceinture, la fit tinter et partit finir sa nuit dans une taverne du port dont la tenancière savait lui trouver de la compagnie.

Un mince rayon de soleil passait entre les rideaux de brocart. Des grains de poussière tourbillonnaient dans le faisceau lumineux qui traversait la pénombre et venait se poser juste sur la joue pâle et froide de l'enfant. Les yeux clos et les mains jointes, il reposait sur son lit, un crucifix posé sur la poitrine.

Raimond, agenouillé au chevet de son roi, murmurait la prière des morts. Josselin se tenait en retrait. Deux cierges brûlaient en grésillant. Raimond n'avait pas été surpris d'apprendre le décès de Baudouinet. On l'avait si souvent cru sur le point de rendre l'âme. Le défunt Baudouin IV avait prévu cette éventualité. Dans la charte de régence, il était écrit que Raimond demeurerait en fonction et qu'il déciderait de l'avenir de la couronne avec le pape Grégoire VIII, le roi de France, Philippe Auguste, le roi d'Angleterre, Henri II, et l'empereur d'Allemagne, Frédéric Barberousse. L'avenir du royaume et du trône désormais vacant était entre ses mains. Il se releva, se signa et sortit à reculons, tête baissée. Josselin referma derrière lui la porte de la chambre.

— Et sa mère ? demanda Raimond pendant qu'ils descendaient l'escalier.

— Elle est dans le jardin. La pauvre Sibylle est bouleversée.

— Je voudrais m'incliner devant sa douleur.

Josselin se racla la gorge et prit un air perplexe.

— Certes, mais elle est... comment dire ? Elle a de l'hostilité à votre égard, beaucoup d'hostilité. Mais je veux bien intercéder. Elle est là, dans la roseraie.

Un instant plus tard, Raimond entendit les cris aigus de Sibylle dont il discernait la silhouette à travers le feuillage de la haie.

— Jamais ! Jamais ! Ni aujourd'hui, ni le jour des obsèques ! Je ne veux pas le voir. Ne peut-il me laisser pleurer mon fils en paix ?

La phrase s'acheva sur un râle à fendre l'âme. Josselin parlait à voix basse, comme s'il tentait de raisonner sa nièce qui répondait en vociférant :

— Qu'il ne se présente pas à la basilique le jour de l'enterrement ! Surtout pas ! Il aurait droit à un affront public. Dites-lui qu'ensuite il ne me verra plus jamais à Jérusalem, ajouta-t-elle sur un ton conciliant.

Josselin revint vers Raimond, les mains derrière le dos, la mine embarrassée. Il prit le bras du régent dans un geste affectueux.

— Je ne sais comment vous dire. Elle est désespérée et la douleur lui dicte des caprices insensés.

— J'ai tout entendu. Elle criait si fort... Ne vous inquiétez pas : je me retire et je n'irai pas aux obsèques.

— Vous êtes un homme estimable, soupira Josselin, mais vous ne pouvez pas. C'est impossible. Le régent ne peut pas rester tranquillement à la tour de David alors que l'on enterre le roi cent pas plus loin, au Saint-Sépulcre. Ce serait un scandale qui vous porterait tort.

— Et si elle m'insulte à la basilique ? Ce serait aussi un scandale.

— Elle en est capable, je le crains.

— Et moi je ne saurais l'accepter. Je respecte sa douleur, mais je ne subirai pas sa vindicte, avertit Raimond en pressant le pas.

Un peu plus loin, les écuyers de son escorte l'attendaient devant le portail de la demeure. En le voyant arriver, ils préparèrent sa jument. Josselin, malgré son embonpoint, marchait aussi vite que le régent.

— Mais que dira-t-on de vous si l'on vous sait à Jérusalem ? s'inquiétait-il.

Raimond vérifia la sangle de sa selle, empoigna la crinière et, d'un bond, sauta en selle. Il se pencha vers Josselin.

— Eh bien, au lieu de rentrer à Jérusalem, je vais aller voir ma femme à Tibériade. Je prétexterai une affaire importante pour rester là-bas quelques jours. Allez tranquilliser la princesse Sibylle. Je ne lui infligerai pas ma présence. Je serai loin.

Josselin dissimula sa jubilation en baissant la tête comme s'il réfléchissait. Il se retint d'approuver et se fit dubitatif.

— Qui sera dupe ?

— Personne, mais les apparences seront sauves. Avez-vous une meilleure idée ?

— Aucune, je l'avoue, convint Josselin en se retenant de sourire.

— A-t-on fixé la date ?

— Après-demain. Le convoi partira tout à l'heure.

Le régent salua Josselin et donna le signal. Quand ils furent sortis de Saint-Jean-d'Acre, Arnoul mena son cheval à la hauteur de Raimond. Les deux montures accordèrent leur pas.

— C'est imprudent, messire, de s'absenter de Jérusalem dans ces circonstances.

— Il faut savoir respecter leur deuil. C'est une question d'honneur.

— Honneur ? Croyez-vous qu'ils aient de l'honneur ?

— Ce n'est pas une raison pour y manquer.

— Messire Raimond, ce sont des criminels ! J'en suis convaincu. Ils ont tué le vieux Fouquet.

— C'était du temps d'Agnès.

— Mais son Goliath vit toujours, rappela Arnoul. J'ai de mauvais pressentiments. Je pense à Monseigneur Guillaume. Depuis cinq mois nous n'avons pas reçu signe de vie.

— Tu as raison. Ce n'est pas normal. Il devrait déjà être rentré, et pourquoi n'a-t-il pas écrit ?

Raimond se tut un instant puis ordonna.

— Séparons-nous. J'ai promis d'aller à Tibériade ; j'irai. Toi, va à Jérusalem, surveille-les et viens me prévenir si nécessaire.

Le ciel était gris et bas. Le glas sonnait depuis le lever du jour. Le cortège funèbre entra par la porte de Jaffa. Le corps de Baudouinet enveloppé dans un suaire reposait sur un char tiré par un attelage de quatre chevaux noirs. Six Templiers en cape d'apparat chargèrent sur leurs épaules le brancard de cèdre et pénétrèrent dans la Ville sainte. D'un pas lent ils prirent le chemin de la basilique. Gérard de Ridefort les précédait et une procession les suivait. Sibylle s'avançait derrière la dépouille de son fils. Guy lui prêtait son bras. Elle baissait la tête pour simuler un chagrin qu'elle n'éprouvait pas. Elle ne ressentait pas même un remords d'avoir consenti au meurtre de son enfant, mais elle voulait inspirer de la compassion au peuple de Jérusalem massé dans les rues, sur les terrasses et aux fenêtres des maisons. Arnoul était dans la foule. Dressé sur la pointe des pieds, il aperçut Sibylle, dolente, qui posait la tête sur l'épaule de son mari, comme si elle défaillait.

— Ce soir, mon amour, tu seras roi, souffla-t-elle à l'oreille de son époux.

Renaud de Châtillon fermait la marche avec une vingtaine de mercenaires qu'il avait fait venir de Kerak.

— Bouclez la porte, leur ordonna-t-il.

Les hommes poussèrent les deux battants et tirèrent les verrous.

— Maintenant, les autres portes. Vous me rejoindrez à la basilique.

Ils se partagèrent en quatre groupes qui partirent verrouiller Sion, Damas, Saint-Etienne. Arnoul faillit leur dire qu'on ne pouvait pas fermer la ville un jour de Pâques, qu'il fallait laisser entrer les pèlerins, mais il se ravisa : il ne devait pas se faire remarquer. D'ailleurs à quoi bon intervenir... Il devinait qu'un plan s'exécutait sous ses yeux. En se demandant comment il sortirait pour rejoindre Raimond, il se faufila dans la foule jusqu'au parvis de la basilique.

Après une hésitation, Arnoul décida de ne pas entrer dans le sanctuaire. Il prit une venelle qui grimpait derrière le chevet, gravit quelques marches, enjamba un muret, prit pied sur une terrasse, se hissa sur une autre, emprunta un escalier étroit, contourna ainsi l'édifice par un dédale qu'il connaissait depuis toujours. Il était né dans l'une de ces maisons blotties contre la basilique. Il se retrouva sur un toit, juste à la base du dôme dont la courbe s'élevait devant lui. A quatre pattes, il monta jusqu'à l'une des ouvertures circulaires qui couronnaient le sommet de la coupole. Arnoul, couché, rampa jusqu'au bord intérieur. Allongé sur la pierre, la tête au-dessus du vide, il pouvait voir, trente coudées plus bas, le marbre blanc du Saint-Sépulcre au centre de la rotonde. Il se glissa encore un peu plus à l'intérieur, allongea le cou et aperçut des personnages, minuscules, groupés autour de l'excavation rectangulaire au fond de laquelle on descendait un fardeau emmailloté de blanc.

De si haut, Arnoul distinguait les silhouettes mais ne reconnaissait pas les visages. Les costumes lui permettaient d'identifier quelques personnages autour du caveau : la grande mitre d'or d'Héraclius, la cape noire croïsée de blanc du prieur des Hospitaliers, la cape blanche croisée de rouge de Gérard de Ridefort. Le grand maître des Templiers n'avait d'yeux que pour Roger de Moulins. Quand il ne le surveillait pas lui-même, deux Templiers ne quittaient pas le prieur du regard. Jusqu'à présent, tout se déroulait comme Gérard de Ridefort l'avait prévu et il guettait la difficulté attendue. Elle allait inévitablement venir de l'Hospitalier, l'homme à la troisième clef.

Dès que le patriarche eut donné l'ultime bénédiction, Sibylle fit un signe au tailleur de pierre. L'artisan et ses fils, armés de leviers, poussèrent la dalle de marbre fermant la sépulture.

A cet instant, Roger de Moulins s'éclipsa, filant par une petite chapelle vers un recoin obscur où une porte basse permettait de sortir discrètement.

— Il s'échappe, chuchota un Templier à l'oreille du grand maître.

La fuite subreptice de Roger de Moulins n'avait pas échappé à Gérard de Ridefort.

— Je l'ai vu. Rassemblez nos hommes qui attendent sur le parvis et allons le chercher. Nous le trouverons au nid.

Depuis son observatoire, Arnoul avait vu sortir le manteau noir du prieur, suivi des capes blanches du grand maître et de ses officiers. Il abandonna son belvédère, se laissa glisser le long du dôme, sauta sur une terrasse, écarta le linge qui flottait au vent et prit, par les toits, le chemin de l'Hôpital. Il se pencha au-dessus du parapet pour surveiller la rue et aperçut Roger de Moulins fuyant à grandes enjambées, se retournant sans cesse, la main crispée sur la chaîne qui pendait à son cou. Arnoul le vit, courant presque, se réfugier dans l'Hôpital Saint-Jean. Il entendit des bruits de serrure fermée à double tour, un ordre glapi par le prieur, puis le silence.

Un instant plus tard la rue résonna du pas ferré des Templiers qui firent cercle devant le portail, autour de Gérard de Ridefort.

— Frères Hospitaliers ! lança-t-il, campé devant la bâtisse. Je ne veux que votre prieur. Plus exactement une clef qu'il détient. Ouvrez !

Il se tut, attendit un instant et reprit en levant la tête vers les fenêtres vides.

— Allez-vous laisser saccager votre siège pour une clef ? Dites à votre prieur d'être raisonnable.

Sur un geste du grand maître, les Templiers sortirent leur épée du fourreau dans un raclement métallique. La porte se mit à trembler. C'était le gardien qui, derrière, s'affairait à ouvrir les serrures. Il entrouvrit le battant et courut se réfugier dans un sous-sol. Gérard de Ridefort envoya son écuyer s'assurer qu'aucun piège ne leur était tendu. Le jeune homme lança un coup de pied dans la porte et les Templiers s'engouffrèrent sur ses talons, l'arme au poing. Sans un mot, obéissant aux signes de leur chef, ils envahirent le rez-de-chaussée désert de la commanderie de l'Hôpital.

Gérard de Ridefort monta l'escalier, lentement. Arrivé au premier étage, il alla jusqu'à la porte de la salle capitulaire, sans se hâter. Il laissait à la peur le temps de faire son œuvre.

— Ouvrez ! Je sais que vous êtes là.

Sans attendre, il enfonça la pointe de son épée entre les panneaux, fit levier, força le verrou et entra seul. Roger de Moulins, seul lui aussi, se tenait dans un coin au fond de la salle. Une longue table, des chaises, des coffres contre les murs, un grand crucifix meublaient la pièce dont les quatre fenêtres donnaient sur les toits en terrasses dominés par la coupole de la basilique toute proche.

Les deux hommes qui se faisaient face se connaissaient de longue date. Ils s'étaient jaugés depuis longtemps. Le grand maître méprisait l'indécision du prieur et le prieur détestait le cynisme du grand maître.

— Tu sais ce que tu dois faire. Ne perdons pas de temps, dit Gérard de Ridefort sur un ton calme mais si déterminé qu'il en était menaçant. C'est l'intérêt du royaume.

— Ce n'est que votre intérêt. La haine de Raimond vous aveugle ! Oubliez-vous que nous avons prêté serment devant le pauvre Baudouin ? Je ne serai pas parjure. Vous ne m'obligerez pas.

— Tu vas voir comment je vais t'obliger ! Tu ne crois pas que je vais renoncer à cause de toi ? Regarde, ouvre les yeux : tu es seul. Appelle si tu veux. Pas un de tes Hospitaliers ne viendra à ton secours. Ils n'ont pas envie de se battre avec mes Templiers pour Raimond. Ni même pour toi. Allez ! Assez tergiversé.

— Je ne vous suivrai pas. Je reste ici, s'obstina Roger de Moulins en tapant du pied sur le sol.

— Je n'ai pas besoin de toi. Reste ici. Je ne veux que la clef. Donne-la-moi.

Il n'avait pas haussé la voix mais il avançait, une main tendue et ouverte, l'autre armée de l'épée pointée sur la poitrine du prieur.

— Jamais ! Je ne vous la donnerai pas, glapit Roger de Moulins avec une voix de fausset qui disait le contraire en trahissant sa peur.

— Alors, lance-la-moi, ordonna Ridefort en avançant d'un pas.

Avec un petit cri rageur, comme un enfant capricieux qui doit céder devant plus fort que lui, Roger de Moulins enleva la chaîne et la jeta sur le sol. Ridefort haussa les épaules, ramassa la clef, remit son arme au fourreau et s'en alla sans un mot ni un regard.

Arnoul, accroupi sur un toit, vit ressortir les Templiers et leur grand maître. Ils prirent la rue menant au Saint-Sépulcre, sans voir le clerc qui courait au-dessus d'eux, d'une terrasse à l'autre, jusqu'au dôme de la basilique qu'il escalada pour retrouver son poste d'observation.

Au-dessous, la nef était pleine. Des crieurs publics avaient rameuté le peuple de Jérusalem en annonçant partout que des poignées de pièces d'or seraient jetées sur la foule après la cérémonie. Devant le maître-autel pointait la mitre d'or du patriarche. Héraclius écartait les bras, distribuait des bénédictions, joignait les mains, s'agenouillait, se relevait. Il exécutait chaque geste avec une lenteur inhabituelle chez lui. Sibylle et Guy, assis côte à côte sur des fauteuils ornés comme des trônes, se tenaient la main. Guy de Lusignan s'impatientait. Les jambes croisées, il battait l'air de la pointe du pied, en signe d'agacement. Il regardait Héraclius entonner un cantique. La clef d'or pendait à son cou, mais il manquait les deux autres.

Le patriarche esquissa un sourire et abrégea son chant. Il venait de voir entrer une escorte de capes blanches. Gérard de Ridefort se détacha du groupe, avança vers l'autel, défit son ceinturon et déposa son épée au pied de l'escalier. Il gravit les marches. Arrivé devant Héraclius, il écarta les pans de son manteau : deux clefs suspendues à leur chaîne brillaient sur le fer gris de sa cotte de mailles. Le patriarche et le grand maître allèrent d'un pas cérémonieux jusqu'à la porte du tabernacle de la couronne, juste à côté de celui qui abritait le Saint Sacrement. L'un après l'autre, ils ouvrirent les serrures. La basilique était silencieuse. L'émotion, la stupeur, l'indignation partageaient l'assistance, mais nul ne soufflait mot. C'était un instant sacré en un lieu sacré. Si une grande voix avait pu s'élever, peut-être aurait-elle infléchi le cours du destin. Mais Guillaume de Tyr était mort, Raimond était à Tibériade, on avait signifié aux partisans du régent que leur présence aux obsèques était aussi indésirable que celle de leur ami. Comme lui, ils étaient dans leurs fiefs. Ceux qui auraient eu l'autorité nécessaire pour s'interposer étaient loin, les portes de Jérusalem étaient closes. Rien ne pouvait plus empêcher les conjurés de s'emparer du royaume.

Sibylle et Guy s'agenouillèrent devant le patriarche qui posa le cercle d'or sur la chevelure de la jeune femme. Aussitôt, elle se releva, se tourna face au public. Tous les regards étaient sur elle. Sibylle ôta la couronne et la mit sur la tête de Guy de Lusignan.

— Pour gouverner et protéger le royaume, j'ai besoin d'un homme à mes côtés, et je n'en vois point de meilleur que lui pour être roi.

— Que Dieu protège le roi et la reine, s'écria Héraclius dont la voix roula sous la voûte.

— Amen, répondit la foule.

Les lèvres minces de Gérard de Ridefort s'étirèrent en une esquisse de sourire.

— Cette fois je suis vengé, grinça-t-il. Cette petite princesse de Batroun aura coûté très cher à Raimond.

Là-haut, Arnoul en avait assez vu. Il dégringola

le long de la toiture. En se penchant au-dessus du vide, il aperçut des centaines de personnes massées sur le parvis, impatientes de voir tomber la pluie d'or promise.

Une vibration insupportable éclata dans la tête d'Arnoul qui devint sourd. C'était la grosse cloche de la basilique qui, tout près de lui, sonnait l'annonce du couronnement. Il s'éloigna à toutes jambes, parcourut en sens inverse le dédale et se retrouva dans la rue « Malcuisinat », tourmenté par la question qui le tarabustait depuis qu'il avait vu fermer les portes de Jérusalem : comment sortir et prévenir Raimond ? Il marcha vers la tour de David dans l'espoir de se glisser jusqu'au pigeonnier. Le maître des pigeons accepterait peut-être d'envoyer un message, mais il faudrait beaucoup de courage à l'homme qui connaissait le sort de son malheureux prédécesseur Fouquet. Prendrait-il le risque ?

La question était sans objet : en arrivant devant la citadelle, Arnoul vit une dizaine de Templiers en faction qui tenaient à distance curieux, quémandeurs et passants. Il rebroussa chemin, sans savoir où aller. Il passa devant la porte de Jaffa. Elle était close et surveillée par des sergents casqués. Des groupes joyeux parcouraient les rues. Quelques-uns avaient pu ramasser une pièce d'or ou l'attraper à la volée. Tous les autres mangeaient des friandises distribuées en abondance après la cérémonie.

De jeunes braillards le bousculèrent sans prêter attention à lui et s'éloignèrent en riant. Les Hiérosolymitains n'étaient pas troublés par les événements de la journée, ces obsèques hâtives suivies d'un couronnement précipité, en pleine fête pascale, sans réunion de la Haute Cour. Au contraire, ils semblaient heureux d'avoir un roi et une reine. Tout rentrait dans l'ordre, après les années du lépreux et le règne éphémère d'un enfant malade suppléé par Raimond de Tripoli. Cette insouciance, ce soulagement même, Arnoul les voyait s'exprimer autour de lui. Il pestait contre la versatilité de ces gens, hier satisfaits de Raimond, aujourd'hui témoins béats d'une conjuration.

Soudain, une idée vint à l'esprit d'Arnoul, une idée abominable, si effroyable qu'il porta la main à la bouche et s'immobilisa au beau milieu de la rue Josaphat, pétrifié par ce qu'il venait d'imaginer. Il y avait un moyen, un seul moyen de sortir : la sape creusée par les lépreux passait sous le rempart et ressortait dans les fossés, hors les murs. A moins d'être un ange ou un oiseau et de voler par-dessus l'enceinte, il fallait passer par-dessous. A sa connaissance, il n'existait que la voie de ce boyau infect. Parfois, il avait entendu dire que c'était le talon d'Achille de la Ville sainte et que des Sarrasins pourraient s'y glisser une nuit.

C'était une idée terrifiante. Il voulait la chasser, mais il ne pouvait pas se l'ôter de la tête. Il marchait lentement, se rongeant les ongles, balançant d'une opinion à l'autre. Je n'aurai jamais le courage, et de toute façon c'est trop tard, se disait-il, avant de penser que Guillaume de Tyr l'aurait fait. Il s'éloignait du tumulte et cheminait dans un entrelacs de rues désertes à la nuit tombante. Sans l'avoir vraiment décidé, comme si ses pas l'avaient guidé malgré lui, il se retrouva dans l'impasse de la maladrerie. Au fond du cul-de-sac s'élevait le mur aveugle avec sa porte de bois noir, et derrière cette porte un monde inconnu, épouvantable. Pour ouvrir, il suffisait de tirer un gros verrou et de soulever un loquet. Arnoul sentit le froid du fer au creux de la main, la tige de métal glissa, le loquet claqua. Il tira le battant. Il était très lourd. Sans réfléchir davantage, Arnoul s'en remit à Dieu, entrouvrit et se glissa dans l'obscurité. L'effluve le saisit à la gorge. Une puanteur infecte, remugles d'excréments, de pourriture, de sanies, et une odeur de chairs en décomposition. L'air confiné, saturé de ces exhalaisons pestilentielles remplissait les narines, la bouche, la poitrine d'Arnoul. Il crut qu'il allait vomir. Derrière lui la porte se referma sous l'effet de son propre poids. Il passa la main sur le bois pour chercher une serrure, une poignée. Il n'y avait rien pour ouvrir et sortir. Son cœur s'emballa. Déjà, ses yeux se faisaient à l'obscurité, trouée à intervalles réguliers par la lueur des torches fixées au mur. En baissant la tête, il vit qu'il était sur une sorte de perron. Il descendit trois marches et avança lentement dans la pénombre sur un sol de terre battue.

En entrant, il avait cru que l'endroit, silencieux, était vide. Mais il voyait maintenant des ombres qui commençaient à se mouvoir, noires, difformes, dissemblables, tordues, bancales, voûtées, avançant par deux ou trois, appuyées les unes sur les autres. Ceux qui n'avaient plus de pieds marchaient à quatre pattes, ceux qui n'avaient plus de jambes rampaient sur leurs coudes, la tête relevée, comme des lézards géants. Arnoul était paralysé. Ils venaient de partout, de plus en plus nombreux, formant un cercle qui se resserrait. Ils approchaient en silence. Il était terrifié, incapable d'articuler un mot mais il sentait monter un cri de terreur qu'il s'efforçait de retenir au fond de la gorge. Les premiers étaient tout proches, il pouvait voir leur face déformée par des bosses, creusées par des plaies, le nez rongé, mais les yeux luisants, le regard vivant fixé sur lui.

Il hurla à en perdre le souffle. Puis son cri s'éteignit dans un gémissement désespéré, ponctué par un sanglot.

— Laissez-le approcher. Viens.

La voix rauque qui avait prononcé ces mots provenait du fond de la salle. Aussitôt, les spectres s'écartèrent docilement et Arnoul vit, entre deux torches plantées dans le sol, un homme qui se tenait droit dans une sorte de baril posé sur une caisse de bois.

— Viens, approche.

Cette voix humaine qui lui parlait était une lueur d'espoir au fond de son cauchemar. Quand il fut à trois pas de l'homme, Arnoul vit qu'il n'avait plus de jambes. Son tronc était posé sur ce tonneau plein de sable qui lui procurait un siège surélevé et confortable. Quand il souillait sa litière, les plus valides, ceux qui avaient encore des bras et des mains, enlevaient ses déjections et renouvelaient la couche supérieure du sable de la barrique. Il fallait que le trône fût propre. C'était le roi des Mesels.

Il vivait à la maladrerie depuis si longtemps qu'il ne comptait plus les années. Il y était entré au début du règne d'Amaury Ier, un quart de siècle plus tôt.

Il n'avait plus aucun souvenir de sa vie antérieure. A la mort de son prédécesseur, les mesels l'avaient fait roi et, grâce à une longévité exceptionnelle pour un lépreux, il régnait depuis une vingtaine d'années sur ce peuple. Il veillait au respect des lois qu'ils s'étaient données, rendait la justice, arbitrait les disputes, organisait la survie.

La lueur des flambeaux éclairait le visage du maître des lieux. Deux trous à la place du nez au-dessus d'une lèvre fendue de haut en bas et de grosses protubérances sous les yeux lui donnaient un faciès léonin qui rappelait celui du pauvre roi Baudouin. Arnoul tenait à peine sur ses jambes tremblantes.

— Je... Je dois vous... vous expliquer, parvint-il à bafouiller.

— Oui. Explique-toi. J'ai vu des choses incroyables ici. Mais c'est la première fois que je vois un mesel venir volontairement s'enfermer chez nous.

D'ordinaire, l'arrivée d'un nouveau se faisait au milieu des hurlements du malheureux et des insultes des sergents d'armes qui le poussaient à l'intérieur en le tenant à distance à la pointe de leur lance.

— Je ne suis pas mesel ! protesta Arnoul.

— Nous disons tous ça, au début. De toute façon, dans six mois, dans un an ou plus tard, ça te viendra un jour ou l'autre en vivant ici.

Arnoul crut défaillir : il allait finir dans ce cloaque s'il ne réussissait pas à le convaincre.

— Ecoutez-moi ! Je vous en prie... Vous avez entendu les cloches ?

— Oui. Dis-nous ce qui s'est passé. D'abord le glas, ensuite le carillon. Qu'est-ce que ça veut dire ?

— Il se passe une chose terrible. Le royaume est en danger. Il faut que je puisse sortir d'ici pour...

— Jamais ! On ne sort jamais d'ici.

— Je vous en supplie. Le royaume a besoin...

— Quel royaume ? Je ne connais plus que le mien. L'autre royaume, celui dont tu parles, celui des hommes entiers, je ne le verrai plus jamais, et toi non plus. Ce qui se passe de l'autre côté de cette porte que tu viens de franchir est aussi loin de nous que l'autre bout du monde. Oublie.

Insensiblement, les lépreux s'approchaient à nouveau. Certains le frôlaient, impatients de pouvoir palper, caresser ce corps encore intact. Arnoul comprit que l'audience allait prendre fin et qu'il était condamné à mort, une mort lente dans cette antichambre de l'enfer. Il allait devenir fou, prononcer des paroles incohérentes, éclater en sanglots et perdre toute chance d'échapper à ce piège dans lequel il s'était précipité comme un écervelé. Il ferma les yeux, chercha en lui ce qui pouvait rester de lucidité. Quand il les rouvrit il pensa à Baudouin en voyant le visage ravagé de l'homme-tronc sur son tonneau.

— Au nom du malheureux roi Baudouin que j'ai aimé et servi, laissez-moi sortir, implora Arnoul.

Il tentait le tout pour le tout. Une seule chose était sûre : malgré le mépris proclamé pour ce qui se passait en dehors de leur sarcophage, ils n'avaient certainement pas pu rester indifférents à la présence d'un lépreux sur le trône de Jérusalem. En revanche, comment savoir ce qu'ils avaient éprouvé ? De la sympathie pour celui qui souffrait du même mal, ou bien de la haine envers ce semblable qui, lui, échappait à la maladrerie, vivait parmi les hommes, dans le luxe, quand eux croupissaient dans leurs souillures ?

— Pourquoi mêles-tu notre frère Baudouin à ton histoire ?

Leur « frère » Baudouin avait-il dit... Arnoul resta sans voix. Il ne pouvait pas savoir que Baudouin, en secret, avait veillé sur le sort des mesels. Certes, il n'avait rien pu changer à leur proscription. Ni lui, ni eux n'y avaient même songé, mais il avait pris soin de ces malheureux. Il avait donné de l'or et des instructions aux religieuses qui les approvisionnaient chaque jour par une trappe ouverte dans le toit. Depuis l'avènement de Baudouin, ils mangeaient à leur faim. A la place des déchets dont ils se nourrissaient jusque-là, ils recevaient de la viande, du vin, des vivres frais, de l'huile d'éclairage, des pansements, des drogues pour apaiser la douleur, des couvertures et du bois de chauffage en hiver, de l'eau fraîche plusieurs fois par jour en été. Au début, ils n'osaient y croire, ensuite ils s'étaient habitués. Désormais, c'était chose normale. Les nouveaux venus n'avaient pas connu les pénuries de jadis, les plus anciens les avaient oubliées, sauf le roi des Mesels. L'évocation du nom de Baudouin venait justement de lui inspirer une inquiétude. Depuis sa mort, rien n'avait changé. Sans doute avait-il fait promettre au régent de ne pas les abandonner, et Raimond avait tenu parole. Mais les nouveaux maîtres du royaume allaient-ils continuer à veiller sur leur sort ? Certainement pas.

— Dis-moi. Je t'écoute.

Et Arnoul raconta la conspiration, le serment bafoué, le testament de Baudouin foulé aux pieds par les comploteurs, la couronne confisquée... Quand il eut terminé, la conviction de son interlocuteur était faite : il se rangeait du côté de Raimond. La gratitude envers Baudouin entrait pour une part dans ce choix que dictait surtout la crainte de retomber dans les privations d'antan. Avec Raimond il n'avait rien perdu. Avec les autres, il n'était assuré de rien.

— Je vais te faire sortir. Va vite à Tibériade.

Arnoul joignit les mains et remercia Dieu. L'homme-tronc lui souhaita bonne chance et donna des ordres brefs dans un sabir propre aux mesels de Jérusalem. Deux lépreux encore ingambes conduisirent Arnoul à l'autre bout de la maladrerie, ils ouvrirent une trappe et descendirent une dizaine de marches empierrées. Ses guides le laissèrent à l'entrée d'un tunnel si étroit qu'il dut s'y engager accroupi. Muni d'une chandelle, il avançait sur un sol gluant, dans un air fétide. Quand il posait sa main dans la glaise visqueuse, il sentait des grouillements sous ses paumes. Un rat lui passa sous le nez. Il trouva le courage de continuer, dans la certitude d'arriver à la fin de cette épouvantable aventure. Soudain, un souffle d'air frais fit vaciller la flamme de la bougie et lui caressa la joue. Il rampa en haletant et se glissa hors du trou sous un firmament constellé. Il se laissa tomber au fond du fossé, grelottant comme un naufragé échoué sur la grève. Il remplit et vida sa poitrine plusieurs fois pour expirer toutes les pestilences. Il ouvrait et fermait les paupières, sans réussir à effacer ces images. Il les avait pour toujours au fond des yeux.

L'oiseau blanc se laissa tomber. Il frappa la surface du lac comme une pierre, dans une gerbe d'éclaboussures, puis rejaillit et s'éleva à tire-d'aile, sans un cri, le bec tenant sa proie frétillante et argentée. L'eau redevint lisse, reflétant le bleu du ciel. Au loin, au nord, de l'autre côté du lac de Tibériade, on pouvait voir clairement la calotte blanche des neiges du mont Hermon. Plus près, la montagne de Hattin élevait sa pente douce avec, au sommet, deux curieux renflements que l'on nommait « les Cornes du Diable ».

La jument alezane de Raimond somnolait encore en avançant au pas, le long du rivage, dans la fraîcheur du petit matin. Les sabots s'enfonçaient dans le sable de la grève léchée par de minuscules vaguelettes. Raimond avait quitté la ville depuis un quart d'heure. Il se retourna pour la regarder. Au bord du lac, Tibériade se blottissait autour du château, à l'abri du rempart d'enceinte. C'était là qu'il vivait maintenant avec Eschive. Il avait sous ses ordres une cinquantaine de chevaliers et Arnoul. Rien de plus. Autant dire qu'il était seul. Gautier de Césarée, Balian de Naplouse, Réginald de Sidon et leurs vassaux l'avaient abandonné, la mort dans l'âme. Ils avaient même pleuré devant lui, de rage, de honte, d'impuissance. Mais qu'y pouvaient-ils ? Le chef de l'Eglise latine d'Orient – aussi dépravé fût-il – avait couronné Guy de Luzignan – aussi incapable fût-il – roi de Jérusalem. Le patriarche avait sacré Guy et Sibylle au Saint-Sépulcre, le plus haut lieu de la chrétienté. Il n'y avait plus qu'à s'incliner. Que faire d'autre ? Quelle alternative, sinon la guerre entre les Francs ? D'un côté les Templiers, sans doute les Hospitaliers, une partie de l'ost royal, la garde de Jérusalem, la milice du Saint-Sépulcre. De l'autre, les principaux seigneurs du pays, leurs vassaux et leur chevalerie. Une guerre qui déchirerait le royaume sur lequel, profitant de l'aubaine, Saladin se jetterait aussitôt. Ils avaient donc prêté serment, à genoux devant le roi.

De son côté, Raimond avait refusé de se soumettre. En revanche, il n'avait pas cherché à retenir ses amis, il ne leur avait pas demandé de l'aider à renverser les conjurés. Il savait, comme eux, qu'une guerre civile serait fatale.

Baldwin de Ramallah, lui non plus, n'avait pas accepté de s'incliner devant Guy, l'homme qui lui avait pris Sibylle. Prédisant l'effondrement prochain du royaume, il avait annoncé qu'il quittait pour toujours la Terre sainte où sa famille était établie depuis quatre générations. Laissant ses terres à son frère Balian, il était allé à Saint-Jean-d'Acre s'embarquer sur le premier bateau en partance pour l'Europe.

La jument enjamba d'un pas prudent les colonnes couchées sur le rivage comme des corps immenses. Autour, telles des têtes séparées de leur tronc, des chapiteaux sculptés étaient à demi enfoncés dans le sol. Çà et là, des stèles brisées portaient des inscriptions en latin, parfois en hébreu ; les vestiges de Capharnaüm. Raimond songea à ce que lui avait dit Guillaume, un soir à Tyr au milieu des statues de son jardin, à propos des empires engloutis. Les paroles lui revinrent en mémoire : « Notre royaume n'a que soixante-quinze ans. Célébrera-t-il son centenaire, ou bien fera-t-il naufrage ? » A l'époque de cette conversation, douze ans plus tôt, Raimond n'avait trouvé dans ce propos qu'une vaine interrogation de chroniqueur. Désormais, il doutait de la pérennité de ce royaume tombé entre les mains de conspirateurs.

Une barque glissait vers la rive, à la rencontre du cavalier solitaire. Deux hommes maniaient les rames, un troisième se tenait à la proue. Ils arboraient de grosses moustaches noires taillées à la kurde et portaient des tuniques sanglées de cuir, un poignard à la ceinture. La coque s'embossa dans le sable. Les rameurs ne quittèrent pas leur banc, l'autre sauta sur la rive, prit les rênes de la jument, aida Raimond à mettre pied à terre et le salua respectueusement.

— Le sultan est sur un bateau, au milieu du lac. Il t'attend. Je garde ton cheval, dit-il en arabe, prêtant son bras à Raimond qui le remercia et monta dans la barque.

Il avait décidé de se rendre seul à cette invitation de Saladin qui, dans une lettre reçue quelques jours plus tôt, lui avait proposé une rencontre. Dans cette missive, le sultan avait traité Raimond comme s'il était toujours régent. Loin d'abuser de sa situation favorable face à un homme déchu, il avait imaginé une entrevue au milieu du lac de Tibériade, à mi-chemin de la rive est, la sienne, et de la rive ouest, celle de Raimond, comme s'ils étaient deux puissances égales. Cette attention avait convaincu le comte de se rendre à l'invitation, mais il y allait seul afin de ne compromettre personne. Si l'entrevue venait à être connue, à Jérusalem on hurlerait aussitôt à la trahison.

La barque se colla contre l'imposant bateau de pêche que le sultan avait fait aménager. Raimond se hissa de l'esquif au navire par un escalier de planchettes et de cordes. Saladin l'accueillit en le prenant dans ses bras comme un vieil ami. Ils ne s'étaient vus qu'une fois à Baalbek, douze ans plus tôt. Mais entre-temps, ils avaient correspondu, négocié, conclu une trêve, si bien qu'ils se retrouvaient telles deux vieilles connaissances. Une tente de soie dressée sur le pont ménageait un grand carré d'ombre empli de coussins et de tablettes basses. Raimond remercia le sultan de son accueil, prit place sur le tapis pendant que le chef d'équipage dépliait et refermait les pans de la portière du pavillon. Sur un geste de son hôte, Raimond but une gorgée de thé puis il attendit sans un mot.

— Ils t'ont trahi, mais tu as été d'une naïveté sans bornes, commença Saladin quand ils furent seuls.

— Je ne les croyais pas capables de ça.

— Ah bon ? Pas capables ? Ils voulaient la couronne, ils te haïssaient, ils n'ont aucun scrupule, ils sont redoutables. Et tu ne les croyais pas capables ! Tu ne te méfiais pas ?

— Pas assez. Maintenant, écoute-moi bien. Jusqu'à ma dernière heure, chaque jour qui me reste à vivre, je me reprocherai mon imprudence, ma naïveté, ma sottise... Et je pourrais continuer à énoncer mes torts. Je suis mortifié à jamais. En revanche, je ne suis pas disposé à subir tes remontrances. Ce sont les affaires du royaume, ce sont les miennes. Elles ne te concernent pas.

— Détrompe-toi, Raimond. Ce qui se passe à Jérusalem me concerne et concerne tous les musulmans. Tant mieux pour toi, car je suis prêt à t'aider à recouvrer tes droits.

Et Saladin présenta l'alliance qu'il avait imaginée. Ils n'avaient qu'à joindre leurs forces. Celles de Raimond n'étaient guère imposantes mais ses chevaliers de Tripoli et de Tibériade, au total une centaine, étaient des guerriers éprouvés. Quant au sultan, les trois mille hommes qui le suivaient se multiplieraient par dix en quelques semaines s'il appelait à la guerre sainte. Encouragé par le silence de Raimond, il poursuivait son raisonnement. Parfois il s'interrompait pour avaler un peu de thé en scrutant son interlocuteur qui ne laissait rien paraître dc son opinion. Il dégustait une petite pâtisserie choisie avec soin au milieu d'un assortiment de friandises à la pistache, à la fleur d'oranger, à la pâte d'amandes. Puis il reprenait son plaidoyer :

— Si tu le veux, nous libérerons Jérusalem ensemble, et ensemble nous gouvernerons la ville, conclut le sultan.

Raimond n'était pas surpris. Il s'attendait à cette offre. N'avait-il pas songé lui-même à cette alliance ? Certains soirs, quand la colère l'empêchait de trouver le sommeil, il avait rêvé d'une revanche. Et avec qui pourrait-il obtenir cette revanche sinon avec Saladin, maintenant que les siens l'avaient abandonné ? Dans ses insomnies, il avait caressé cette idée comme on joue avec le feu, puis il s'était ressaisi et l'avait chassée de son esprit. Non, le descendant de Raimond de Saint-Gilles, libérateur du Saint-Sépulcre, ne pouvait s'emparer de Jérusalem grâce au sultan et à son armée.

— C'est impossible, répondit-il sur un ton qui trahissait un regret. Tu dis que nous prendrions Jérusalem ensemble. Ce n'est pas vrai. La disproportion de nos forces ferait de moi un supplétif. Ensuite, nous ne gouvernerions pas davantage ensemble. Les musulmans seuls gouverneraient.

— Les musulmans libéreront Jérusalem un jour ou l'autre, si Dieu le veut. Tu le sais bien.

— Dieu seul le sait. En tout cas, pas à cause de moi.

Saladin insista, argumenta. Il espérait cette alliance, mais il comprit vite que Raimond ne plierait pas.

— Il y a quelque chose que je ne comprends pas, dit le sultan. Un jour, à Baalbek, il y a bien longtemps, tu m'as dit que tu croyais à la paix, que tu la voulais. Mais quelle paix, si tu n'acceptes pas l'idée que l'on puisse gouverner Jérusalem ensemble ?

— Vous, les musulmans, vous avez la force du nombre. Si vous prenez la ville, vous ne partagerez rien avec les chrétiens. Au mieux, vous nous tolérerez, soumis, tributaires. Au pire, vous nous persécuterez, comme vous persécutiez les pèlerins, jadis, avant la libération du Saint-Sépulcre. Nous, nous ne sommes qu'une poignée au milieu de votre multitude. Nous avons intérêt au compromis. C'est ce que je voulais faire avec toi. C'est ce que nous avions commencé à faire. Et je veux continuer pour ce qui relève encore de mon autorité. Pour le comté de Tripoli et la princée de Tibériade, je te propose de sauvegarder notre trêve. Je réponds de son respect. Quoi qu'il advienne, tant que tu ne m'attaqueras pas, tu n'auras rien à redouter de ma part.

— J'accepte, Raimond, mais j'ai une question à te poser. Et si, comme je le crains, les nouveaux maîtres de Jérusalem décidaient de rompre les accords conclus pendant ta régence, si le royaume m'attaquait, que ferais-tu ?

— Je respecterais notre entente.

— Tu te battrais à mes côtés ?

— Je t'ai déjà dit que non, répondit Raimond avec un triste sourire.

— Alors que ferais-tu ?

— Je serais neutre. Je tiendrais mes possessions hors de la guerre.

— Illusion ! C'est impossible. Si la guerre éclate, tu ne pourras pas rester à l'écart.

— En tout cas, j'essaierai.

A en juger par le nuage de poussière qu'elle soulevait, c'était une très grande caravane qui avançait vers Kerak.

— Au moins cent cinquante chameaux, peut-être deux cents, évalua Renaud de Châtillon. Ça, c'est une prise !

Posté sur une petite tour, au-dessus de la porte principale, la main en visière, il voyait approcher la tête de la colonne. La lumière chaude du soleil allongeait sur le sable des ombres ondulantes. Dix mercenaires conduisaient la marche. Une vingtaine d'autres chevauchaient à l'arrière, fouettant les animaux bâtés qui forçaient l'allure sous les coups de lanière.

La caravane entra dans Kerak sous les ovations des habitants. Il y avait bien longtemps que les pirates du désert n'avaient pas ramené de butin. La trêve de Raimond leur interdisait d'attaquer les convois. Un fort contingent d'Hospitaliers dépêché à Kerak par le régent y avait veillé. Aujourd'hui, débarrassé de cette entrave, Renaud de Châtillon avait lancé ses guerriers, comme jadis.

Il avait violé la trêve sans demander au roi un quelconque assentiment. Pourquoi s'embarrasser de requêtes auprès d'un homme qui lui devait sa couronne ? Guy n'aurait pas pu refuser. De toute façon, s'il avait formulé des objections, Renaud n'en aurait tenu aucun compte. Dès lors, pourquoi aurait-il été perdre son temps à Jérusalem ?

En regardant passer les chargements arrimés sur les chameaux, il se disait qu'il avait eu la main heureuse. Ce n'était pas, comme trop souvent, des ballots mal ficelés et des vanneries de pacotille. Ces coffres de bois sculpté, ces sacs de cuir ouvragé, ces bagages de prix ne pouvaient contenir que des objets précieux.

Quand le chef des mercenaires arriva devant le rempart, Renaud de Châtillon lui cria de le rejoindre en haut de la tour. L'homme sauta de son cheval et gravit l'escalier en colimaçon jusqu'à la plate-forme. Renaud le prit dans ses bras en lui assénant de grandes tapes dans le dos. Ce guerrier d'origine allemande s'appelait Herbert. Il n'avait pas vingt-cinq ans. Tous ses hommes étaient également jeunes. Renaud les avait recrutés après le massacre des siens dans l'expédition contre La Mecque. Pendant la régence de Raimond ils étaient restés inactifs, rongeant leur frein, surveillés par les Hospitaliers qui les regardaient de haut. Aujourd'hui ils revivaient. Ils retrouvaient l'ivresse du pillage.

— Belle capture ! Félicitations, Herbert. Où les avez-vous trouvés ? demanda Renaud de Châtillon.

— Dans un oued, tout près d'ici, répondit Herbert en pointant son doigt vers l'est. Vraiment tout près. Ils ne se méfiaient pas.

— Cette maudite trêve aura eu au moins ça de bon. Le gibier s'est approché sans crainte. Raconte-moi.

Les trente mercenaires avaient surgi à la crête d'une dune et dévalé la pente, l'épée au poing, hurlant leur cri de guerre. Les hommes qui escortaient la caravane avaient pris la fuite au triple galop. Les chameliers s'étaient jetés à terre en se prosternant. Ils avaient été décapités. Seule une dizaine de Kurdes s'étaient battus à un contre trois, jusqu'au dernier. Si bien que Herbert ne revenait qu'avec des prisonnières.

— Belles ? demanda Renaud.

— Avec leurs voiles, comment savoir ?

— Des femmes à vendre ou à rançonner ?

— D'après les bagages, on peut rançonner.

— Allons voir.

Renaud de Châtillon et Herbert se rendirent au caravansérail. Dans un désordre bruyant, la poussière, les cris, on déchargeait les bêtes de somme. Les chameaux baraquaient en blatérant. Les coffres et les sacs de cuir s'empilaient au fond de la cour. Herbert sortit un poignard pour couper les sangles et forcer les serrures. Chaque bagage contenait des objets somptueux : soies brodées d'or, velours précieux, orfèvrerie, joyaux, flacons de parfum, plumes de paon, objets en ivoire...

Renaud de Châtillon se frappa sur les cuisses.

— Quel butin, Herbert ! Tu avais raison : ça sent la grosse rançon. Montre-moi les prisonnières.

Une vingtaine de femmes étaient blotties dans un coin du réfectoire du caravansérail. De leurs visages on ne voyait que les yeux soulignés de fard, agrandis par la peur. Sous leur vêtement noir, ample, informe, on ne devinait pas leur silhouette. Elles étaient toutes semblables et se serraient les unes contre les autres en piaillant. Renaud vociféra pour les faire taire mais les cris redoublèrent. Il s'aperçut qu'elles semblaient protéger l'une d'entre elles en se disposant tout autour. Il les écarta brutalement, s'approcha d'elle et arracha le voile qui lui masquait le visage. Les autres femmes poussèrent des hurlements de désespoir.

Elle avait une trentaine d'années. Un visage rond révélait l'embonpoint. Elle n'était pas jolie, mais un regard fier, autoritaire, lui donnait de la noblesse. Elle prononça quelques paroles en arabe, et les femmes se turent, ravalant leurs sanglots. Ensuite, toujours en arabe, elle interpella Renaud de Châtillon d'une voix vibrante. Elle lui dit qu'elle était la sœur de Saladin, que son frère allait venir la libérer et le tuer de ses propres mains.

Guy de Lusignan se déhanchait légèrement, la main au creux de la taille, pour donner une souplesse gracieuse à sa silhouette. Il contemplait son reflet dans un immense miroir d'argent poli. Il avait fait confectionner et installer dans sa chambre cette grande pièce d'orfèvrerie, aussi haute que lui. Il se mit de profil, surveillant un début d'empâtement. Il défit un pli de sa tunique de soie grenat, épingla une broche et ajusta le nœud de sa ceinture torsadée afin de donner plus de volume au vêtement. Sur une table basse, il prit la couronne et se la mit sur la tête. C'était un lourd et bel anneau d'or incrusté de cinq gros rubis, cinq gouttes de sang. Les cinq plaies du Christ en croix. Guy trouva que ces pierres s'accordaient parfaitement à la nuance pourpre de la soie qu'il portait. L'or mettait en valeur ses cheveux noirs, exempts du moindre fil d'argent. Décidément, cette couronne lui allait bien. Elle semblait faite pour lui. Il était donc fait pour elle. Son destin s'était accompli.

Son chambellan frappa, entra et lui annonça que le grand maître Gérard de Ridefort demandait audience sur-le-champ. Guy jeta un dernier regard sur le miroir, releva le menton et sortit de sa chambre en soupirant.

Guy de Lusignan aurait dû être heureux, pourtant il n'y parvenait pas. La charge l'écrasait. Il y avait bien les honneurs, les clarines et les tambours, les escortes, les révérences, tout l'apparat de la monarchie qui le flattait. Mais les contraintes lui pesaient, les audiences l'ennuyaient, toutes ces affaires sans intérêt qu'il devait trancher l'agaçaient. Sans compter les soucis qui l'accablaient depuis deux mois que Renaud de Châtillon retenait en otage la sœur de Saladin.

« Je suis au-dessus de tout et de tous, mais je suis sur une montagne de difficultés », disait-il souvent à Sibylle pour justifier son indifférence. Elle non plus n'était pas heureuse. Jadis si gracieuse, elle était devenue déplaisante. Le nez pincé, la bouche amère, l'œil méchant. Cette interminable chasteté la flétrissait. Guy, malgré ses promesses, ne l'avait pas touchée depuis leur couronnement, huit mois plus tôt. Un soir, dans une crise d'exaspération, elle était venue tambouriner à la porte de son mari, le suppliant de venir dans sa chambre ou de l'accepter dans la sienne. Allongé sur son lit, il ne s'était même pas levé, se contentant de lui crier qu'il avait trop de soucis pour songer au plaisir. « Menteur ! Je sais que tu vois ta putain aux cheveux rouges ! » avait-elle hurlé. De bonnes âmes avaient raconté à Sibylle que la flamboyante Circassienne d'Askelon vivait désormais à Jérusalem, plus belle que jamais.

Guy n'avait pas répondu à l'accusation. C'était vrai. « Ce que tu me dois, c'est à elle que tu le donnes ! » Il n'avait toujours pas répondu. C'était faux. Il n'avait pas retrouvé sa virilité, mais pour rien au monde il ne l'aurait avoué à Sibylle ni à qui que ce fût. C'était déjà assez cruel de subir le sourire narquois de la Circassienne devant ses vaines tentatives. Guy la couvrait d'or pour la conserver près de lui et acheter son silence, car elle était la preuve qu'il possédait une femme. Elle menait grand train aux frais du roi en échange de quelques caresses sans effet.

Gérard de Ridefort défit la boucle pectorale de sa cape, s'en débarrassa, épousseta l'étoffe en la frappant du plat de la main et plia le vêtement sur le dossier d'une des dix chaises disposées autour de la table. Elle occupait presque tout l'espace de la petite salle d'audience éclairée par deux fenêtres ouvertes sur le jardin du manoir. Le soleil de ce matin d'avril faisait éclore des fleurs odorantes. C'était là que le roi Guy tenait ses réunions. Il préférait cette pièce à la grande salle obscure de la Haute Cour où il se sentait comme dans un vêtement trop large.

Quand le roi entra, le grand maître inclina légèrement la tête, sans plus. Guy voyait bien qu'on ne lui témoignait guère de respect. C'est pourquoi il ceignait la couronne en toute occasion, afin de rappeler à ses interlocuteurs qui il était. Il feignit de ne pas remarquer la désinvolture de Ridefort, s'assit et invita son visiteur à l'imiter. Le grand maître refusa. Il préférait s'exprimer debout et il avait mal aux fesses après dix heures de cheval.

— J'arrive à l'instant de Kerak, sire.

— Alors ? Il accepte ?

— Non. Il refuse de rendre sa prisonnière.

— Mais enfin ! Lui avez-vous dit que moi, le roi, je lui demande de la libérer ?

— Ça n'a rien changé. Il rendra la sœur de Saladin quand Saladin paiera la rançon.

— Une rançon ? ricana Guy. La guerre, oui, voilà ce que nous allons récolter ! Saladin m'a écrit que la trêve était rompue. Il me tient personnellement responsable du sort de sa sœur. Et si elle n'est pas libérée...

Le roi Guy tripotait nerveusement la broche épinglée à sa tunique. La peur l'envahissait. Il s'efforça de chasser cette panique et de retrouver une confiance en lui qu'il avait perdue depuis son couronnement. Après tout, il pouvait être victorieux. Pour s'en convaincre, il s'imagina en triomphateur. Les ovations, la pluie de fleurs, les femmes se bousculant pour l'approcher...

— Dites-moi, Ridefort, reprit Guy, cette guerre nous la gagnerions, n'est-ce pas ?

Sans répondre, le grand maître arpentait la salle, l'air soucieux.

— Mais enfin ! Répondez-moi, Ridefort, lança le roi avec agacement.

— Je ne sais pas, sire.

— Comment ? Vous ne savez pas ! On me conduit à la guerre, et quand nous y sommes, on me dit qu'on pourrait la perdre ? Je suis vraiment bien entouré ! Finalement, je regrette de vous avoir envoyé auprès de Renaud de Châtillon. Je vous avais choisi parce que vous êtes son ami. J'ai eu tort. Vous n'avez pas osé le contrarier ni le brusquer.

Gérard de Ridefort regardait le roi avec un mince sourire et l'air affligé d'un précepteur devant un élève obtus. Il s'assit en face de Guy et lui parla doucement, avec une patience affectée.

— La question n'est pas là, sire. Peu importe la sœur de Saladin. Sœur ou pas, caravane ou pas, nous sommes à chaque instant menacés d'une attaque. Vous devez comprendre que votre royaume est assiégé depuis toujours et qu'il le sera toujours. Si nous nous laissons déborder une seule fois, nous disparaîtrons. Les Sarrasins peuvent perdre cent guerres.

Nous, pas une seule. Chaque jour que Dieu fait vous devez vous poser la même question : « S'ils attaquaient aujourd'hui, saurions-nous résister ? » Cette question, je me la pose chaque matin.

— Et alors ?

— Voulez-vous la vérité ? Nous sommes devenus vulnérables, sire.

— Mais enfin ! Même le lépreux a tenu tête à Saladin devant Askelon et à Montgiscard. Et moi je n'en serais pas capable ?

Gérard de Ridefort aurait aimé répondre que Baudouin avait du courage et de la grandeur d'âme, mais il se retint.

— Vous n'êtes pas en cause, sire. Ce sont les forces qui ont changé. Les leurs et les nôtres. Eux, ils se sont unis derrière Saladin et il a su discipliner ses hommes. Ce ne sont plus des bandes de pillards. C'est une armée. Nous, pendant ce temps, nous nous sommes laissés aller, nous avons perdu notre combativité. Or, un pays comme le nôtre ne survit que par le courage de ses chefs. En quelques années, les lâchetés et les compromis émollients de Raimond ont émoussé cette combativité. Nos seigneurs ne pensent qu'à couler des jours paisibles. On chasse, on festoie, on se prélasse au bain, on se pavane devant les dames, on fait fructifier sa fortune, on établit ses enfants. On ne veut surtout plus faire la guerre. On ne supporte même plus l'idée de se battre ! De renoncements en abandons, on finira par être vaincus sans même s'être défendus. Voilà pourquoi, sire, j'ai de l'estime pour Renaud de Châtillon, ainsi que vous me le reprochiez tout à l'heure. Il est peut-être imprudent, mais il est courageux. Du courage ! Voilà ce qui manque. Si nous n'avions que des seigneurs tels que lui, je n'aurais aucune inquiétude.

Le chef des gardes de la tour de David écarta la tenture qui pendait devant la porte et passa la tête :

— Sire, le seigneur Balian de Naplouse demande à être reçu. Il dit que c'est important.

— L'ami du renégat... grinça Gérard de Ridefort.

— C'est inattendu. Bon, eh bien, qu'il entre, dit le roi sur un ton indécis en cherchant du regard l'approbation de Gérard de Ridefort qui se contenta de hausser les épaules.

Depuis que Balian de Naplouse était venu prêter serment devant Guy et Sibylle, visiblement sans conviction, il n'avait pas remis les pieds à Jérusalem. Il entra dans la salle en cotte de mailles. Il posa la main droite sur sa poitrine et s'inclina devant le roi Guy.

— Sire, je dois vous...

Il s'interrompit en voyant Gérard de Ridefort et ne put s'empêcher de manifester par une grimace l'aversion qu'il éprouvait pour le grand maître des Templiers qui lui le regardait avec dédain.

— Entrez, prenez place, dit le roi avec un geste imprécis pour désigner un siège à Balian qui prit une chaise au bout de la table, loin de Gérard de Ridefort. Il répugnait à parler devant le grand maître mais, voyant qu'il ne se retirait pas et que Guy ne le lui demandait pas, il commença :

— Sire, vous devez exiger la libération de la sœur du sultan, sans tarder un jour de plus. Sinon, Saladin va nous attaquer avec une armée immense. Mes éclaireurs ont vu de longues colonnes qui marchent vers le lac de Tibériade. Ils doivent déjà être près de dix mille. Nous allons être écrasés. Renaud de Châtillon a complètement perdu l'esprit. Attaquer une caravane pendant la trêve, c'était déjà un geste vil. Mais quand il a vu la sœur de Saladin, il aurait dû la libérer sur l'heure, avec des excuses. Sire, je vous en prie, ramenez ce fou à la raison.

— Mais enfin ! s'énerva le roi. Je sais ce que j'ai à faire. J'en parlais justement avec le grand maître quand vous êtes entré.

Surmontant son inimitié, Balian se tourna vers Gérard de Ridefort :

— Je suppose que vous avez les mêmes informations. Le sultan appelle à la guerre sainte, n'est-ce pas ? Confirmez-le au roi, je vous en prie.

— C'est vrai, répondit Gérard de Ridefort. Mes frères Templiers en garnison dans les châteaux de première ligne en voient venir de partout. Je suis d'accord avec vous : ils doivent être dix ou quinze mille.

— Vous entendez, sire ! Vous voyez bien que Renaud de Châtillon doit...

— Ne perdons pas notre temps, le coupa sèchement Gérard de Ridefort. J'ai vu Renaud. Il ne libérera pas la sœur de Saladin tant qu'il n'aura pas la rançon.

— C'est bien ce que je pensais : il a perdu la raison.

— Une douzaine d'années de prison l'ont endurci, concéda Ridefort. En tout cas, c'est ainsi.

Les deux hommes, tout à leur échange aigre, avaient oublié la présence du roi. Il caressa du bout des doigts l'or de la couronne qui barrait son front. Puisqu'il était roi, il devait prendre la parole et commander. Finalement, ces circonstances redoutables allaient peut-être lui donner l'occasion de révéler qu'il était un grand monarque.

— Mais enfin, messeigneurs ! Puisqu'il nous faut faire la guerre, préparons-la ! J'attends vos conseils et je prendrai les décisions. Je vous écoute.

Balian de Naplouse en profita pour formuler ce qu'il était venu dire :

— Avant toute chose, sire, vous devez vous réconcilier avec Raimond de Tripoli. Vous me demandez un conseil ? Je ne puis vous en donner de meilleur.

— Il est passé au service de Saladin ! s'exclama Gérard de Ridefort, outré. Il paraît qu'il a incorporé des Sarrasins dans sa garnison.

— C'est faux ! démentit sèchement Balian. Au contraire, il a refusé l'alliance que lui proposait Saladin. Il n'a accepté qu'une chose : la protection du sultan au cas où vous attaqueriez Tibériade ou Tripoli : qui pourrait le lui reprocher ?

— Moi ! répondit Ridefort. Moi et n'importe quel chrétien digne de ce nom. N'est-ce pas, sire ?

Guy se dit que c'était le moment d'avoir un geste magnanime, à la hauteur des événements.

— Certes, approuva-t-il, embarrassé. Mais je ne suis pas n'importe quel chrétien comme vous dites. Je suis le roi. Le royaume, dites-vous, est en péril. Je dois donc rassembler tous les étendards autour de moi. En dépit de ce que l'on peut penser de Raimond, sa présence ne serait pas inutile.

— Vous avez raison, sire, approuva aussitôt Balian. Sa présence est non seulement utile, mais indispensable. C'est ce qui fera pencher la balance. Sans Raimond, nous laisserions des brèches béantes à Tripoli et, surtout, à Tibériade. Saladin s'y engouffrerait. Avec Raimond nous pouvons résister à l'offensive. C'est le meilleur stratège du royaume. Ne vous privez pas de lui, sire.

— Alors, qu'il vienne demander pardon ! maugréa Gérard de Ridefort.

— Sire, poursuivait Balian sans quitter le roi des

yeux, n'écoutez pas le conseil du grand maître. Il est inspiré par une vieille haine. Songez au royaume en péril ! Tendez à Raimond la main de la réconciliation. Il nous rejoindra si nous le respectons.

— Et lui ? demanda Guy. Me respectera-t-il si je lui pardonne ?

— Je m'en porte garant, sire, affirma Balian. Je le convaincrai. Je saute en selle. Je serai à Tibériade dans trois jours.

Balian s'était levé. La discussion avait pris un bon tour et il ne fallait pas la prolonger. Guy pouvait changer d'avis. Aussitôt, Gérard de Ridefort se leva lui aussi. Il ne voulait pas laisser Balian partir seul retrouver Raimond. A coup sûr, ils noueraient un complot, trameraient une intrigue avec Saladin et tenteraient de reprendre le pouvoir.

— Sire, dit le grand maître, la région de Tibériade est dangereuse. L'armée de Saladin campe de l'autre côté du lac. Je vais avec Balian. J'emmène une centaine de chevaliers. Messire Balian, rendez-vous dans deux heures porte de Saint-Etienne. Nous partirons ensemble.

— Fort bien ! conclut Guy. Dites à Raimond que je saurai me montrer clément devant le repenti.

Il était fier de lui et se plaisait à penser qu'il avait eu des mots de roi. A cet instant Aymeri de Lusignan entra sans s'être annoncé. D'un même mouvement, il salua son frère, le grand maître et Balian de Naplouse.

— Grande nouvelle, sire mon frère ! annonça Aymeri agitant un petit morceau de papier qu'il tenait entre le pouce et l'index, un minuscule rouleau qu'un pigeon venait d'apporter de Kerak. C'était un bref message de Renaud de Châtillon : *« Victoire ! le porc a payé. J'ai relâché la truie. »*

— Magnifique ! exulta Gérard de Ridefort. Saladin a fini par s'incliner. Renaud a bien fait de tenir bon. Et nous, nous nous sommes inquiétés inutilement.

— Mais vous ne voyez pas que la guerre est désormais certaine ? s'écria Balian sur le seuil de la salle. Saladin a payé pour mettre sa sœur en sécurité. Jamais il n'aurait attaqué tant qu'elle était entre les mains de Renaud de Châtillon. C'est parce qu'il a décidé de se battre qu'il a versé la rançon. Maintenant, il va laver son honneur dans le sang.

— Mais enfin, nous lui tiendrons tête, n'est-ce pas ?

— J'espère, sire. Mais, nous avons plus que jamais besoin de Raimond de Tripoli.

— De gré ou de force, en vassal ou en prisonnier, les fers aux pieds, il sera à Jérusalem dans moins d'une semaine, sire. Vous avez ma parole, promit Gérard de Ridefort en s'inclinant et en se retirant pour mettre ses Templiers sur le pied de guerre.

Le nuage opale glissa, dévoila la lune et, soudain, le lac de Tibériade se couvrit d'écailles argentées. Raimond arpentait la plate-forme du donjon, enveloppé dans un long manteau en poil de chameau. Il attendait la fin de cette nuit qui n'en finissait pas. Il n'avait pas fermé l'œil, il ne s'était même pas allongé un instant, marchant de long en large, les mains derrière le dos, tête basse, mâchoires crispées, passant son temps à donner des ordres, à attendre qu'on lui rende compte de leur exécution.

A l'est, de l'autre côté du lac, l'horizon produisit une première lueur. L'annonce de la naissance de ce redoutable jour. Raimond, accoudé au créneau, scrutait les rives, toujours enfouies dans la pénombre, voilées de brumes grises et mauves. Il guettait le péril qui allait surgir, là-bas, d'un moment à l'autre. En attendant, il priait.

La veille, en fin de matinée, Raimond avait reçu la visite de « Loup Bleu ». Le jeune émir lui avait remis un message de son oncle, le sultan Saladin. Dès les premières phrases, Raimond avait pressenti le pire. Le ton n'était plus celui de leurs échanges habituels empreints d'estime, de cordialité et même, parfois, d'une fraternité qui s'exprimait entre les lignes. Cette fois, la missive sultanienne commençait par de longues invocations à Allah. Saladin avait dicté sa lettre en public devant les ulémas, les émirs, ses frères et ses neveux. Il accablait Renaud de Châtillon des pires malédictions et promettait de le tuer de ses propres mains. Il vilipendait l'impuissance ou la duplicité du roi Guy de Lusignan qui n'avait rien fait pour sa sœur. Il promettait à Dieu, à son peuple et à son armée de noyer le maudit royaume dans le sang et de libérer Jérusalem.

La fin de la lettre concernait directement Raimond. Au nom de leurs accords, Saladin revendiquait un droit de passage. Il annonçait que trois mille hommes allaient entrer le lendemain sur les terres de Tibériade. Ils se comporteraient pacifiquement tant qu'on ne s'opposerait pas à leur marche. Autrement dit, le sultan allait attaquer le royaume de Jérusalem à partir des territoires du comte. En lisant, Raimond sentit son cœur s'emballer puis une violente douleur dans la poitrine. Il mit du temps à retrouver une respiration régulière.

Des heures durant, il avait négocié avec l'émir ; Raimond ne pouvait pas se prêter à une attaque contre Jérusalem. Il l'avait déjà dit à Saladin et le sultan l'avait admis. Il réprouvait absolument la conduite ignoble de Renaud de Châtillon, il déplorait la faiblesse de Guy, son absence d'autorité. Il stigmatisait l'attaque de la caravane et la capture de la sœur du sultan. Qu'y pouvait-il ? N'était-ce pas injuste de s'en prendre à lui ? A la hâte, il avait écrit tout cela en arabe. Loup Bleu était reparti à bride abattue porter le message à Saladin. Puis il était revenu à Tibériade à la fin de l'après-midi avec la réponse. Cette fois, le sultan avait librement dicté. Le comte reconnaissait l'écriture fine de Baha. C'était un compromis : trois mille hommes entreraient bien à l'aube dans la princée de Tibériade, mais ils en ressortiraient avant le coucher du soleil pour regagner leur camp. Une expédition de reconnaissance, une démonstration de force, mais pas d'attaque contre le royaume.

Raimond comprit qu'il n'obtiendrait pas davantage. Saladin était obligé d'entreprendre une action, faute de quoi les ulémas l'accuseraient de complicité avec un « maudit Franj ». De toute façon, il était trop tard. Le crépuscule était déjà là, il fallait faire face et prendre aussitôt les dispositions nécessaires. Loup Bleu se retira en annonçant à Raimond qu'il serait lui-même le lendemain à la tête des trois mille hommes et qu'il veillerait à ce que tout se passe aussi bien que possible. Il avait pointé son doigt vers la berge du lac : « Demain, au lever du soleil nous arriverons par là. Et avant le coucher, si Dieu le veut, nous ressortirons par le même chemin. »

Raimond avait réuni ses chevaliers. En quelques mots, il leur avait présenté la situation sans les inviter à faire connaître leur opinion. Il leur avait ordonné de courir alerter les habitants ; ceux de Tibériade, bien sûr, mais aussi les villageois, les paysans, les congrégations... Il fallait galoper jusqu'aux localités les plus éloignées pour prévenir les gens, les rassurer, leur demander surtout de ne sortir de chez eux pour rien au monde quand ils verraient passer les cavaliers de Saladin. Ils devaient demeurer portes closes et rideaux tirés du matin jusqu'au soir.

Les chevaliers de Raimond avait parcouru les rues de Tibériade, frappant à chaque maison. D'autres, pendant ce temps, chevauchaient de village en village, faisaient sonner les cloches, annonçaient ce qui allait arriver et ordonnaient ce qu'il faudrait faire : s'enfermer.

Maintenant, la lueur s'étalait sur l'horizon. Hugues de Tibériade encore coiffé de son haubert de mailles vint rejoindre Raimond, escorté d'un écuyer franc et d'un cavalier ayoubide :

— Tout le monde est prévenu, même les bergers et les ermites.

Bien avant de les voir, ils les entendirent. C'était un grondement continu qui venait de loin, porté par les profondeurs de la terre. Les rives du lac, immobiles, semblaient paisibles sous la ouate de la brume, et pourtant, on les sentait venir, comme un roulement de tonnerre quand l'orage approche.

Une heure plus tard, en pleine lumière, étendards déployés, chantant à pleine gorge au son des tambours et des trompes, des milliers d'hommes défilaient au petit trot sous les murailles de Tibériade. Les premiers contingents d'archers avaient déjà disparu derrière la crête d'une colline quand on ne voyait pas encore la fin de cette armée suivie par des cohortes de chameaux. Loup Bleu vint caracoler sous le rempart. Quand il vit Raimond, il joignit ses mains en porte-voix.

— Le sultan te salue et te respecte ! As-tu prévenu les habitants ?

— Oui. Et n'oubliez pas de repartir ce soir, cria Raimond penché au créneau.

Loup Bleu s'en alla rejoindre la tête de son armée. Les cavaliers ayoubides continuaient de défiler. Un fleuve humain qui longeait le lac et s'enfonçait dans les terres. Quand ils furent tous passés, Arnoul, qui avait tracé des chiffres sur un carré de parchemin, se pencha vers Raimond.

— Ils n'étaient pas trois mille.

— Je sais, grogna le comte. J'en ai vu près de sept mille.

Il n'y avait plus qu'à compter les heures en attendant le retour de l'expédition. Le soleil était encore bas au-dessus de l'horizon. Sa course serait longue jusqu'au crépuscule.

Il était plein midi, sous un soleil brûlant, comme si l'été arrivait avec ce premier jour de mai.

Dans une ondulation de capes blanches une centaine de Templiers traversaient au trot la rue principale de Kfarterma. Elle était vide ; ni passant, ni mendiant sur la place de l'église, pas un enfant échappé du logis pour voir passer la cavalerie. Seuls des chiens sautillaient et aboyaient en prenant garde aux coups de sabot.

Autour, la campagne de Galilée était déserte : ni paysans dans les champs, ni charrettes sur les chemins, ni bergers dans les pâturages. Les troupeaux étaient rassemblés dans les enclos. Autour des casals aux huis clos on ne voyait âme qui vive.

Au trot sur sa jument noire poudrée de poussière grise, Gérard de Ridefort transpirait sous sa cotte de métal. Après une chevauchée de trois jours depuis Jérusalem, une vieille douleur recommençait à lui scier le dos. Mais il prenait son mal en patience en se disant qu'ils seraient ce soir à Tibériade. Le grand maître imaginait déjà le désarroi de Raimond dans sa ville investie par les Templiers. Que pourrait-il faire ? On capturerait et on tuerait ses auxiliaires sarrasins. Et les chevaliers francs de la maison raimondine n'accepteraient jamais de se battre contre ceux de l'ordre du Temple, plus nombreux et mieux aguerris. Le renégat n'aurait plus qu'à s'incliner et Ridefort veillerait à ce qu'il s'incline très bas. Il allait ramper, demander grâce, implorer le pardon, ce traître ! Non, il n'avait pas fini de payer pour la princesse de Batroun. Il paierait jusqu'à sa mort.

L'esprit absorbé par ses projets, le grand maître ne disait mot et ne prêtait aucune attention à Roger de Moulins, le prieur des Hospitaliers, qui chevauchait à sa droite sous sa cape noire. Depuis leur face-à-face à Saint-Jean de l'Hôpital le jour du couronnement, leur antagonisme avait pris une forme précise : Gérard de Ridefort était le dominateur, Roger de Moulins le soumis. Celui qui avait brandi l'épée avait définitivement pris le dessus sur celui qui lui avait cédé sa clef. Roger de Moulins s'était joint à contrecœur à cette expédition vers Tibériade. Il n'était là que sur ordre formel du roi, auprès duquel il avait beaucoup à se faire pardonner. Guy avait insisté, il pensait que la présence du prieur faciliterait le ralliement de Raimond. Il espérait qu'entre Balian de Naplouse et Roger de Moulins, Gérard de Ridefort contiendrait sa haine. C'était mal le connaître.

Le grand maître s'était déjà débarrassé de Balian. Pendant toute leur première journée de voyage il n'avait cessé de moquer le seigneur de Naplouse à propos du renégat et de la lâcheté des Poulains. Exaspéré, Balian avait préféré se séparer de la troupe. Puisque leur route de Jérusalem à Tibériade passait chez lui, à Naplouse, il inventa un prétexte pour y demeurer quelques heures, laissant Ridefort le devancer vers Tibériade. « Je vous rattraperai demain ou après-demain. »

Depuis une heure, le grand maître et le prieur n'avaient pas échangé un mot. Roger de Moulins rompit ce mutisme qui le mettait mal à l'aise :

— On dirait que tout le monde dort en plein midi, fit-il remarquer à son compagnon en désignant de la main le paysage.

Le seul mouvement, le seul vacarme, c'était leur

chevauchée qui soulevait un nuage de poussière au-dessus de la campagne vide.

— Quoi ? fit le grand maître distrait de ses réflexions par l'observation du prieur.

— On dirait qu'ils dorment, répéta timidement Roger de Moulins.

— La chaleur, grogna Ridefort, peu enclin à bavarder avec l'autre. Il aurait préféré être seul et s'occuper du renégat comme il l'entendait. Heureusement il s'était déjà délesté de Balian et il pressait l'allure afin de ne pas laisser à ce Poulain le temps de les rattraper.

— C'est vrai qu'il fait chaud, opina Roger de Moulins. Chaud et soif ! ajouta-t-il en décrochant de sa selle une petite outre de peau qu'il tendit d'abord à Ridefort, croyant aller au-devant de ses désirs.

— Jamais avant les chevaux !

Devant ses hommes, le grand maître veillait toujours à se montrer rude envers lui-même. Il pouvait ensuite exiger davantage. Malgré sa langue râpeuse et sa bouche sèche, le prieur n'osa pas boire et raccrocha l'outre au pommeau.

— Mailly ! appela le grand maître en se retournant sur sa selle.

Le maréchal Jacques de Mailly éperonna sa monture et remonta en tête de la colonne.

— Le prochain point d'eau, Mailly ?

— La fontaine du Cresson. Nous y sommes presque. C'est juste derrière cette colline.

Ils se mirent au galop pour gravir la côte, couverte d'une herbe vert tendre. Arrivés sur la crête, les chevaux s'arrêtèrent, soufflèrent bruyamment en secouant leur crinière. Les cavaliers se figèrent, les yeux écarquillés... Le grand maître et ses compagnons découvraient une plaine parcourue, au loin, par le serpent vert de la vallée du Jourdain. En bas, au pied de la pente, les bassins de la fontaine du Cresson miroitaient au milieu d'une étendue de verdure submergée par des milliers d'hommes et de chevaux. Dans l'oasis et tout autour, les soldats de Loup Bleu, pour la plupart pied à terre, faisaient boire leur monture, se désaltéraient, s'aspergeaient pour se rafraîchir, fourbissaient leurs armes, se soulageaient, accroupis derrière un tronc. Loup Bleu accordait un répit à ses hommes, à l'ombre de la palmeraie.

— Nous repartons dans une heure, rappelait-il à ses émirs groupés en cercle autour de lui. J'ai promis à Raimond que nous sortirions de ses terres avant le coucher...

Il s'interrompit devant l'air effaré de ses interlocuteurs qui ne le regardaient plus, les yeux agrandis par la stupeur. Il se retourna dans la direction des bras tendus, des doigts pointés vers le sommet de la colline. Il vit l'ourlet blanc des capes sur la crête. Ils ressemblaient là-haut à des oiseaux de proie, juchés sur d'énormes chevaux bardés de fer.

Maintenant, la rumeur tranquille de l'armée au repos se transformait en cris, en insultes, en malédictions. Lançant des injures, un impétueux s'empara de son sabre, prêt à mourir dans un exploit mémorable. Loup Bleu lui arracha son arme, la jeta au sol, le prit par le col du cafetan et le secoua.

— Personne n'attaque sans mon ordre ! Tu entends ? Vous entendez, vous autres ? lança-t-il aux émirs. Rassemblez vos hommes, alignez-les et, surtout, tenez-les ! Rappelez-vous Askelon et Montgiscard.

Sans prendre le temps de seller, Loup Bleu

enfourcha sa jument, la fouetta et courut d'un groupe à l'autre en criant partout les mêmes ordres.

Askelon, Montgiscard... c'était dix ans plus tôt. Il avait dix-huit ans à l'époque et il avait vu se défaire l'armée de son oncle Saladin devant une poignée de chevaliers francs conduits par un lépreux. Depuis, c'était son cauchemar. Il voyait dans ses mauvais rêves des géants qui écrasaient sous leurs bottes des grappes innombrables de pauvres gens minuscules.

Là-haut, au sommet de la crête, les Templiers arrivaient les uns après les autres sur l'épaulement et découvraient à leur tour l'armée ayoubide.

— Mon Dieu ! murmura Roger de Moulins.

— Cinq à sept mille, annonça Jacques de Mailly après une rapide évaluation. Et nous sommes cent.

— Mais nous avons la supériorité tactique, ajouta sèchement Gérard de Ridefort. Nous sommes sur la hauteur. Qui tient le haut tient le bas.

Les Templiers, alignés côte à côte, attendaient les ordres. Par précaution et pour impressionner l'ennemi, ils ajustaient les rênes, enfilaient les gants de fer, faisaient coulisser l'épée dans le fourreau, détachaient les courroies qui fixaient le heaume au pommeau. Ils l'enfonçaient sur leur crâne en sueur. Couverts de métal de la tête aux pieds, ils ne voyaient plus que par les deux fentes du casque qu'ils ajustaient devant les yeux. Ils allongeaient leur lance, la calaient sous l'aisselle. Les chevaux tiraient sur l'encolure, piaffaient. Ils voyaient l'eau scintiller, en bas, dans les réservoirs de la fontaine. Ils avaient soif, comme les hommes. Roger de Moulins surtout, qui n'était pas accoutumé à l'austérité des Templiers.

— Une gorgée, peut-être ? proposa-t-il, la langue sèche.

Il venait de décrocher une nouvelle fois sa gourde qu'il tendait au grand maître.

— Après les chevaux, je vous l'ai déjà dit !

Roger de Moulins, piteux, remit l'outre en place.

— Justement, risqua le maréchal, où allons-nous les abreuver ? Ils n'en peuvent plus.

— Où ? Mais l'eau est sous votre nez, Mailly. Il n'y a qu'à charger, chasser ces infidèles qui n'ont rien à faire ici et faire boire nos montures. J'autoriserai un moment de repos à l'ombre des palmiers. Et cnsuite, en selle pour Tibériade.

Jacques de Mailly et Roger de Moulins, l'un à droite, l'autre à gauche du grand maître, le regardaient, médusés. Etait-il devenu fou ou bien s'amusait-il à les mettre à l'épreuve ? Son long visage blême était impavide. Une étrange lueur brillait dans ses yeux clairs, fixes, qui semblaient ne rien voir.

En bas, d'immenses alignements se formaient. Les cavaliers se groupaient en ordre autour de leurs bannières couvertes d'inscriptions coraniques. Ils manœuvraient avec calme. Loup Bleu, accompagné d'un écuyer, s'était juché sur un petit tertre. Ainsi, toute son armée pouvait le voir. Le jeune homme qui l'accompagnait brandissait des étoffes de différentes couleurs : rouge, bleu, jaune, vert, blanc, noir. Tantôt il levait le bras, tantôt il l'allongeait de côté ou le baissait contre son corps. Parfois, il utilisait une seule couleur. Parfois, il en prenait deux ou trois. L'instant d'après les émirs disposaient leurs hommes, obéissant à ces signaux convenus.

— Pourquoi ne pas chercher un autre point d'eau ? demanda le maréchal.

— Pas de temps à perdre, Mailly !

— Ici, nous risquons de perdre bien davantage.

Gérard de Ridefort se tourna vers le maréchal avec un petit sourire méprisant.

— Votre tête ? C'est ce que vous avez peur de perdre, n'est-ce pas ? Vous tenez tant à votre belle tête blonde.

Sous la croix des Templiers, le maréchal Jacques de Mailly avait risqué sa vie, dix fois, vingt fois... Son corps était labouré de cicatrices. A force, l'idée de la mort lui était devenue familière, mais il s'affolait en pensant qu'il allait conduire au massacre toute l'élite de l'ordre alignée sur la crête. C'était un combat inutile, perdu d'avance. Le Temple ne se relèverait jamais de cette folie.

— Votre vœu d'obéissance, Mailly ! Votre tête ne vous appartient plus. Elle est à l'ordre. Elle est à Dieu. C'est le prix de votre vie éternelle. N'oubliez pas que le Templier qui désobéit se damne !

Jacques de Mailly n'avait pas oublié. Il ne pensait même qu'à ça, comme tous les autres moines-soldats silencieux, prêts à mourir. Désobéir au grand maître, violer le serment les condamneraient à l'enfer, eux qui n'avaient vécu que pour assurer leur vie éternelle.

— Mes ordres sont clairs, Mailly. Dispersez-moi ces Sarrasins et faisons boire nos chevaux.

— Voyez comment ils se disposent, osa dire le maréchal. Ils savent manœuvrer. Ils ne vont pas s'enfuir comme à Montgiscard. Ils ne nous attaquent pas, mais si nous les chargeons, ils vont nous exterminer. Jusqu'au dernier.

— Mailly ! Vous frôlez le parjure, gronda Ridefort qui haussa le ton et se dressa debout sur ses étriers afin d'être vu et entendu de tous. Sacrilège ! ajouta-t-il en hurlant. Les infidèles ont violé les frontières du royaume. Accomplissons notre mission sacrée : chassons-les !

Jacques de Mailly se signa lentement en se demandant combien de temps durerait le massacre, combien de Sarrasins seraient tués avant la mort du dernier Templier. Il se tourna vers Gérard de Ridefort :

— Ma tête, disiez-vous ? Je vais la perdre, je le sais. Je sais aussi que la vôtre restera sur vos épaules.

Le maréchal Jacques de Mailly coiffa son heaume. De la main gauche il empoigna les rênes, de l'autre il tira l'épée qu'il brandit haut. Il donna des talons, poussa un cri et dévala, suivi par l'avalanche des Templiers, capes blanches déployées en larges corolles.

— Et vous ? demanda Gérard de Ridefort à Roger de Moulins qui ne bougeait pas.

— Vous croyez ? souffla le prieur. Oui, c'est vrai, il faut un Hospitalier dans ce combat.

— Un peu de courage, pour une fois !

Par bravade ou par soumission, Roger de Moulins s'élança à son tour. Au galop il se précipita dans la mêlée.

Resté seul sur la crête, Gérard de Ridefort voyait comme une immense bouche qui s'ouvrait, happait, avalait une petite masse blanche qui fondit à vue d'œil. Le grand maître attendit jusqu'à la fin. Il voulait pouvoir témoigner devant le roi, dire haut et fort ce qui se passait sur les terres du renégat où les Sarrasins se promenaient comme chez eux.

Quand tous les Templiers eurent disparu, engloutis dans des éclaboussures sanglantes, il fit demi-tour et reprit la route de Jérusalem. Il ne ramenait pas Raimond, mais il rapportait la preuve de sa trahison.

Toute la matinée, après le passage de l'armée ayoubide, Raimond et ses beaux-fils avaient scruté le ciel : il était resté limpide, sans la moindre fumée annonciatrice de pillages ou de dévastations. Ils n'avaient vu que de longues colonnes d'oiseaux migrateurs. Aux premières chaleurs du printemps, ils quittaient l'Egypte et montaient à tire-d'aile vers l'Arménie et le Caucase. Leur route suivait la vallée du Jourdain.

Passé midi, la nuque et le front brûlants, Raimond avait eu un nouvel étourdissement, ses jambes s'étaient dérobées et il s'était retenu de justesse à l'épaule d'Arnoul. On l'avait assis à même le sol du chemin de ronde. Arrivée aussitôt, Eschive l'avait rudoyé : il devait s'allonger. A peine dévêtu, il s'était écroulé, endormi, couché nu en travers du lit, écrasé de fatigue. Couvert de sueur, il dormait la bouche grande ouverte, en ronflant dans un sommeil agité.

— Ils reviennent, lui souffla Eschive, doucement, pour le réveiller sans le brusquer. Ils arrivent. C'est fini, lui répétait-elle en lui caressant le front.

Des guetteurs postés sur une éminence avaient aperçu l'armée de Loup Bleu revenant sur ses pas. Raimond serra sa femme dans ses bras. Dieu merci, ils tenaient parole. Grâce au ciel, cette journée d'anxiété prenait fin. Il s'habilla et sortit sur la courtine pour aller jusqu'à la tourelle qui flanquait la porte de Capharnaüm.

Maintenant, il attendait, coiffé de sa couronne, les bras croisés sur sa tunique rouge. A ses pieds, Arnoul assis sur une caisse écrivait sur ses genoux. Il les vit le premier :

— Les voilà ! annonça-t-il le doigt pointé.

— Deux heures avant le coucher du soleil, évalua Raimond en regardant le ciel. Loup Bleu est un homme d'honneur.

Il se reprochait déjà d'avoir eu si peur. Il voyait approcher une armée disciplinée, avançant au petit trot, sans cris de guerre, sans musique, étrangement silencieuse. Le gros de la troupe s'engageait déjà le long de la berge, vers le camp de Saladin de l'autre côté du lac de Tibériade. Un détachement d'une centaine de cavaliers se sépara du cortège et marcha vers les murs de la ville. Ils étaient ordonnés par quatre, comme pour une parade. Chacun tenait sa lance droite, dressée vers le ciel. Au bout de chacune Raimond apercevait un curieux renflement, comme une grosse boule fichée sur la pointe.

Un instant plus tard il reconnaissait le visage de Jacques de Mailly, ses cheveux blonds, rougis, pendaient en mèches dégouttantes de sang autour de son cou tranché. Puis Roger de Moulins, bouche bée, les yeux encore ouverts, étonnés. Puis des visages familiers ou inconnus ou méconnaissables, grimaçants ou sereins, intacts ou fracassés. Les lanciers venaient sous le rempart les brandir l'un après l'autre au bout de leur arme, juste devant Raimond. En tendant le bras il aurait pu les toucher, fermer les yeux du prieur, caresser la joue d'un ancien compagnon d'armes. Les têtes défilaient dans la pleine lumière du soleil de l'après-midi. Soudain Loup Bleu surgit, sans casque, au milieu de ses hommes. Il cabra son cheval et cria à Raimond :

— Moi, j'ai tenu parole. C'est eux qui ont attaqué. J'espère que tu ne nous as pas trahis. Le sultan jugera.

Les cavaliers virevoltaient, soulevant un nuage de poussière au-dessus duquel surgissaient les visages morts. Blafards, ils se détachaient sur le bleu sombre du lac de Tibériade. Raimond chancela, perdit connaissance et s'écroula de tout son long, le poing crispé sur la poitrine.

Balian se rongeait les ongles de la main droite. L'autre main pendait. Sur sa chaise, il remuait d'une fesse sur l'autre pour lutter contre l'engourdissement qui lui picotait les pieds. Il avait veillé Raimond toute la nuit avec Eschive, Guillaume et Hugues. Les deux garçons dormaient à même le sol, recroquevillés l'un contre l'autre sur un tapis de laine.

Eschive était assise sur le lit. Elle tenait la main de Raimond. Parfois, il la lui arrachait, tendait les bras au plafond, paumes ouvertes, doigts écartés, criant son épouvante : « Les têtes, les têtes ! Non, pas Mailly ! Pas toi, Jacques ! Je n'ai pas voulu ça », et ses bras retombaient lourdement sur le lit.

Quand la première clarté se fit, Eschive crut à un effet de lumière matutinale, mais avec le point du jour elle se rendit à l'évidence : Raimond n'était plus le même homme. Ses cheveux et sa barbe, hier encore d'un noir d'encre, étaient devenus blancs comme neige. Seuls les sourcils épais formaient deux traits charbonneux.

Il geignait : « Les têtes ! Les têtes... » Balian, lui, avait vu les corps. Il était arrivé la veille, en fin d'après-midi, à la fontaine du Cresson, quelques heures après le carnage. Des vautours plongeaient leur bec au fond des entrailles et les secouaient pour les arracher. Des hyènes broyaient les os et emportaient les membres, des chiens léchaient les flaques de sang ; festin silencieux, sans disputes entre charognards à poil et à plume qui ne manquaient pas de chair à dévorer. Une centaine de cadavres décapités.

Au fil des heures, tout au long de la journée, Raimond retrouva peu à peu ses esprits. C'était pour découvrir l'étendue du désastre.

— Tu es sur une crête, en équilibre, au-dessus de deux gouffres, lui disait Balian en essayant de mettre dans sa voix une douceur réconfortante mais contradictoire avec le propos.

Assis sur son lit, le dos contre le mur, Raimond hochait la tête sans rien dire. Avec sa barbe et ses cheveux blancs, il ressemblait à un vieux sage. Il se retenait de pleurer sur la ruine de ses espoirs.

Les liens qu'il avait patiemment tissés avec Saladin allaient être brutalement rompus. Le sultan lui faisait confiance. Mais il ne manquerait pas de mauvaises langues chez les ulémas pour venir instiller le doute, puis le soupçon, au détour des bavardages. « Qu'attendre d'un Franj, sinon une trahison ? C'est lui qui a fait venir les Templiers. »

A Jérusalem aussi, on allait le maudire. Qui oserait prendre sa défense ? Gérard de Ridefort devait déjà courir du manoir royal au Temple, au Saint-Sépulcre, répétant partout que le renégat s'était servi d'une armée d'infidèles pour massacrer les Templiers sur ses propres terres. Dans ce chaos, Raimond n'avait qu'une certitude : la guerre avait commencé. Depuis l'enlèvement de la sœur du sultan par ce fanatique de Renaud de Châtillon, elle était inévitable. Maintenant le sang avait coulé. Et quel sang ! L'élite des Templiers.

Raimond se rappela la question de Saladin quand ils parlaient en buvant du thé sur le bateau au milieu du lac, sept mois plus tôt. Et si la guerre éclate ?

avait demandé Saladin. Je me tiendrai à l'écart, avait répondu Raimond. Impossible ! avait prédit le sultan. Il avait raison. L'étau allait se refermer sur lui, ici même, à Tibériade où Saladin campait déjà. Il allait être broyé entre deux armées qui le traiteraient en ennemi.

— Tu dois choisir, lui répétait Balian. D'ailleurs, tu n'as pas le choix.

C'était vrai. Entre le croissant et la croix, il ne se sentait pas le droit d'hésiter. Mais il était en deuil de son rêve.

— Tu vois, Balian, toute ma vie aura été inutile. Je voulais la paix pour ce pays qui est le nôtre, mais qui n'est pas que le nôtre. Et voilà que nous allons faire la guerre. Pas une escarmouche, pas une bataille. Une guerre à mort, comme nos aïeux il y a près de cent ans quand ils arrivaient ici en croisade. Si nous perdons, nous serons jetés à la mer. Si nous gagnons, il faudra à nouveau cent ans pour rétablir la confiance.

Le porcelet, fermement ligoté, ficelé comme un paquet de viande vivante, couinait et grognait, pendant qu'on attachait la corde à la queue du cheval. Renaud de Châtillon monta en selle et partit au pas au milieu du grand cercle que formaient ses mercenaires, hilares. Traîné dans la poussière, le cochon, le groin baveux, poussait des cris perçants. Deux femmes franques misérablement vêtues entrèrent dans l'arène délimitée par les hommes de Renaud de Châtillon. L'une était jeune et grande, l'autre âgée, sèche, avec un regard mauvais. Chacune tenait un couteau à la main. Le cochon de lait serait à celle qui l'attraperait et trancherait la corde. Renaud se mit au petit trot, décrivant des voltes, passant près des femmes en accélérant l'allure, traînant son fardeau à demi assommé. Les deux femmes couraient, se faisaient mutuellement trébucher, s'étalaient dans la poussière le couteau à la main, se relevaient...

Finalement, la vieille emporta la bête après s'être débarrassée de sa rivale d'un coup de lame dans la fesse.

— J'en étais sûr ! s'esclaffa Renaud de Châtillon. On voyait bien que cette vieille était plus méchante que l'autre. Allez ! Suffit pour aujourd'hui. Je vais au Conseil. On refera une course au cochon demain. On n'a que ça à faire, de toute façon.

Les mercenaires acquittèrent leurs paris. Ceux qui

avaient joué sur la vieille gagnèrent gros. Précédé de son écuyer, Renaud de Châtillon sortit de son camp. Il longea les quartiers de Gautier de Césarée, puis ceux de Balian de Naplouse. Les tentes étaient alignées en carrés, autour des feux où grillait la viande. Renaud de Châtillon aimait cette odeur virile et rustique des armées en campagne. Fumets des cuissons, sueur des soldats, crottins des bêtes, relents des latrines. Il fit un détour afin d'éviter le campement de Raimond et se dirigea vers les fontaines de Séphorie.

Autour, bêtes et palefreniers se pressaient à toute heure du jour. C'était le seul point d'eau pour les mille deux cents chevaux de l'armée, les mules, les chameaux. L'écuyer fraya un passage à coups de bâton. Il héla le sergent qui s'efforçait de mettre un peu d'ordre dans la cohue. Heureusement, les fontaines de Séphorie coulaient en abondance, leurs douze bassins étaient longs et larges, et une centaine de bêtes pouvaient s'abreuver en même temps. Pendant que sa monture buvait, Renaud écoutait les récriminations du sergent, un homme de Bethléem.

— Huit jours qu'on est ici, messire. On mange, on joue aux dés, mais pendant ce temps qui s'occupe de nos moissons et de notre bétail ? Nos femmes s'y épuisent !

— Penses-tu ! plaisanta Renaud de Châtillon pour attiser le mécontentement du soldat. Ta femme, elle doit s'occuper du voisin.

— Pas si bête ! rétorqua le sergent. Le voisin, je l'ai enrôlé. Il est ici, sous mes ordres. Alors messire. C'est quand, cette guerre ?

— Quand le roi aura compris que Raimond de Tripoli se moque de lui, répondit Renaud de Châtillon en dégageant son cheval pour rejoindre le

Conseil qui avait déjà commencé, comme chaque jour en fin d'après-midi.

Un quart d'heure plus tard, Renaud arriva dans la clairière où se dressait le pavillon royal, à l'ombre du feuillage d'un rideau d'eucalyptus. Les pans de toile rouge doublée de soie bleue étaient relevés. Sous un dais, Guy de Lusignan trônait sur un fauteuil de bois sculpté. Les membres du Conseil avaient pris place autour de lui, assis sur des tabourets. Raimond se tenait debout, au milieu du cercle, face au roi. Muni d'une longue tige arrachée à un arbre, il dessinait sur le sol. Attentif, le roi Guy se penchait en avant, les coudes sur les genoux, le menton posé sur ses doigts croisés. Il regardait le plan que traçait Raimond.

— Entre Saladin et nous il y a quinze heures de marche, sire, c'est-à-dire deux jours.

— Ce n'est rien, considéra Guy de Lusignan.

— Deux jours sans un point d'eau dans la fournaise du plein été, c'est le désastre assuré. Les chameaux passeront sans difficulté, mais nos hommes et nos chevaux ne le supporteront pas. Ils arriveront à bout de forces devant l'ennemi.

Depuis deux mois, Raimond de Tripoli et Guy de Lusignan étaient réconciliés. Huit jours après le massacre des Templiers, ils étaient partis à la rencontre l'un de l'autre. Balian de Naplouse avait organisé le rendez-vous à Saint-Job, à mi-chemin sur la route de Jérusalem à Tibériade. Le roi et le comte avaient mis pied à terre et marché l'un vers l'autre. Raimond avait fléchi le genou mais Guy l'avait aussitôt retenu et pris dans ses bras. Tout s'était déroulé comme convenu grâce à l'entremise de Balian.

Depuis, le roi ne prenait aucune décision sans Raimond. Il lui avait confié le soin de rassembler l'ost royal et d'en prendre le commandement. De son côté, Raimond n'avait pas ménagé sa peine, parcourant le royaume de ville en ville pour recruter. Grâce aux impôts prélevés pendant sa régence, l'abondance du trésor permettait d'enrôler des mercenaires et de dédommager les soldats. Au bout d'un mois, il avait réuni mille deux cents chevaliers et vingt mille hommes. Depuis les grandes batailles de la première croisade, jamais le royaume n'avait aligné une telle armée.

A la fin du mois de juin, Raimond avait ordonné le rassemblement aux fontaines de Séphorie. Les hommes et les bêtes disposaient d'eau et de vivres à profusion. Raimond dédommageait les paysans pour leurs pâturages envahis par les chevaux, il veillait à la bonne organisation du camp, car il entendait y prendre durablement position.

— Ici, nous pouvons tenir très longtemps. Nous avons de quoi faire boire et manger nos vingt mille hommes.

— Alors, mangeons et buvons puisque nous n'avons pas mieux à faire !

C'était Renaud de Châtillon qui venait d'arriver. Avant même de s'asseoir, il interpellait Raimond avec sa brutalité coutumière. Il s'empara d'un tabouret et s'assit. Jambes écartées, il cracha entre ses pieds.

Raimond affecta l'indifférence. La grossièreté de Renaud de Châtillon ne l'atteignait plus. Il le tenait pour un fou, responsable de cette guerre. Heureusement, le roi avait enfin pris ses distances avec celui qui l'avait défié en refusant de libérer la sœur de Saladin. Désormais, Guy traitait Renaud de Châtillon avec froideur et se gardait de ses conseils. Il s'en remettait à Raimond qui se montrait d'une parfaite loyauté et dont les avis, soutenus par les seigneurs du royaume, lui semblaient plus sages. Certes, Guy avait encore de la rancœur contre Raimond qui lui avait tenu tête pendant huit mois. Il devinait que le comte n'avait pour lui aucune estime, mais il avait besoin de lui et faisait taire son orgueil. Raimond avait ravalé sa rancune. Il ne pensait plus qu'au péril. Tout allait se jouer sur une bataille gagnée ou perdue. Il n'aimait pas la guerre mais il savait la conduire.

Du bout de la baguette, Raimond dessina un vague cercle.

— Ici, le lac de Tibériade. L'armée du sultan campe sur le rivage. Eux aussi, ils ont de l'eau.

Il traça un long trait dans la poussière.

— Entre nos deux armées, pas une source, expliqua-t-il. Rien qu'un désert de cailloux, une terre pelée, crevassée par la sécheresse. Et un soleil de feu. Celui qui traversera cet enfer aura perdu la guerre.

— Et l'avantage de l'offensive ? interrogea Ridefort en se tournant vers le roi. C'est toujours ainsi que les armées du Christ l'ont emporté sur les infidèles. Nous allons abandonner à Saladin ce qui fait notre force : nous avons perdu notre combativité, sire. Je vous l'ai souvent dit.

Raimond surprit un trouble dans le regard de Guy et s'empressa de répondre à l'objection du grand maître.

— Messire de Ridefort, c'est au nom de ce principe que vous avez envoyé à la mort les meilleurs de vos Templiers. Ce désastre devrait vous rendre plus modeste.

— Mes hommes ne seraient pas morts si vous n'aviez pas laissé l'ennemi envahir...

— Assez ! coupa le roi. Ces querelles ne sont plus de saison. J'ai confié le commandement à Raimond de Tripoli. C'est à lui de décider.

Raimond allait reprendre la parole quand il les vit tous regarder vers le fond de la clairière. Il se retourna : ses deux beaux-fils avançaient en soutenant un homme épuisé, les bras autour de leurs épaules. Ses jambes le portaient à peine. Du sang séché tachait son vêtement en lambeaux. Guillaume et Hugues assirent le malheureux sur le sol en soutenant son dos pour qu'il puisse parler.

— Tibériade, dit-il dans un sanglot, le visage entre les mains.

Raimond blêmit. Il pressentait ce qu'il allait entendre : Saladin avait pris la ville. Le rescapé raconta l'assaut. La vague avait submergé les remparts et envahi la cité. Vingt chevaliers et une centaine d'hommes avaient péri dans la bataille. La citadelle tenait bon. Eschive y était réfugiée avec une trentaine de défenseurs, enfermés dans le donjon, cernés de toutes parts.

— Allons les sauver ! s'écria Renaud de Châtillon qui s'était levé en renversant son tabouret.

— Sire, tout atermoiement serait impardonnable, ajouta Gérard de Ridefort.

Les autres regardaient Raimond, toujours debout devant le roi. Il jeta sa baguette et croisa les bras. Son calme surprenait Guy de Lusignan qui croyait même déceler l'ombre d'un sourire sur les lèvres de Raimond qui murmura à mi-voix, comme pour lui-même :

— Bien joué, bien joué...

— Quoi ! éructa Renaud de Châtillon. Le porc

vous prend votre ville, il séquestre votre femme et vous faites son éloge ?

— Messire Raimond, intervint le roi, votre épouse est en danger, vous ne pouvez tout de même pas l'abandonner.

— Sire, ma femme ne court aucun danger. Il me faudra payer une rançon, c'est tout. Mais je vous conjure de ne pas tomber dans le piège que Saladin nous tend. Ce qui se passe à Tibériade ne change rien à la géographie de la Galilée. Je vous disais tout à l'heure qu'entre le sultan et nous il y a un désert mortel pour une armée. C'est toujours vrai. Celui qui s'engagera dans cette fournaise en sortira vaincu, comprenez-vous ?

— Saladin a pris Tibériade pour forcer la main de Raimond, expliqua Balian. Il est rusé. Il sait que Raimond vous conseille de ne pas quitter Séphorie et il a trouvé ce moyen...

— De le faire changer d'avis, poursuivit Guy de Lusignan en hochant la tête.

— Non sire, dit Raimond. Saladin n'espère pas me faire changer d'avis. Il sait bien que je n'enverrai pas l'armée au désastre. Il espère seulement qu'on s'indigne de mon attitude, qu'on fustige ma passivité, qu'on me soupçonne de trahison. Il veut que vous me retiriez votre confiance, que vous ne m'écoutiez plus, que vous vous en remettiez à ceux qui vous conseillent de commettre une folie. Et je ne sais pas...

Raimond se tut.

— Que ne savez-vous pas ? questionna Guy sur un ton sec.

— Je me demande s'il a réussi, dit Raimond en effaçant du pied ses plans dessinés dans la poussière.

Désorienté, ne sachant à qui se fier, Guy de Lusignan leva la séance d'un geste bref, sans un mot de conclusion, sans saluer quiconque. Il se retira sous son pavillon. Les écuyers royaux rabattirent derrière lui les pans de toile rouge et replièrent les tabourets pendant que les sentinelles plantaient des torches et se disposaient pour la garde.

Dans la nuit, les seigneurs regagnèrent chacun leur camp. Raimond demanda à Hugues et Guillaume de veiller sur le blessé accouru de Tibériade, puis il alla se coucher en espérant avoir convaincu le roi.

Dans l'obscurité, les capes des cinq Templiers formaient des taches claires. Ils parlaient entre eux, sans un regard pour les sentinelles de la garde royale qui se tenaient à quelques pas, dans le halo de lumière d'un faisceau de torches, près de la porte du pavillon. Sous la tente, le roi et Gérard de Ridefort se parlaient seul à seul. Le grand maître s'était présenté vers onze heures, exigeant une audience immédiate. Guy de Lusignan n'avait pas osé refuser. Ridefort avait médité son attaque. Elle fut brutale :

— Je viens ici vous dire la vérité, celle que l'on vous cache, sire. Vous devez savoir ce qui se dit de vous. On raconte que vous avez perdu votre virilité.

— C'est Sibylle qui fait courir ce mensonge ! Que cette chèvre aille au diable !

— Sans doute, sire. Mais, justement, comme c'est votre femme qui le dit, les gens sont tentés d'y croire.

— Mais enfin ! regardez-la. Elle a perdu sa beauté, elle est fanée, je n'en veux plus dans mon lit. Voilà tout. Mais, vous qui prétendez tout savoir, je vois que vous ignorez mon inclination pour une fort belle femme que j'ai rencontrée à Askelon, une rousse...

— La Circassienne est connue de tous, sire.

— Eh bien, vous voilà donc rassuré sur ma virilité.

— On dit partout que vous faites sa fortune mais que vous ne la touchez pas. L'indiscrétion viendrait d'elle ou d'un amant qu'elle aurait pris.

— Mensonge ! cria Guy en se levant brusquement.

— Certainement, sire, certainement. Ne vous inquiétez pas pour ça. Ces bavardages de femmes sont sans importance.

— Facile à dire quand on n'en est pas la victime, rétorqua le roi en se rasseyant. D'ailleurs, si vous n'attachez pas d'importance à ces calomnies, pourquoi venez-vous m'en parler au milieu de la nuit ? N'ai-je pas assez de soucis ?

— C'est que les hommes se posent des questions. La virilité, c'est la première qualité d'un chef de guerre. Ces médisances de femelles ne les intéressent pas. Ce qui les inquiète, c'est votre capacité à les mener au combat. Et ils doutent. Et l'inaction nourrit ce doute. Il ne tient qu'à vous de le balayer en un instant et nul ne mettra plus...

— Mais enfin ! Que puis-je faire ?

— Montrez la détermination d'un vrai mâle. Ordonnez à l'armée de se mettre en route et elle retrouvera confiance en vous.

— Vous avez entendu Raimond, tout à l'heure. D'ici à Tibériade il n'y a pas d'eau, le soleil tape, et nous arriverons épuisés devant Saladin.

Gérard de Ridefort joignit les mains comme pour une prière. Il poussa un long soupir et fixa Guy de Lusignan avec commisération.

— Sire ! Comment pouvez-vous laisser ce renégat vous abuser ainsi ? J'ai failli intervenir tout à l'heure quand il vous a fait tomber dans son piège. Mais à quoi bon ? Il vous aveugle.

— Quel piège ?

— Enfin, sire ! Il est de mèche avec Saladin ! Depuis toujours. Mais au moins, aujourd'hui, c'était clair.

— Comment, clair ? Saladin lui envahit sa ville et assiège la citadelle où sa femme est réfugiée !

— C'est bien là le piège ! Avec tous ces malheurs qui tombent sur lui, pas de doute possible : Raimond a bien rompu avec Saladin et vous faites donc confiance au renégat. Il vous conseille de rester ici et vous suivez son conseil.

— Mais enfin ! C'est lui qui risque de perdre sa ville et sa femme. Moi, je n'ai rien à perdre.

— Si. Votre honneur. Et un roi qui perd l'honneur perd bientôt sa couronne, mais n'ayez crainte : votre ami Raimond sera là pour la ramasser. Il aura sacrifié Tibériade pour régner à Jérusalem.

Guy pâlit, ses lèvres se pinçaient, il les mordillait. Et si c'était vrai ? Ridefort lut sur le visage du roi la perplexité puis le doute. Il poussa son avantage.

— Vous avez bien vu qu'il n'a manifesté aucune émotion quand on lui a annoncé que sa femme était prisonnière. Il n'a même pas eu l'air surpris. Je vous dis que tout est manigancé.

— Supposons que vous disiez vrai. Que faire ?

— Attaquer immédiatement Saladin.

— Mais il y a ces deux jours de marche sous la canicule.

— Il vous a berné ! Il suffit de partir au milieu de la nuit. Nous profiterons des heures fraîches pour avancer le plus vite possible. Ensuite, il y aura une seule journée de marche. Une longue journée mais une seule. Et nous arriverons sur le lac à la fin du jour. Nous n'aurons plus qu'à abreuver les chevaux et à livrer bataille le lendemain.

— Une seule journée, murmura pensivement Guy. J'aurais dû y penser. Pourquoi n'avez-vous pas proposé ce plan devant le Conseil, tout à l'heure ?

— Parce qu'on ne révèle pas ses plans devant un traître qui aurait aussitôt informé Saladin.

— Traître ? Mais comment en être sûr ?

— En ouvrant les yeux. Il y a trois mois il refusait de vous reconnaître. Aujourd'hui, il vous courtise. Demain, il vous renversera.

Guy mit les mains sur son visage, poussa un nouveau soupir.

— Que c'est difficile de régner, se désola-t-il.

— Ce n'est pas difficile de choisir entre la gloire que je vous offre et la honte dans laquelle il veut vous perdre.

— Et quand partir, d'après vous ?

— Sur-le-champ. Nous devrions déjà être en selle. Mes Templiers sont en armes. Ils vont aller réveiller tout le monde. Dans une heure ou deux nous pouvons être en route. Sire, au début de la nuit prochaine nous serons sur le lac de Tibériade. Vous y remporterez la plus éclatante victoire depuis la libération de Jérusalem.

— Vous croyez ?

— A deux conditions : donnez immédiatement l'ordre de mise en route, et veillons à ce que Raimond s'en aperçoive le plus tard possible.

Marchant droit vers l'est, ils reçurent en plein visage le soleil levant de ce 2 juillet 1187. Il était ardent déjà, et eux déjà fatigués. Les uns n'avaient pas dormi. Les autres avaient été brusquement tirés de leur premier sommeil. Ils s'étaient équipés à la hâte, en maugréant, puis ils s'étaient mis en marche dans la nuit à la lueur des torches.

Quatre heures plus tard, l'aube leur avait apporté la lumière. Maintenant, avec les premiers rayons la chaleur arrivait.

L'armée s'étirait à travers un paysage sec. Le relief était mouvementé mais monotone : des collines pelées, des oueds vides, à nouveau des collines nues... Ils les gravissaient, descendaient, gravissaient un autre escarpement caillouteux. Ils avançaient lentement, en désordre. Des troupes de chevaliers précédaient leur cohorte de fantassins que suivaient les bêtes de somme. Derrière venait une autre chevalerie avec ses étendards et ses piétons armés de leur arc ou de leur pique. Au milieu du cortège, une escorte entourait deux évêques. Coiffés de leur mitre, ils portaient la sainte Croix à tour de rôle en l'absence du patriarche. Héraclius n'avait pas eu le courage de venir. Invoquant ses devoirs envers les femmes, les enfants, les vieillards, les malades, il était resté à Jérusalem avec Pâque de Riveri.

Dans les rangs de l'ost, on colportait d'un groupe

à l'autre des histoires inquiétantes. On aurait vu des corbeaux à quatre pattes, des vipères avec une tête à chaque bout. On disait qu'à l'aube une sorcière aurait été découverte, cachée dans un buisson. Sous la torture elle avait avoué : Saladin l'avait envoyée jeter de mauvais sorts. On l'avait ligotée sur un bûcher de fagots mais les flammes ne l'avaient pas brûlée. Le feu caressait la sorcière sans lui faire le moindre mal. Finalement, d'un coup de hache un sergent lui avait fendu le crâne en deux et un serpent en était sorti.

Cette funeste histoire se propageait à la vitesse des mauvaises nouvelles. De tels signes minaient le courage des hommes. Le soleil les vidait de leurs forces. A tout instant ils tétaient avidement les outres. Ils buvaient l'eau tiédie sans retenue, oublieux des ordres, sans penser aux heures de fournaise qui les attendaient. Ils transpiraient et la sueur laissait en séchant sur les visages une pellicule de sel mêlée de poussière ocre. Ils plissaient les yeux, scrutant un horizon tremblant, ondulant, comme si le sol était en fusion. Le métal brûlant des armes et des cottes de mailles mordait la peau. Les chevaux faisaient des écarts sous la brûlure des pièces d'armure qui leur protégeaient le poitrail. Le sabot lourd, la tête basse, ils avançaient au pas. Ils allaient lentement mais ils ruisselaient.

Après l'histoire de la sorcière courut la rumeur d'une attaque. C'était vrai : une cavalerie légère était venue lâcher une volée de flèches avant de disparaître.

Un peu plus tard, ces offensives fulgurantes se reproduisaient à l'arrière puis sur les flancs. Une centaine de Sarrasins déboulaient tout à coup. Ils lâchaient leurs traits et prenaient le large aussitôt.

Chaque pluie de flèches faisait des victimes parmi les fantassins mal protégés. Des hommes tombaient, transpercés. On pansait les blessés hurlants ou évanouis, on les chargeait sur des chameaux. On abandonnait les morts car il fallait avancer vite. Ombres noires sur le ciel bleu, les vautours planaient patiemment en décrivant de grands cercles.

Quand vint le feu de midi, toutes les outres étaient vides. La soif fit ses premiers ravages. Après avoir brûlé les visages, le soleil tapait maintenant sur les nuques. Le sang battait aux tempes comme une fièvre. Ceux qui connaissaient le désert suçaient des cailloux : leur bouche produisait alors quelques gouttes de salive. Parfois, ils voyaient au loin une poignée de cavaliers arabes. Les Sarrasins brandissaient leurs outres, s'aspergeaient le visage et répandaient l'eau sur le sol tout autour d'eux. Pour les assoiffés, c'était une torture.

Raimond, le visage et le crâne enveloppés dans un turban blanc, avançait en tête. Il désapprouvait l'expédition mais, prince de Tibériade, il devait la conduire. Il revenait au seigneur du lieu d'ouvrir la route. Soudain, il vit frémir les naseaux de son cheval qui hennit, aussitôt imité par les autres.

Raimond reconnut les deux mamelons des Cornes-du-Diable. Ils arrivaient. Bien après les chevaux, il perçut à son tour une brise infime qui portait l'odeur de l'eau qu'on ne voyait pas encore. Quand il serait sur la crête qui se découpait sur le ciel, devant lui, il saurait... Il poussa sa monture qui se mit au petit trot, excitée par l'humidité qui flottait dans l'air chaud.

Parvenu au sommet, Raimond découvrit sans surprise ce qu'il avait prédit : en bas, au loin, bleu comme une mer, le lac de Tibériade scintillait au soleil. Noire, verte, blanche, rouge, bleue, safran, l'armée du sultan formait une immense étendue multicolore, bruyante, mouvante, hérissée de lances, de bannières, de sabres brandis. Entre le lac et l'armée franque, une masse infranchissable empêchait d'atteindre la rive. L'eau était là, mais inaccessible.

En voyant arriver les Francs, les Ayoubides criaient à pleine poitrine, frappant leurs armes contre leur bouclier. Des émirs et leur suite cavalcadaient le long des premières lignes pour les contenir.

Raimond regardait sa ville de Tibériade, au bord du lac, noyée au milieu des Sarrasins. Il vit le rouge et l'or de son étendard flotter sur le donjon : la citadelle tenait bon. Eschive était là, cernée, inaccessible elle aussi.

Le soleil déclinait. L'ost posait armes et bagages, s'installait sur le plateau, au pied des Cornes-du-Diable. Au milieu du camp de fortune, Guy fit dresser son pavillon où les évêques vinrent déposer la sainte Croix. Les troupes de l'arrière-garde continuaient d'arriver, exténuées. Les hommes se laissaient tomber sur le sol en gémissant, les lèvres crevassées.

Les premiers Francs étaient à portée de flèche des premiers Sarrasins mais personne n'attaquait. Les Francs, à bout de forces, n'étaient pas encore tous rassemblés. En face, les Sarrasins avaient reçu l'ordre de ne pas provoquer le combat. Le temps jouait en leur faveur. Adossés à la rive du lac, ils avaient autant d'eau qu'ils voulaient. Des chameaux chargés d'outres pleines passaient dans les rangs et montaient jusqu'aux premières lignes. En voyant leurs ennemis se désaltérer, les chrétiens, la langue pendante, souffraient encore plus de la soif. Certains recueillaient au fond de leur casque le jet d'urine d'un cheval. Ils buvaient, hoquetaient, vomissaient, un goût infect dans la bouche.

Une lune presque pleine se leva sur le plateau d'où montaient des prières, des sanglots, des blasphèmes, des délires. Tout à coup, tel un grondement tellurique, quarante mille poitrines poussèrent un cri sourd : « Allah ! » L'armée musulmane priait. C'était puissant comme le souffle d'un géant.

Les Francs priaient aussi, le visage entre les mains ou les yeux au ciel, seuls ou en groupes autour d'un clerc. Des chanoines en cotte de mailles brandissaient des torches à côté des évêques en armure qui distribuaient des bénédictions à des centaines de chevaliers et de soldats agenouillés se signant et murmurant des oraisons ou des incantations. Ainsi passèrent ces heures interminables d'une seconde nuit d'insomnie. Ils étaient hébétés de fatigue et d'angoisse quand l'aube repoussa peu à peu l'obscurité. Ils revirent le lac, puis l'océan sarrasin, puis le soleil violent dès son apparition.

Les musulmans ne bougeaient pas, immense armée immobile comme la surface du lac. Des chameaux portaient des carquois pleins de flèches et venaient baraquer au milieu des archers. Ils attendaient : la chaleur continuait d'affaiblir l'adversaire.

Tout à coup, les Templiers lancent la première attaque. Ils sont près de deux cents, disposés en triangle. Ils s'enfoncent dans la marée adverse. Ils la fendent comme la proue d'un navire. Leur charge ouvre un sillage sanglant mais, derrière eux, le flot humain se referme aussitôt. Les chevaliers francs avancent mais leurs fantassins sont repoussés. Sans les piétons, les Templiers sont serrés de près, piqués, tirés, frappés de tous côtés. A quatre pattes, des Sarrasins coupent les jarrets des chevaux ou les éventrent. Ils s'effondrent en ruant, répandant leurs tripes, désarçonnant leur cavalier qui tombe, aussitôt cloué au sol par dix lames. Quand on lui arrache le heaume pour le décapiter, il est déjà mort. Dix, quinze combats semblables se disputent au même moment : clameurs, poussière, confusion, cris des hommes et des chevaux, martèlement des charges de cavalerie, ordres hurlés par les chefs.

Au milieu de ce désordre, l'enjeu de la bataille est simple : les Francs veulent atteindre l'eau mais trente mille hommes et douze mille cavaliers les empêchent de passer.

Parmi les Francs la chaleur et la soif font autant de ravages que le fer. Ils s'élancent avec l'énergie du désespoir mais leurs jambes les portent à peine. Ils vacillent au premier choc, reculent devant le nombre, remontent sur le plateau, se regroupent, lancent un nouvel assaut pour tenter en vain de rejoindre les chevaliers qui n'avancent plus et s'écroulent les uns après les autres.

Soudain, un léger souffle passe sur le lac, glisse le long de la pente, remonte vers les Cornes-du-Diable. Aussitôt les écuyers de Saladin brandissent de grands drapeaux rouges qui ondulent dans la brise. C'est le signal : en première ligne, des hommes décrochent de la selle des chameaux des cruches pleines de naphte. Ils répandent le combustible sur l'herbe sèche et l'enflamment. Le vent attise le feu, le propage et le pousse vers les Francs qui refluent, suffoqués. L'épaisse fumée leur pique les yeux et les asphyxie. Les volutes voilent le soleil. Des blessés rampent en hurlant quand ils voient les flammes arriver sur eux. Dissimulés derrière le nuage de l'incendie les archers arabes avancent, lâchant leurs flèches courtes, peu précises, mais si puissantes qu'elles transpercent les cottes de mailles.

Raimond regarde autour de lui : ils sont cernés. Il rassemble une dizaine de ses hommes, ses deux beaux-fils et Réginald de Sidon. Ils se lancent derrière lui au triple galop. Les rangs ayoubides s'écartent devant eux. Raimond et ceux qui le suivent éperonnent leur monture et poursuivent leur course au milieu de la voie qui s'ouvre, entre deux haies d'ennemis. L'instant d'après, ils se retrouvent de l'autre côté de l'armée sarrasine. Raimond s'arrête, se retourne. Ses compagnons sont tous passés mais la brèche n'existe déjà plus. Les rangs se sont reformés. Personne n'a pu les suivre. Raimond se demande par quel miracle il a pu se sauver. Indulgence du sultan qui aurait donné un ordre ? Négligence providentielle de l'émir qui commande ce flanc de l'armée ?

Et que faire ? Charger et retourner dans cet enfer ou bien piquer son cheval, fuir et galoper jusqu'à Tripoli ? Mourir ou vivre ? C'est à ce moment-là qu'il voit, là-haut, au pied des Cornes-du-Diable, une gerbe de flammes dévorer le pavillon de Guy de Lusignan. Le roi est pris ou mort. Surtout, la sainte Croix est perdue. Il n'y a plus rien à sauver, que sa propre vie. Raimond part avec les siens vers Tripoli.

Une heure plus tard, Loup Bleu entra sous la tente du sultan, au bord du lac de Tibériade. Il tirait derrière lui deux hommes hagards, le visage mangé de barbe, les cheveux hirsutes et poussiéreux, les vêtements déchirés, éclaboussés de sang. Saladin se leva et s'avança vers eux. Il tendit à Guy de Lusignan un gobelet d'eau fraîche. « Je te laisse la vie. Un roi ne tue pas un roi. »

Puis il sortit son sabre et trancha la tête de Renaud de Châtillon. « Comme ma sœur le lui avait promis. »

Saladin sortit. La bataille était finie. Le charnier s'étendait à perte de vue. Il mêlait hommes et chevaux, morts et blessés. Des vautours s'y posaient. Les hyènes approchaient.

Sur les crêtes et au bord du lac, des milliers de prisonniers avançaient en longues cohortes, titubant sous les coups de lanières. Ils allaient être vendus sur les marchés d'esclaves.

« Il y a tant de morts qu'en les voyant on pourrait croire qu'il n'y a pas eu de prisonniers, dit Saladin. Et il y a tant de prisonniers qu'en les voyant on pourrait croire qu'il n'y a pas eu de morts. »

Saladin prit Jérusalem trois mois plus tard, le 4 octobre 1187.

Et Raimond de Tripoli mourut de chagrin.

Epilogue

Au début du mois de juillet 1187, le royaume est à l'agonie. Le roi est prisonnier. La plupart des chevaliers sont morts ou bien captifs. Les uns pourrissent sur le champ de bataille, les autres échouent sur les marchés de Damas ou d'Alep. Le prix des esclaves n'a jamais été aussi bas : on échange un homme contre une paire de sandales.

Saladin libère Eschive de Tibériade et la fait escorter jusqu'à Tripoli. Puis il s'enfonce dans le royaume sans rencontrer de résistance. Avant de marcher sur Jérusalem, il s'empare des ports pour empêcher le débarquement d'une flotte franque. Josselin, le frère d'Agnès, lui livre Saint-Jean-d'Acre. Ensuite, Saladin prend Beyrouth, mais Askelon lui résiste. Pour faire plier la ville, il fait venir sous les remparts deux illustres prisonniers : Guy de Lusignan et Gérard de Ridefort tentent de persuader les habitants de se rendre. Les deux hommes espèrent ainsi obtenir leur libération.

A la fin du mois de septembre, Saladin marche sur Jérusalem. Il assiège la ville, martelée par les projectiles d'une douzaine de machines de siège. Balian de Naplouse, rescapé du désastre des Cornes-du-Diable, est mandaté par les habitants pour négocier la reddition. Saladin lui rappelle le massacre commis par les croisés quand ils avaient pris la ville, mais il accepte de laisser la liberté aux chrétiens moyennant dix besants pour les hommes, cinq pour les femmes, un pour les enfants. Seize mille Hiérosolymitains restent prisonniers faute de pouvoir payer la rançon. Sept mille réussissent à partir. Le patriarche Héraclius se sauve avec Pâque de Riveri, sa suite et ses coffres de bijoux. Ceux qui fuient la Ville sainte rejoignent les places fortes côtières toujours tenues par les Francs.

A l'annonce de la perte de Jérusalem, l'Occident lance la troisième croisade, menée par Philippe Auguste, Frédéric Barberousse et Richard Cœur de Lion. Deux ans plus tard, elle s'achève sur un traité de paix avec Saladin. Il conserve Jérusalem et laisse aux Francs leurs positions sur la frange littorale ainsi qu'un libre accès des pèlerins à la Ville sainte.

Saladin meurt en 1194, sept ans après la bataille des Cornes-du-Diable. Depuis, les musulmans vénèrent sa mémoire. Les chrétiens le respectent et son personnage apparaîtra souvent dans les romans de chevalerie.

Guy de Lusignan achète Chypre à Richard Cœur de Lion. Roi de l'île, il meurt la même année que Saladin. La dynastie des Lusignan régnera sur Chypre jusqu'en 1489.

A Tripoli, sur son lit de mort, Raimond confie la couronne à son filleul, Bohémond d'Antioche. Il devra la remetttre à un descendant de Saint-Gilles, un Raimond de Toulouse qui viendrait hériter du comté de Tripoli. Mais aucun ne viendra. Ils sont déjà confrontés à la propagation du catharisme et ils seront bientôt victimes d'une croisade : celle de Simon de Montfort contre l'hérésie albigeoise.

Tripoli résistera encore un siècle. Baïbars la prendra en 1289. Aujourd'hui encore, la masse imposante de la citadelle des Raimond d'Orient domine la ville et le port de Tripoli, au Liban.

Toulouse, le 18 mars 2001.

BIBLIOGRAPHIE

Conquête de la Terre sainte, Albert d'Aix, Editions L'Orient, 1993.

Le Royaume de Jérusalem, Guillaume de Tyr, Editions L'Orient, 1992.

Histoire des croisades, René Grousset, 3 tomes, Librairie Plon, 1934.

Traité de gouvernement, Nizam al-Mulk, Editions Sindbad, 1984.

Pour Jérusalem, Pierre Willemart, Editions du Félin, 1988.

Chrétiens et Juifs dans l'Islam arabe et turc, Youssef Courbage, Philippe Fargues, Petite Bibliothèque Payot, 1996.

Chrétiens d'Orient et Islam au Moyen Age, VIIe-XVe siècle, Alain Ducelier, Editions Armand Colin, 1996.

Petit dictionnaire de mythologie arabe et des croyances musulmanes, Edgar Weber, Editions Entente, 1996.

Histoire des croisades, Jean Richard, Fayard, 1996.

Histoire des croisades, La première croisade et la

fondation du royaume de Jérusalem, Steven Runciman, Editions Dagorno, 1998.

Autour de la première croisade, L'Occident chrétien contre l'Islam, Jean Flori, Editions Complexe, 1992.

Tebsima ou l'exilé du désert, récits historiques et légendaires, épisode de la première croisade, M. l'Abbé E. B., Maison Alfred Mame et Fils, 1876.

Les Croisades, Régine Pernoud, Julliard, 1960.

La Princesse lointaine, Edmond Rostand, 1898.

Le Comté de Tripoli sous la dynastie toulousaine, Jean Richard, Bibliothèque archéologique et historique, Librairie orientaliste Paul Geuthner, 1945.

Les Croisades, Apogée de la chevalerie, Jay Williams, Ed. RST, 1963.

La Civilisation des Arabes, Dr Gustave Le Bon, IMAG, 161/69.

Les Croisades, L'Orient et l'Occident d'Urbain II à Saint Louis, 1096-1270, sous la direction de Monique Rey-Delqué, Electa, 1997.

Ousama, André Miquel, Fayard, 1986.

La Femme au temps des croisades, Régine Pernoud, Stock, 1990.

Baudouin IV de Jérusalem, le roi lépreux, Pierre Aubé, Tallandier, 1981.

Multiple Jérusalem, Jérusalem terreste – Jérusalem céleste, sous la direction de Abdelwahab Meddeb, Revue Dédale Maisonneuve et Larrose.

Voir et comprendre au Moyen Age, sous la direction de Monique Rey-Delqué, musée des Augustins, Toulouse, 1994.

Itinéraires de cultures croisées, de Toulouse à

Tripoli, Université de Balamand-Université de Toulouse Le Mirail, 1997.

Constantinople, 1054-1261, dirigé par Alain Ducelier et Michel Balard, Ed. Autrement, 1996.

Les Conquêtes de la croix, Peter Bamm, Hachette, 1960.

La Chrétienté et l'Idée de croisade, Paul Alphandéry, Alphonse Dupront, Albin Michel, 1995.

Alexiade, Anne Comnène, 3 tomes, Les Belles Lettres, 1945.

Les Croisades, présentées par Robert Delort, Points, 1988.

Orient et Occident au temps des croisades, Claude Cahen, Aubier-Montaigne, 1983.

Les Croisades, Anthony Bridge, Denoël, 1983.

Contribution à l'histoire de Tripoli et de sa région à l'époque des croisades, Hassan Salamé-Sarrkis, Librairie Orientaliste Paul Geuthner.

L'Islam et la Croisade, Emmanuel Sivan, Librairie d'Amérique et d'Orient, 1968.

Chroniques arabes des croisades, textes recueillis et présentés par Francesco Gabrieli, Sindbad.

Le Vieux de la Montagne, Freidoune Sahebjam, Grasset, 1995.

Les Poèmes épiques des croisades, Anouar Hatem, Librairie orientaliste Paul Geuthner, 1932.

Les Croisades, Cécile Morrison, PUF, Que sais-je ?, 1994.

Les Croisades, Jonathan Riley-Smith, Pygmalion, 1990.

Libérer Jérusalem, la première croisade, Jacques Heers, Perrin, 1995.

L'Islam, Claude Cahen, Pluriel, 1997.

Islam-Occident, Ahmed Kedidi, La Pensée Universelle, 1991.

Atlas des croisades, Jonathan Riley-Smith, Autrement, 1996.

Saladin, Geneviève Chauvel, Pygmalion, 1990.

Le Roi lépreux, Librairie académique Perrin, 1984.

Les Croisades vues par les Arabes, Amin Maalouf, J'ai Lu, 1995.

Raimond III de Tripoli et la chute de Jérusalem (*Raymond III of Tripolis and the Fall of Jerusalem — 1140-1187)*, de Marshall Whithed Baldwin, Adolf Hakkart Publisher, Amsterdam, 1936), aimablement traduit de l'anglais par Jacqueline Jondot de l'université de Toulouse Le Mirail.

Remerciements

Je tenais à remercier pour leur aide si amicale la bibliothèque et les archives municipales de Toulouse, ainsi que la bibliothèque de l'Assemblée nationale.

Du même auteur :

LA PASSION DES CHRÉTIENS DU LIBAN, France-Empire, 1978.

LA MORT EN KEFFIEH, France-Empire, 1980.

RAIMOND « LE CATHARE », Grasset, 1997.

RAIMOND D'ORIENT, Grasset, 1999.

(A paraître)

IL FAUT TUER CHATEAUBRIAND !, *suivi de* « Itinéraire de Paris à Jérusalem » (Voyage d'Égypte) par Chateaubriand, Grasset, 2003.

Composition réalisée par NORD COMPO

IMPRIMÉ EN ESPAGNE PAR LIBERDUPLEX
BARCELONE
LIBRAIRIE GÉNÉRALE FRANÇAISE - 43, quai de Grenelle - 75015 Paris
Dépôt légal Édit. : 30737-04/2003

ISBN : 2 - 253 - 15506 - 3

31/5506/6